GOLDMANN

Buch

Lulu ist fünfzehn, als der zwölf Jahre ältere Pablo in ihr Leben tritt und sie in die Geheimnisse des Liebens einführt. Die beiden sind ein ideales Paar. Er ist verrückt nach dem kleinen Mädchen in ihr, und sie liebt es, ihre Kindlichkeit auszuleben. Doch Lulu will mehr. Nach Jahren der Ehe durchbricht sie die Grenzen der bürgerlichen Moralvorstellungen, um ihren sexuellen Begierden auf die Spur zu kommen und ihre geheimsten Sehnsüchte auszuleben. Immer zügelloser, immer wilder werden ihre Phantasien, bis sie bei ihren Streifzügen durch das nächtliche Madrid schließlich in der Szene der Zuhälter und Schwulen landet. Dort endlich fallen die letzten Tabus – und hier erkennt Lulu ihre eigenen Schranken...

Autorin

Almudena Grandes, 32 Jahre alt, Ehefrau und Mutter eines Sohnes, lebt in Madrid. Mit ihrem freizügigen Erstling hat sie im katholischen Spanien einen sensationellen Erfolg errungen. Ihr Buch stürmte – ähnlich wie wenig später in Italien – binnen kurzer Zeit die Bestsellerlisten des Landes. Die offenherzige Ich-Erzählung über entfesselte weibliche Liebeslust wurde von der Edition Tusquets 1989 mit dem renommierten Preis für erotische Literatur *La sonrisa vertical* (Das vertikale Lächeln) ausgezeichnet und vom Regisseur Bigas Luna verfilmt.

ALMUDENA GRANDES

LULÚ

Die Geschichte einer Frau

Aus dem Spanischen
von Christiane Rasche

GOLDMANN VERLAG

Die Originalausgabe erschien unter dem Titel »Las Edades de Lulu« bei Tuquets Editores, Barcelona

Umwelthinweis:
Alle bedruckten Materialien dieses Taschenbuches sind chlorfrei und umweltschonend.
Das Papier enthält Recycling-Anteile.

Der Goldmann Verlag
ist ein Unternehmen der Verlagsgruppe Bertelsmann

Made in Germany · 3. Auflage · 1/93
Genehmigte Taschenbuchausgabe

Umschlaggestaltung: Design Team München
Umschlagillustration: Impuls-Film, Hamburg
Druck: Elsnerdruck, Berlin
Verlagsnummer: 41101
Lektorat: Ge
Herstellung: pap/sc
ISBN 3-442-41101-7

Ich nehme an, es kann befremdlich wirken. Aber dieser Anblick, dieses unschuldige Bild, hatte eine gewaltige Wirkung, übte eine überaus magische Anziehung aus.

Ihre schönen Gesichter rahmten rechts und links den Hauptakteur ein. Ihn selbst konnte ich nicht erkennen, denn diese schillernde Verschmelzung der Körper hatte mich vorerst ziemlich verwirrt. Vollkommenes, glänzendes Fleisch schien sich ohne jegliches Tabu selbst zu genügen, Subjekt und Objekt einer totalen Lust, rund, in sich ruhend, so anders als all diese kümmerlichen, runzligen After, die ständig zu einer schmerzhaften und verkrampften Grimasse zusammengekniffen sind.

Und traurig aussehen, dachte ich.

Sie sahen sich lächelnd an und betrachteten das offene Loch, das sich ihnen darbot. Die rosige Haut darum war straff gespannt und schimmerte zart und sauber. Jemand hatte zuvor sorgfältig alle Haare abrasiert.

Es war das erste Mal in meinem Leben, daß ich einem solchen Schauspiel zusah. Ein Mann, ein großer und muskulöser Mann, ein schöner Mann, kniete auf allen vieren auf einem Tisch, den Arsch hochgereckt, die Beine weit gespreizt, und wartete. Schutzlos, verängstigt wie ein verlassener Hund, ein flehendes, zitterndes Tierchen, entschlossen, um jeden Preis zu gefallen. Ein gedemütigter Hund, der sein Gesicht verbarg – nicht eine Frau.

Dutzende von Frauen hatte ich in dieser Stellung gesehen. Auch mich selbst.

Und in diesem Moment wünschte ich mir zum ersten Mal, dort zu sein, auf der anderen Seite des Bildschirms, wünschte, ihn zu berühren, ihn zu erforschen, ihn zu zwingen, das

Gesicht zu heben, wünschte, ihm in die Augen zu sehen, ihm das Kinn abzuwischen und ihn mit seinem eigenen Säber einzuschmieren. Ich wünschte mir, wenigstens jetzt einmal ein Paar dieser scheußlichen hochhackigen Lackschuhe zu besitzen, die die billigen Nutten tragen, solche schauderhaften Stelzen, auf denen man nicht laufen kann, nur um auf den spitzen Absätzen, diesen vulgären Waffen, zu staksen, langsam auf ihn zu zu schwanken, mit einem von ihnen in ihn einzudringen, ihm weh zu tun, ihn zum Schreien zu bringen und mir damit Lust zu verschaffen, ihn vom Tisch zu stoßen und tiefer in ihn zu rammen, ihn zu verletzen, einzudringen in dieses unbefleckte Fleisch, das so erregend und neu für mich war.

Aber sie kam mir zuvor. Sie öffnete ihren Mund und streckte die Zunge heraus. Mit geschlossenen Augen fing sie an zu arbeiten. Wie eine ägyptische Jungfrau blieb sie hartnäckig im Profil. Hingebungsvoll ließ sie ihre Zungenspitze um den winzigen rosigen Rand kreisen, der das begehrte Loch umschloß, leckte die Umrisse, glitt mit der Zunge ein Stück hinein und drang schließlich ganz in das Loch ein. Ihr Gefährte sah ihr zu und lächelte.

Plötzlich aber machte er es ihr nach. Auch er öffnete den Mund, schloß die Augen und liebkoste mit der Zunge diese rosige Haut am Rand des Abgrundes. Mit einer Hand, der einzigen Hand, die sich im Blickfeld der Kamera befand, schlug er den Unbekannten sanft auf den Hintern. Der begann, sich unter den Schlägen rhythmisch zu bewegen, vor und zurück, als antworte er auf ein geheimes Zeichen. Das Loch, naß von fremdem Speichel, zog sich mehrmals zusammen.

Ab und an trafen sich ihre Zungen. Dann hielten sie einen Moment inne, verwickelten sich ineinander und leckten sich gegenseitig, nur um gleich wieder voneinander abzulassen und sich einzeln ihrer eigentlichen Aufgabe zu widmen.

Sie zeichnete mit ihren Fingernägeln, ihren superlangen, blutrot lackierten Krallen, genüßlich von oben nach unten feine weißliche Furchen in die Haut, so als markiere sie ihr Gebiet. Unterdessen knetete er das helle Fleisch, kniff in die Haut, zog sie auseinander und drückte so seine Spuren hinein. Keiner der beiden unterbrach auch nur eine Sekunde sein Zungenspiel.

Auf einmal ein Schnitt. Ich war meinem Schicksal überlassen.

Nach der ersten Erschütterung, dem Befremden und Entzücken erlebte ich das unbeschreibliche Gefühl einer Häutung. Ich war sehr erregt, erfaßte aber die Veränderung, die in mir vorging. Er reizte mich unendlich, so wie er sich mir darbot, erbärmlich, zusammengekauert, das Gesicht verborgen. Ich begehrte ihn. Ich wollte ihn besitzen. Das war ein vollkommen neues, unglaubliches Gefühl. Ich bin kein Mann, und ich kann kein Mann sein. Und ich will auch gar kein Mann sein. Meine Gedanken waren wirr, durcheinander, aber trotzdem verstand ich alles, konnte alles nachvollziehen.

Dann, unmittelbar nach der Metamorphose, das wohlbekannte Gefühl, etwas Schlechtes zu tun.

Eine feuchte Kälte, ein unangenehmes Knistern, kalte Schauer, Gänsehaut. Ich komme gerade aus einem lauwarmen Bad, ekelhaft warm, und die Fliesen sind eiskalt, kein Handtuch griffbereit, ich kann mich nicht abtrocknen. Ich stehe zusammengekauert da und reibe mir den ganzen Körper mit den Händen ab, mit den runzligen Innenflächen, so schrumpelig wie die Kichererbsen im Eintopf, dem unvermeidlichen Samstagseintopf.

Hilflosigkeit. Ich möchte in den mütterlichen Uterus zurück, in diese heimelige Flüssigkeit eintauchen, mich klein machen und schlafen, jahrelang schlafen.

Immer schon ist es so gewesen, dasselbe schlechte Gewissen und strafende Vorgefühl der Reue. Seit ich denken kann, immer dasselbe, auch wenn ich damals, vor vielen, vielen Jahren, mehr gelitten habe. Wenn ich mich mit Schokolade vollgestopft, mich mit meinen Geschwistern geprügelt, wenn ich gelogen habe, in Mathematik durchgefallen bin, das Licht ausgemacht, lustvoll die verborgenen Lippen mit der linken Hand auseinandergezogen und das, dessen Namen ich damals noch nicht kannte, mit der Kuppe des rechten Zeigefingers gerieben, kleine, nicht endende Kreise beschrieben habe, die schließlich die Explosion herbeiführten. Ich teile mich in zwei, ein unbeschreibliches Schwert durchzuckt mich, und meine Oberschenkel lösen sich für immer voneinander. Ich spüre den Schauer, der über meinen Rükken läuft. Ich fließe. Ich öffne mich, teile mich in zwei eigenständige Wesen. Wie eine Amöbe. Elementar, glücklich und vor Nässe tropfend.

Wenn ich wieder eins bin, ein einziges überlegenes Wesen, sind die Fliesen abgekühlt, und ich habe nichts, womit ich diese ekelhaft lauwarmen Wassertropfen, die mir Lust zum Weinen machen, abtrocknen könnte.

Aber der Unbekannte ist zurückgekehrt, mein Körper ist wieder ein glühender, wohliger Ort.

Ich hatte ihn in all seiner Pracht vor mir. Seine Gefährten standen an seiner Seite. Wie am Anfang blickten sie sich lächelnd an.

Dann begannen sie, sich auf eine wilde, gierige Art zu küssen, ungewöhnlich für einen Pornofilm. Zuvor hatte ich sie reden, von Zeit zu Zeit Gesten und irgendwelche Laute austauschen sehen, als würden sie sich in Wirklichkeit gut kennen. Vielleicht war es ja auch so, was weiß ich. Auf jeden Fall hörte ihr überraschendes und echtes Küssen genauso unvermittelt auf, wie es begonnen hatte. Sie nahmen wieder ihre ursprüngliche Stellung ein, und wieder war es die Frau, die die Initiative ergriff.

Ganz plötzlich, ohne Vorankündigung und ohne den Blick von ihrem Gefährten abzuwenden, führte sie einen ihrer spitzen Finger in den Unbekannten ein, der diesmal nichts von dem Situationswechsel mitbekommen zu haben schien. Die Fingernägel waren so lang und so spitz, daß sie beinahe an kleine Tierchen erinnerten. Sie sahen irgendwie abstoßend aus. Es mußte ihm weh tun. Sie tat ihm sicherlich weh, denn obwohl er gehorsam den ganzen Finger bis zur Handfläche geschluckt hatte, stieß sie weiter, quetschte sie ihre Hand in das kleine Loch und wies dabei neckisch den anderen Mann zurecht, der ihr, offensichtlich belustigt, zusah.

Sie plapperte und gestikulierte übertrieben, wie ein kleines Mädchen, das vor Überraschung ganz aufgeregt ist. Sie spitzte ihre Lippen zu einem kleinen bittenden Mündchen, neigte ihr kleines blondes Köpfchen leicht zur Seite und ließ ihre Zungenspitze hervorblitzen.

Sie steckte dem Unbekannten noch einen zweiten Finger hinein.

Dann begann sie, ihre Hand schneller zu bewegen, stieß energischer zu, ihr Arm zitterte dabei, ihr ganzer Körper paßte sich dem Rhythmus der Hand an. Ihre Gesten wurden eindeutiger, noch weiblicher, ihr Mund verzog sich zu einer brutalen, albernen Grimasse. Und sie drang mit dem dritten Finger in den Unbekannten ein.

Es war zum wahnsinnig werden.

Ich war nicht fähig, so etwas wie Mitleid zu empfinden, obwohl ich allmählich davon überzeugt war, daß es für ihn sehr schmerzhaft sein mußte. Er wird bestraft, dachte ich, genauso willkürlich, wie sie ihn vorher belohnt hatten. Das war nur recht und billig. Ein bißchen Schmerz, so ein zweideutiger Schmerz, im Austausch für so viel Wonne.

Der Anblick des Unbekannten, endlich penetriert, benebelte mich.

Erst später, nachdem ich mich wieder gefangen hatte, verwarf ich die wollüstige Hypothese von Strafe und Leiden. Ich erinnerte all meine kleinen freiwilligen Qualen, jene, die wahrscheinlich alle Kinder an sich ausprobieren, von denen ich aber noch immer nicht lassen konnte. Ein Gummi so stramm um einen Finger schnüren, immer wieder fest rumwickeln, bis die Haut violett anläuft und das Fleisch zu brennen beginnt. Alle Fingernägel gleichzeitig in die Handinnenfläche graben, die Finger mit aller Kraft dagegen pressen und sich dann die unregelmäßigen Abdrücke, kleine tiefrote Mondsicheln, angucken. Und das Beste, einen Fingernagel in den Spalt zwischen den Schneidezähnen stecken und nach oben gegen das Zahnfleisch drücken. Der Schmerz tritt augenblicklich ein. Die Lust folgt unmittelbar.

Der Unbekannte begann sich wieder zu bewegen. Er krümmte sich vor Lust.

Dann gab der andere, der Mann mit dem gelblichen Haar und dem blauen tätowierten Adler auf dem Unterarm, seine Zuschauerhaltung auf und erhob sich. Sanft legte er seine linke Hand auf den Unbekannten, dessen Gesicht, verborgen zwischen den kräftigen Schultern, ich noch immer nicht sehen konnte. Mit der rechten Hand umklammerte der Blonde seinen prächtigen Schwanz.

Langsam zog die Frau ihre drei Finger heraus. Zum letzten Mal blickte sie den blonden Mann an, der sich jetzt vollkommen aufgerichtet hatte, und dann verschwand sie wie eine Büßerin auf den Knien rechts aus dem Bild.

Die beiden Männer waren jetzt allein.

Und in dem Augenblick wurde mir klar, daß der Unbekannte zum Analverkehr gezwungen werden würde.

Ich verspürte eine sonderbare Lust. Analverkehr, anal koitieren, zwei meiner Lieblingswörter, täuschende Euphemismen, die weitaus aufregender und enthüllender sind als die abgeschmackten Vulgärausdrücke, die heutzutage in Mode sind. Analverkehr, ein treffender, aussagekräftiger Ausdruck, ätzend scharf, bei dem einem heftige Schauer über den Rücken laufen. Nie zuvor hatte ich zwei Männer miteinander ficken sehen. Männer sehen gern Frauen dabei zu, mich reizt das nicht. Ich hatte mir noch nie Gedanken darüber gemacht, daß ich vielleicht eines Tages zwei Männern beim Ficken zusehen könnte. Jetzt aber verspürte ich ein wollüstiges Gefühl und erinnerte mich, daß es mir schon immer gefallen hatte, dieses Wort auszusprechen, Analverkehr, und es zu schreiben, Analverkehr, denn sein Klang rief in mir ein Bild von reiner

Männlichkeit, einer animalischen und unverfälschten Männlichkeit wach.

Sowohl dem Unbekannten als auch seinem baldigen Liebhaber sah man ihr Körpertraining an. Gestählte Körper, elastische, jetzt angespannte Muskeln, glänzende Haut, sonnengebräunt, zwei junge, schöne Adonisse der kalifornischen Strände.

Perfekte Körper.

Sie hatten nichts Feminines an sich.

Der blonde Mann stellte sich nun direkt hinter den Unbekannten. Seine rechte Hand betonte rhythmisch den gewaltigen Umfang seines Geschlechts, das rot glänzte und steif war. Die dicken violetten Adern, die sich unter der straff gespannten Haut abzeichneten, schienen bald zu platzen, eine wunderbare Vorahnung. Er streichelte sich jedoch ganz ruhig, die Füße fest auf dem Boden, die Augen auf die Bewegungen seiner Hand gerichtet, das Gesicht ernst, ja sogar nüchtern, während sein Gefährte immer noch auf allen vieren am Tisch festgekrallt wartete.

Ich wartete auch.

Einen Augenblick lang hegte ich den schrecklichen Verdacht, daß das am Ende alles sein würde, daß es bei dieser lächerlichen Pantomime bleiben könnte. Noch ein-, zweimal wichsen, und der Blonde würde außerhalb des Unbekannten kommen. Er würde das fremde Fleisch mit tausendfach vergeudeten Samenstrahlen bespritzen, würde dieses herrliche, faszinierende Fleisch verachten, dieses Objekt meiner kümmerlichen Initiation, wenn man eine derart unpräzise Absurdität überhaupt so nennen konnte, die jetzt zu enden drohte, bevor sie angefangen hatte.

Der blonde Mann masturbierte langsam und gewissenhaft. Mit der anderen Hand streichelte er monoton den Hintern des Unbekannten. Plötzlich aber, ohne daß irgendein Zeichen der Verärgerung sichtbar wurde, nahm er seine Hand weg, holte aus und ließ sie wieder auf das Fleisch des Unbekannten fallen.

Es klatschte und knallte wie ein Peitschenhieb.

Das war etwas Neues, das lang erwartete Zeichen. Nun ging alles sehr schnell. Der blonde Mann öffnete die Lippen und lächelte wieder.

Der Unbekannte streckte sich unter den Schlägen, die immer heftiger wurden, die in meinen Ohren wie der biblische Lärm der Trompeten von Jericho schallten. Seine Haut rötete sich, seine Schenkel verkrampften sich, sein harter und glatter Athletenkörper, gestählt in all den infernalischen Muskelmaschinen, zuckte jetzt ohnmächtig. Sein Arsch zitterte wie die Schenkel einer betagten Jungfrau in der Hochzeitsnacht.

Die ohrenbetäubende Musik, ein entsetzliches Potpourri der ewig gleichen Klaviervariationen, verebbte allmählich, bis sie ganz aufhörte. Nur noch das Knallen der Schläge war zu hören. Der Unbekannte schnaubte. Der blonde Mann hatte seine Ruhe nicht verloren. Einer der beiden schrie, und dann lösten sich die Körper voneinander.

Diesmal war das Zwischenspiel sehr kurz und überraschend. Das Gesicht des Unbekannten füllte plötzlich den gesamten Bildschirm aus. Er war schöner als sein Züchtiger. Dunkel, braune Augen, fein gezeichnete Augenbrauen und Lippen, fast feminin, der Kiefer aber war breit und kräftig. Das Geheimnis enthüllte sich, der Unbekannte war nun kein Unbekannter mehr, er war gerade geboren, und darum mußte er einen Namen haben.

Ich nannte ihn Lester.

Der Name Lester paßte zu ihm, der Name eines englischen Collegeschülers. Ein schöner Knabe, gequält von der perversen Rute eines hageren Lehrers mit abgetragenem Überrock und jämmerlichem Glied, der im voraus schon Genuß an den Streichen unseres Kleinen findet, weil er ihm dann befehlen kann, nach der Stunde dazubleiben. Dann wird er ihn auf ein Pult legen, ihm die Hosen runterziehen und auf seinen harten, weißen Hintern mit der Rute eine Lawine von armseligen Schlägen niedergehen lassen, während sein jämmerlicher Piephahn, nur halbwegs steif, in seiner Hose hüpft. Lester, der Inbegriff eines Homosexuellen, der nun im Erwachsenenalter Sehnsucht nach den Kindheitsriten verspürte und sich wieder einen Lehrer suchte, einen blonden Mann, stärker als er, der ihm zeigte, wie man die Sachen macht.

Da war er, Lester. Seine Wangen waren nun purpurfarben angelaufen. Er schwitzte. Kleine Rinnsale von Schweiß hatten, ähnlich wie Tränen, bizarre Straßen in sein Gesicht gezeichnet. Er blickte nirgendwo hin. Er wartete immer noch.

Als die Kamera wieder auf den blonden Mann schwenkte, legte dieser erneut, jetzt aber sanft, seine Hand auf die gerötete Haut, streichelte sie einen Augenblick und quetschte dann das Fleisch, perfektes, herrlich geschwollenes Fleisch, um sich mit dem Daumen einen Weg zu bahnen.

Das Loch kam mir riesig vor.

Er beugte sich vor. Lester bückte sich noch tiefer, neigte den Kopf zur Seite und preßte die Wange auf die Tischplatte. Ich verlor die Nerven.

Die Fernbedienung lag auf dem Tisch. Ich griff danach und spulte zurück. Ich kehrte an den Anfang zurück, als noch die Frau dabei war.

Ich versuchte, die Szene Bild für Bild zu rekonstruieren und dabei einen klaren Kopf zu behalten, um alles richtig zu begreifen, ernsthaft und aufmerksam wie immer, wenn ich mir eine Aufgabe vornehme, die eigentlich meine Fähigkeiten übersteigt. Ich wollte sie kennenlernen, aber nach einiger Zeit gab ich den Versuch auf. Schließlich waren sie nichts weiter als Schauspieler, die für Geld vögelten. Jeglicher Versuch, in sie hineinzuspähen, war unnütz. Es hatte keinen Sinn, die Sache weiter hinauszuzögern.

Da waren sie, immer noch zwei Einzelwesen, zwei voneinander getrennte Gestalten. Dann drang der Blonde, weit entfernt von mir, von meinen Zuckungen, mit erstaunlicher Leichtigkeit ein, drang im wörtlichen Sinne in das große Kind ein, stützte sich mit einer Hand an dessen Taille ab, mit der anderen zog er es an den Haaren – das gefiel mir außerordentlich; Lester, du bist ein Hund – und begann, sich in ihm zu bewegen.

Ich sah ihnen zu und war nicht in der Lage, meine eigenen Empfindungen zu steuern. Nach und nach wandelte sich der blonde Mann; in meinem Kopf färbte sich sein Haar schwarz, durchsetzt mit borstigen weißen Härchen, er alterte noch um ein paar Jahre, und nun hatte er einen Namen. Ich traute mich aber nicht, ihn auszusprechen, nicht einmal, ihn zu denken.

Die Kamera war nun auf Lesters Gesicht gerichtet. Er schwitzte jetzt stärker, seine Augen waren fast ganz geschlossen, die Lippen aufeinander gepreßt, und es ging ihm sehr gut dabei.

Im stillen sagte ich es ihm immer wieder.

Du bist ein schlechter Junge, Lester. Das hättest du nicht tun sollen. So was Gemeines. Du hast Papa geärgert, und diesmal ist es ernst. Armer Papa! Noch so jung, so kernig, das ganze Leben lang hegt und pflegt er das Beet, und du hast es in einer einzigen Minute vollkommen kaputtgemacht. Dieses Jahr kommst du nicht nach Eton, und Papa wird dich bestrafen, er ist schon dabei. Sieh ihn nur, schau dich im großen Eßzimmerspiegel an, Lester. Ich bin sicher, daß er das nicht gern tut, aber er ist so rechtschaffen, immer so unnachgiebig. Du hast die Schläge verdient, du hast es nicht anders gewollt, als du den Garten mit dem Spitzsieb zerlöchert hast, um dein dummes Golffeld anzulegen.

Ich habe ihn vorhin sagen hören, daß dies die härteste Strafe werden würde. Papa wird dir das Sieb hineinrammen, Lester, er wird dir diesen großen Aluminiumtrichter in den Hintern stecken und ihn triefend von Blut wieder rausziehen. Du hast ja keine Ahnung. Aber alles hat seine guten Seiten, ob du es glaubst oder nicht. Das Spitzsieb bohrt ein so großes Loch, wenn dann Papa mit seinem Schwanz zu dir kommt, um sich wenigstens ein kleines bißchen für sein schönes Beet zu entschädigen, wirst du es nicht einmal mitkriegen, und das ist doch auch was. Ich sage dir das aus Erfahrung, Brüderchen, geliebter Lester …

Das Geschehen auf dem Bildschirm brachte mich in die Realität zurück. Der blonde Mann, jetzt war er wieder blond, spritzte gerade ab. Der erste Strahl kam blitzschnell herausgeschossen, unbestreitbarer Beweis dafür, daß hier kein Betrug vorlag. Dann drang er erneut in den ein, der jetzt, nach all dem, kein Unbekannter mehr war.

Mein Körper glühte.

Ein zäher Faden durchsichtigen Schleims tropfte mir von der Unterlippe.

Es war ein sonderbarer Tag, von Anfang an merkwürdig, und das nicht nur wegen der Hitze, dieser trockenen, afrikanischen Hitze, die für diese Jahreszeit, Mitte September, ungewöhnlich war.

Meine Schwägerin rief mich in aller Herrgottsfrühe an und fragte, ob ich etwas für sie übernehmen könnte. Ganz nebenbei wollte sie mir erzählen, daß es Pablo gutginge mit seinem neuen Mädchen, so nannte sie sie, sein Mädchen, diese farblose Muse, die er bei was weiß ich für einem intellektuellen Provinzzirkel aufgegabelt hatte, ein blutjunges Ding.

Die Agentur lief nicht besonders gut. Ich wußte, daß Susana mich nur aus Freundschaft vermittelt hatte und nicht, weil sie wirklich Leute brauchte. Milagros, so erzählte sie mir jedenfalls, brauchte meine Zeit mehr als ich ihr Geld, aber trotzdem antwortete ich ihr, daß ich sehr beschäftigt sei, daß ich kein weiteres Buch übernehmen könne, und darum fühlte ich mich den ganzen Tag schlecht.

Ich verabscheue es, wenn ich mich so rüde verhalte, aber ich konnte nicht anders.

Der Vormittag wurde ein mittleres Fiasko. Mir gelang es nicht, eine verfügbare Tippse aufzutreiben, die Positive für die Anzeige der Deutschen kamen nicht rechtzeitig aus der Setzerei, und einer unserer Stammkunden annullierte einen umfangreichen Auftrag. Den gesamten Vormittag verbrachte ich für nichts und wieder nichts am Telefon.

Die Arbeit lief schlecht.

Gegen Mittag erhielt ich einen Anruf aus dem Kindergarten von Inés. Die Erzieherin wollte mich sprechen, weil meine Tochter ihr Sorgen bereitete, ihr Verhalten sei außerordentlich unsozial. Offensichtlich ist das nicht normal für ein Mädchen von vier Jahren.

Pablo hatte seinen Anrufbeantworter laufen.

Ich hatte daran gedacht, ihn zum Essen einzuladen. Unter dem Vorwand, über die plötzliche soziale Minderwertigkeit unserer gemeinsamen Erbin zu beratschlagen, wollte ich natürlich nur herausfinden, bis zu welchem Grad ich meine Macht über ihn verloren hatte. Aber ich traute mich nicht, eine Nachricht auf Band zu sprechen.

Chelo rief mich am frühen Nachmittag an.

Ihr ging's noch schlechter als mir, sie hatte eine ihrer feuchten Depressionen, die bei ihr immer alle möglichen Sekrete, Tränen, Nasenschleim, Säber und eine belegte Zunge auslösen, kaum wahrnehmbare Geräusche, schmutzige Geräusche aus den Eingeweiden, die, man weiß nicht wie, aus der Telefonleitung kommen. Das Opfer genießt, haucht lustvoll seinen letzten Seufzer über dem Opferstein aus, das Schwert schwebt über dem zarten Hals, entschlossen, Gerechtigkeit zu üben, die tödliche Vergeltung.

Diesmal erzählte sie mir etwas über die Kommission, die den Auswahlprüfungen für die Beamtenstellen vorsaß. Nach all den Jahren konnte man sie fast als »ihre« Auswahlprüfungen bezeichnen.

Ich legte auf.

Ich ertrage sie nicht, ich ertrage ihre Anfälle von Hysterie nicht.

Allem Anschein nach bin ich keine besonders sensible Person. Ich habe mich daran gewöhnt, mit diesem Makel zu leben.

Noch heute kann ich mich genau daran erinnern.

Als ich von der Schule nach Hause kam, lag Marcelo im Bett und Pablo saß am Fußende.

Er war siebenundzwanzig Jahre alt und hatte gerade seinen ersten Gedichtband herausgebracht, zuvor hatte er schon mit seiner kritischen Ausgabe des *Cántico Espiritual* spektakulären Erfolg gehabt. Aber damals hatte mich das noch nicht beeindruckt.

Er war groß und kräftig und hatte schon ein paar weiße Haare.

Ich kannte ihn, seit ich denken konnte, und liebte ihn auf eine vage und unschuldige Weise, ohne bestimmte Hoffnungen.

Ein Liedermacher, der gerade in Mode war, sollte in Madrid ein seit langem erwartetes Konzert geben, ein großes Ereignis für die gestrafte demokratische Opposition. Pablo sagte immer wieder, daß er da hingehen müsse. Und mein Bruder wiederholte ebenso hartnäckig, daß er sich unter keinen Umständen aus dem Bett bewegen könne; er hatte einen fürchterlichen Kater.

Also bot ich mich an, es war wie ein Reflex. Ich setzte meine sehnsüchtigste Miene auf, ballte die Fäuste, versuchte, Glanz in meine Augen zu bringen, und wiederholte wie ein Papagei, daß ich gern mitgehen würde, mitgehen würde, mitgehen würde, daß ich wirklich gern mitgehen würde.

Damit hatte ich noch nie Erfolg gehabt.

Diesmal aber musterte Pablo mich von oben bis unten und fragte meinen Bruder um seine Meinung. Marcelo überlegte einen Moment mit einem Gesicht, das zu meinem Erstaunen mehr Mißtrauen als alles andere ausdrückte, erinnerte Pablo an mein Alter und sagte dann, er solle tun und lassen, was er wolle.

Pablo sah mich wieder an. Ich blieb ganz ruhig, weil ich wußte, daß er mir doch einen Korb geben würde.

Er tat es nicht.

Er stand auf, faßte mich am Arm und fing an zu drängen. Wenn wir nicht augenblicklich aufbrechen würden, kämen wir zu spät, es gäbe keinerlei Garantien, daß das Konzert überhaupt länger als zehn Minuten dauern würde. Wenn wir den Anfang verpaßten, kämen wir kaum noch zeitig genug, um die Polizeisirenen zu hören.

Ich wehrte mich. Ich hatte noch keine Zeit zum Umziehen gehabt. Ich trug noch die Schuluniform, nur der Pullover war neu und paßte. Ich war inzwischen die größte von allen Schwestern. Den Rock hatte ich von Isabel geerbt, er war mir ziemlich kurz, endete eine Handbreit über dem Knie. Die Bluse stammte von Amelia, auch so ein Erbstück, bei dem die Knöpfe ständig drohten abzuspringen. Zu Beginn des Schuljahres hatte sich meine Mutter weniger denn je bereit gezeigt, Geld auszugeben, schließlich war es mein letztes Jahr. Die Strümpfe waren mehr oder weniger verschlissen, das Gummi ausgeleiert, und ich konnte nicht zwei Schritte gehen, ohne daß sie mir bis zum Knöchel herunterrutschten. Die Schuhe waren ein einziges Grauen, mit einer zwei Finger dicken Gummisohle. Und alles, außer dem grünen Dufflecoat, der ursprünglich einem meiner Brüder gehört hatte, war von einer scheußlichen braunen Farbe.

Wenn man als siebtes von neun Geschwistern geboren wird, vor allem, wenn die letzten beiden Zwillinge sind, trägt man nicht einmal die Schuluniform als erste.

Es war zwecklos. Er war nicht bereit, auch nur eine Minute zu warten, obwohl uns noch reichlich Zeit geblieben wäre.

»Du bist hübsch so.«

Als wir aus der Tür gingen, rief mich Marcelo zurück und sagte mir, es sei besser, wenn Pablo zuerst ginge. Ich sollte unterdessen Amelia irgendeine Geschichte erzählen, ich würde zum Lernen zu Chelo gehen oder so was Ähnliches.

Ich begriff nicht, was diese Bemerkung sollte, Pablo hingegen schien schon zu verstehen, er sah Marcelo einen Moment an und sagte dann etwas, was ich noch seltsamer fand.

»Ach komm, Marcelo, für wen hältst du mich denn!«

Mein Bruder grinste und sagte nichts mehr dazu.

Er ging zuerst. Als ich die Treppe herunterkam, wartete er in der Eingangshalle auf mich.

Der Dufflecoat reichte mir nur knapp über den Rock, und der kratzige Saum schabte mir beim Gehen an den Beinen. Es war kurz vor Weihnachten und kalt.

Ich schloß den obersten Knopf und zog mir die Kapuze über. In dem kleinen Spiegel, der in die Holzfassade einer alten Molkerei eingelassen war, begutachtete ich mich verstohlen und fand, daß die Kapuze nicht so vorteilhaft für mich war. Außerdem stellte ich fest, daß nicht der kleinste Zipfel meiner Uniform zu sehen war. Ich hätte auch gar nichts unter dem grünen Mantel anhaben können.

Pablo hatte einen Fünfzehnhunderter aus zweiter Hand, ziemlich klapprig, aber immerhin ein Auto. Ich war sehr aufgeregt, es war das erste Mal, daß ich mit ihm ausging, das erste Mal, daß ich nachts ausging, und das erste Mal, daß ich mit einem Typen ausging, der ein Auto besaß.

Der Weg war lang. Die Castellana war verstopft von Autos, die bis zum Rand mit Kindern und Lebensmitteln vollgeladen waren, ganze Familien auf dem Weg zum Wochenende in der Sierra. Er redete ununterbrochen, in gehässigem und spöttischem Ton, erzählte mir Witze, abstruse Geschichten, überzog reichlich. Es war genau die Art von Unterhaltung, mit der er früher meine Mutter zu entwaffnen pflegte, wenn Marcelo Hausarrest hatte und er uns besuchen kam.

Ich konnte mich nicht des Gefühls erwehren, daß er mich wie ein kleines Mädchen behandelte.

Ich ertappte ihn ein paarmal dabei, wie er auf meine Beine starrte, aber ich war nicht in der Verfassung, mir darauf einen Reim zu machen.

Als wir parkten, ziemlich weit vom Konzertsaal entfernt, drehte er sich zu mir und erteilte mir eine Reihe von Instruktionen. Ich sollte mich auf keinen Fall von ihm trennen. Sollte die Polizei auftauchen, bräuchte ich nicht nervös zu werden. Käme es zu einer Prügelei, sollte ich nicht schreien oder heulen. Wenn wir wegrennen müßten, sollte ich ihm die Hand geben, und wir würden uns klammheimlich aus dem Staub machen. Er hatte Marcelo versprochen, mich unversehrt wieder zu Hause abzuliefern.

Er trug absichtlich dick auf, er wollte mich mit all dem Gerede über das Risiko und Weglaufen nur aufputschen.

Er fragte mich, ob ich mich wie ein artiges und folgsames Mädchen benehmen könnte.

Ich bejahte das sehr ernsthaft. Ich glaubte ihm alles.

Er beugte sich zu mir rüber und küßte mich zweimal, erst ganz leicht mitten auf die linke Wange und dann aufs Jochbein, fast aufs Ohr.

Er hatte die Rettung des kleinen Mädchens aus der Gefahr ausgenutzt und eine Hand auf meinen Oberschenkel gelegt. Schon damals besaß er eine erstaunliche Begabung, die Frauen raffiniert aufs Kreuz zu legen.

Kaum waren wir am Eingang angekommen, begann auch schon das Ritual der Begrüßungen, der Küsse und Beglückwünschungen. In meinem grünen Dufflecoat und den bis zum Knöchel runtergerutschten Strümpfen kam ich mir zwischen all den Leuten lächerlich vor. Pablo schien vollkommen von seiner gesellschaftlichen Rolle in Anspruch genommen, so daß ich seinen Arm losließ und versuchte, ein bißchen hinter ihm zurückzubleiben. Aber der Schein trog, er hatte mich nicht aus den Augen gelassen. Er griff mich am Handgelenk und befahl mir, an seiner Seite zu bleiben. Ohne mich dabei anzusehen, faßte er nach meiner Hand, aber nicht, wie sich Verliebte an den Händen halten, mit verschränkten Fingern, sondern er drückte sie zwischen seinem Zeigefinger und Daumen, wie man die kleinen Kinder am Zebrastreifen anfaßt.

Auch später gab er mir nie anders die Hand.

Ein älterer, verschmitzt aussehender Mann, ein geheiligter Schriftsteller, der sich durch seine überdrüssige Miene von der Menge abhob, so als beeindrucke dieses Ereignis ihn in Wirklichkeit nur wenig, war der einzige, der meine Anwesenheit wahrnahm. Lächelnd betrachtete er mich eine Weile. Als wir an ihm vorbeikamen, wurde sein Lächeln noch breiter. Er wandte sich uns zu und sagte ganz leise:

»Mensch Pablo …«

Der brach in Gelächter aus.

»Du hast ihm gefallen. Weißt du, wer das ist?«

Natürlich wußte ich es.

Die Leute begannen, sich in einer Reihe aufzustellen, und wir reihten uns in die Schlange ein. Kurz darauf fing der Klamauk an. Die Typen vom Ordnungsdienst blockierten den Eingang und schrien, hier käme keiner ohne zu zahlen rein. Die Krawallmacher, eine Gruppe von fünfzehn oder zwanzig Jugendlichen, antworteten, sie dächten gar nicht daran, sich von der Stelle zu rühren. Also standen wir eine Zeitlang so da, bis jemand am Ende der Schlange zu schubsen anfing.

Der erste Stoß drängte mich aus der Reihe. Nun stand ich direkt hinter Pablo, klebte an ihm, meine Nase streifte seinen Nacken. Die hinter uns kreischten wieder, als wollten sie sich gegenseitig anfeuern, und mit einem neuen Anlauf schubsten sie weiter. Die sechs Knöpfe meines Dufflecoats, eine Art Knebel aus braunweiß marmoriertem Plastik, eine schlechte Imitation, die wohl wie Horn aussehen sollte, bohrten sich in seinen Rücken.

Ich fragte ihn, ob ich ihm weh getan hätte. Er antwortete, ja, ein bißchen. Ich knöpfte den Dufflecoat auf. In der Menge war mir heiß geworden. Von hinten wurde weiter geschoben. Die Luft wurde allmählich dick, es roch nach Schweiß. Pablo packte mich an den Handgelenken und legte meine Arme um sich. Er mußte meinen Körper an dem seinen spüren, meinen Atem in seinem Nacken. Mir ging es ausgezeichnet. Diese Situation stellte mir quasi einen Freibrief aus. Ich traute mich nicht, ihn zu küssen, aber dafür rieb ich mich an ihm. Ich tat es nur für mich, nur um für später etwas zu haben, an das ich mich erinnern könnte. Ich war mir sicher, daß er es gar nicht merkte. Ich rieb mich sehr langsam, drückte mich an ihn und löste mich wieder, preßte meine Brüste an seinen Rücken und knabberte winzige Fusseln von seinem granatfarbenen Pullover, bis die rauhe Wolle zwischen meinen Zähnen knirschte.

Der Tumult löste sich genauso jäh auf, wie er begonnen hatte. Es wurde wieder kalt. Ich machte mich so schnell ich konnte von Pablo los. Er verhielt sich jetzt äußerst seltsam.

Erst starrte er ein paar Minuten auf die Uhr, dann löste er sich aus der Reihe und begann, zielstrebig in die entgegengesetzte Richtung zu marschieren.

»Gehen wir.«

Ich gehorchte, ohne richtig zu begreifen, was eigentlich passiert war.

»Rauchst du Joints?«

Sein Tonfall war anders, ich erkannte ihn kaum wieder. Ich schwieg. Mir fiel nichts ein.

»Antworte mir.«

Klar rauchte ich Joints, aber das sagte ich ihm nicht. Ich vertraute ihm nicht mehr. Ich schüttelte den Kopf, sehr ernsthaft.

Ohne stehenzubleiben, nahm er einen Brocken aus seiner Tasche, erhitzte ihn und reichte mir eine Zigarette.

Ich wagte nicht, ihn zu fragen, was ich damit tun sollte. Ich leckte das Papier, löste es und krümelte den Tabak in meine Hand.

Er blieb kurz stehen, nahm die Tabakkrümel und drehte eine Rolle. Er zündete sie an, nahm zwei Züge und reichte sie mir.

Ich wußte nicht, was ich tun sollte, und schüttelte wieder den Kopf.

»Mein Gott, Lulú, du führst dich wie eine Idiotin auf!«

Er, Chelo und mein Vater waren die einzigen, die mich immer noch so nannten. Marcelo nannte mich normalerweise Ente, Entchen, weil ich ziemlich tölpelhaft war und es immer noch bin.

Ich nahm den Joint, zog ein paarmal daran und gab ihn zurück.

Wir gingen weiter und rauchten dabei. Nach einer Weile traute ich mich zu fragen.

»Warum sind wir nicht reingegangen?«

Er grinste mich an.

»Im Ernst, findest du den Typen wirklich gut?«

»Nein …« Ich sagte nur die halbe Wahrheit. Tatsächlich wußte ich damals nicht einmal, daß er auf Katalanisch sang.

»Ich auch nicht. Warum sollten wir also hingehen?«

Wir kamen an seinem Auto vorbei, aber er marschierte weiter.

»Wohin gehen wir?«

Er gab mir keine Antwort. Wir bogen in eine winzige Straße ein. Direkt hinter der Ecke war ein rotes Vordach mit goldenen Schriftzügen. Pablo öffnete die Tür. Bevor ich eintrat, bemerkte ich noch die zwei vertrockneten Lorbeerzweige rechts und links vom Eingang und das gelbliche Licht der an der Wand festgeschraubten Petroleumlampe.

»Paß auf, Ente! Da sind Stufen.«

Trotzdem wäre ich um ein Haar gefallen. Pablo schob einen schweren Vorhang beiseite, und wir betraten die Bar.

Ich war vor Scham wie gelähmt. Die meisten Typen trugen Krawatten. Das Durchschnittsalter der Frauen lag mindestens bei knapp dreißig. Auf den kleinen Klapptischen mit dem Untersatz für das Kohlebecken lagen rote Tischdecken. An den Tischen saßen fast nur Paare. Das Licht war gedämpft, die Musik ebenfalls.

Meine Haare hatten sich aus dem Zopf gelöst und fielen mir ins Gesicht. Der bloße Gedanke an meine Uniform löste Höllenqualen in mir aus. Alle Blicke waren auf mich gerichtet.

Diesmal stimmte es wirklich. Alle starrten mich an.

Wir setzten uns an die Theke. Der Barhocker war hoch und die Sitzfläche ziemlich klein. Der Rock spannte über meinen Schenkeln und wirkte dadurch noch kürzer. Ich schlug die Beine übereinander, was es noch schlimmer machte, aber ich wagte nicht, mich noch einmal zu bewegen.

Pablo redete mit dem Kellner, der mich verstohlen musterte.

»Was willst du?«

Ich überlegte, ich wußte es wirklich nicht.

»Komm mir jetzt nicht damit, daß du auch Abstinenzlerin bist ...«

Der Kellner lachte, ich fühlte mich elend. Mit fester Stimme bestellte ich einen Gin-Tonic.

Pablo stellte mich grinsend dem Kellner vor.

»Sie heißt Lulú ...«

»Oh! Lulú paßt gut zu ihr ...«

»Eigentlich heiße ich María Luisa.« Weiß Gott, warum ich meinte, Erklärungen abgeben zu müssen.

»Lulú, sag dem Kellner guten Abend«, Pablo konnte vor Lachen kaum sprechen, ich begriff gar nichts mehr.

»Ich habe Hunger«, etwas Besseres fiel mir nicht ein. Ich hatte wirklich Hunger.

Sie stellten mir einen kleinen Teller mit Pommes Frites hin, und ich machte mich darüber her.

»Gut erzogene junge Damen schlingen nicht so.«

Nun kehrte er wieder seine freundliche und charmante Seite heraus, seine Stimme aber klang immer noch anders als sonst. Er behandelte mich mit einer verwirrenden Mischung aus Strenge und Höflichkeit, er, der nie streng zu mir gewesen war und noch viel weniger höflich.

»Aber ich hab doch so einen Hunger.«

»Und gut erzogene junge Damen lassen immer etwas auf dem Teller zurück.«

»Aber ...«

Er trank Gin pur. Er leerte sein Glas mit einem Zug und bestellte noch eins. Mein Getränk war alle, und ich machte Anstalten, es Pablo gleichzutun.

»Du trinkst heute nichts mehr.«

Bevor ich Zeit hatte, den Mund aufzumachen und zu protestieren, wiederholte er es mit Nachdruck.

»Du trinkst nichts mehr.«

Als wir gingen, verabschiedete sich der Kellner mit übertriebener Höflichkeit von mir.

»Du bist ein bezauberndes Mädchen, Lulú.«

Pablo brach wieder in Lachen aus. Ich hatte die Nase voll von diesem rätselhaften Gelächter, hatte genug davon, daß man mich wie ein weißes Lämmchen mit rosa Schleife um den Hals behandelte und daß ich nichts kapierte. Es war nicht etwa so, daß ich nicht genügend Phantasie gehabt hätte, nur verwarf ich meine Gedanken sofort wieder, weil sie mir zu unwahrscheinlich vorkamen. Es war zu unwahrscheinlich, daß er seine Zeit mit mir verschwenden wollte. Ich verstand nicht, warum er tatsächlich seine Zeit mit mir verschwendete.

Draußen war es ziemlich kalt. Pablo legte mir einen Arm um die Schultern, eine Geste, die ich, niedergeschlagen von all meiner Verwirrung, nicht interpretieren wollte. Schweigend gingen wir zum Auto.

Als er gerade die Tür aufschloß, fragte ich wieder. Ein Abend voller Fragen.

»Bringst du mich nach Hause?«

»Willst du nach Hause?«

Eigentlich wollte ich das, ich wollte ins Bett gehen und schlafen.

»Nein.«

»Gut.«

Im Auto sah er mich einen Moment an. Und dann steckte er, perfekt synchron, seine linke Hand zwischen meine Schenkel und die Zunge in meinen Mund, und ich öffnete meine Beine, öffnete meinen Mund und versuchte, so gut ich es verstand, ihm zu antworten. Aber ich wußte, daß es nicht besonders gut war.

»Du bist feucht ...«

Seine Stimme, die diese zugleich überraschenden und schmeichelnden Worte sagte, klang wie von weit her.

Seine Zunge war heiß und schmeckte nach Gin. Er leckte mir das Gesicht, das Kinn, die Kehle, den Hals, und dann beschloß ich, nicht weiter zu denken, zum ersten Mal nicht zu denken. Er würde für mich denken.

Ich versuchte, mich loszumachen, den Kopf nach hinten zu legen, aber er ließ mich nicht. Er bat mich, die Augen zu öffnen.

Er rutschte auf mich und zwang sein linkes Bein zwischen meine Beine, preßte sich so auf mich, daß ich mich an seiner Baumwollhose reiben mußte.

Mir wurde heiß, ich spürte, wie mein Geschlecht anschwoll, immer stärker anschwoll, es war, als ob es von allein, von seiner eigenen Schwellung zuckte und rot würde, immer röter, violett würde und die Haut feucht schimmerte, klebrig, dick; mein Geschlecht wurde dicker von etwas, das nicht Lust war, nichts mit simpler Lust zu tun hatte, der vertrauten häuslichen Lust. Das hier hatte nichts damit zu tun, es war eher ein entnervendes Gefühl, ein unerträgliches, neues, ja sogar unangenehmes Gefühl, aus dem es aber kein Zurück geben konnte.

Er knöpfte mir die Bluse auf, zog mir aber den Büstenhalter nicht aus. Er streifte ihn nur herunter, schob ihn unter meine Brüste, die er dann mit Händen streichelte, die mir riesig vorkamen.

Er biß mich in eine Brustwarze, nur in eine, nur einmal, hieb die Zähne hinein, bis es weh tat. Dann ließen seine Hände von mir ab. Gleichzeitig verstärkte er den Druck seines Schenkels.

Ich hörte das unverwechselbare Geräusch eines Reißverschlusses.

Er nahm meine rechte Hand, legte sie um seinen Schwanz und wichste sich damit zwei- oder dreimal.

In jener Nacht kam mir auch sein Schwanz gigantisch vor, herrlich, einzigartig, übermenschlich.

Ich machte allein weiter. Auf einmal fühlte ich mich sicher. Dies war eine der wenigen Sachen, die ich konnte: wichsen. Im letzten Sommer hatte ich das reichlich mit meinem Freund im Kino betrieben, einem lieben Jungen in meinem Alter, der mich absolut kalt gelassen hatte.

Ich versuchte, mich zu konzentrieren, es gut zu machen, aber er korrigierte mich sofort.

»Warum bewegst du deine Hand so schnell? Wenn du so weitermachst, komme ich gleich.«

Ich verstand seine Bemerkung nicht.

Ich dachte, man müßte die Hand sehr schnell bewegen. Ich dachte, daß er einen Orgasmus haben wollte und wir dann nach Hause fahren würden. Ich dachte, daß das normal wäre, aber aus einer merkwürdigen Eingebung heraus sagte ich nichts.

Er umklammerte mein Handgelenk, um meiner Hand einen neuen Rhythmus einzugeben, einen langsamen, sachten Rhythmus. Er führte sie nach unten, nun berühre ich seine Eier, und wieder nach oben, jetzt habe ich die Eichel zwischen meinen Fingern, alles ganz langsam. So ging das eine gute Weile. Ich sah meine Hand an, ich war fasziniert; er sah mich an und lächelte.

Die Geilheit und anfängliche Heftigkeit waren verschwunden. Nun schien alles sehr sanft, sehr behutsam. Mein Geschlecht war immer noch angeschwollen, öffnete und schloß sich.

»Ich hab dir immer vertraut.« Seine Stimme klang weich.

Jenes nasse und pulsierende Stück Fleisch hatte sich in den Mittelpunkt meines Körpers verwandelt. Er berührte mich nicht mehr, er machte gar nichts. Unmerklich, um mich nicht zu behindern, war er nach und nach in seine ursprüngliche Position zurückgerutscht. Er saß wieder auf dem Fahrersitz, sein Oberkörper war nach vorn gebeugt, die Arme hingen schlaff herunter.

Er brachte seinen Mund an mein Ohr.

»Hast ...?« Er sprach den Satz nicht zu Ende. Er verstummte nachdenklich, so, als suche er nach Worten. »Hast du schon mal einem Typen einen geblasen?«

Meine Hand hielt augenblicklich an, ich hob den Kopf und sah ihm in die Augen.

»Nein.« Diesmal log ich nicht, und er merkte es.

Er sagte nichts, lächelte weiter, streckte seine Hand aus und drehte den Zündschlüssel um. Der Motor sprang an.

Die Fensterscheiben waren beschlagen. Draußen mußte es frieren, eine Dampfwolke kam aus der Motorhaube.

Er lehnte sich wieder in seinen Sitz zurück, blickte mich an, und ich spürte, wie eine Welt in mir zusammenbrach, die Welt über mir zusammenbrach.

»Ich ekel mich davor.«

»Verstehe.« Er setzte einen Fuß auf das Gaspedal und trat es zwei- oder dreimal durch.

Ich biß mir auf die Zunge. Ich beiße mir immer kurz auf die Zunge, bevor ich eine wichtige Entscheidung treffe.

Ich senkte den Kopf, schloß die Augen, machte den Mund auf und beschloß, daß ich es schließlich erst einmal ausprobieren könnte.

»Aber du spritzt nicht ab, ja?«

Das fand er niedlich, fast all meine Worte, fast all mein Handeln amüsierten ihn in jener Nacht.

»Nein, wenn du es nicht willst.«

Ich antwortete vollkommen ernst.

»Nein, will ich nicht.«

»Weiß ich doch, du Dummkopf, war doch nur ein Scherz.«

Sein Lächeln beruhigte mich nicht sonderlich, aber jetzt konnte ich nicht mehr zurück. Also senkte ich wieder den Kopf, schloß die Augen, öffnete den Mund und streckte meine Zunge heraus. Es war wohl besser, erstmal mit der Zungenspitze anzufangen, die Vorstellung, nur zu lecken, schien mir annehmbarer.

Pablo wölbte sich mir entgegen, streckte sich wie eine Katze und legte mir eine Hand auf den Kopf.

Ich umfaßte den Schwanz mit der linken Hand und begann unten, drückte die Zunge an die Haut und hielt kurz still. Dann fing ich an, mit ihr nach oben zu fahren, ganz langsam. Der größte Teil meiner Zunge blieb in meinem Mund, so daß, je weiter ich nach oben kam, meine Nase sich immer heftiger an der Haut rieb, dann kam meine Zunge und zuletzt folgte ich mit der Unterlippe der Furche meiner eigenen Spucke. Als ich oben angekommen war, kehrte ich nach unten zurück, zu den Eiern, um wieder von vorn zu beginnen.

Pablo stöhnte. Die Haare kitzelten mich am Kinn.

Das zweite Mal traute ich mich an die Eichel.

Sie schmeckte süß. Alle Schwänze, die ich in meinem Leben probiert habe, schmeckten süß, was nicht unbedingt heißen soll, daß sie gut schmeckten. Sein Schwanz war hart und heiß, fühlte sich klebrig an. Zu meiner Überraschung fand ich ihn insgesamt weniger abstoßend, als ich anfangs befürchtet hatte. Ich fühlte mich zunehmend besser, sicherer, die Vorstellung, daß er mir vollkommen ausgeliefert war, daß ein Biß genügte, einmal kurz zubeißen, um seine Männlichkeit zu vernichten, hatte etwas Tröstliches.

Mit der Zungenspitze leckte ich über seinen Spalt, fuhr herab an etwas, das wie eine Art unsichtbarer Naht an dem dicken Fleischwulst schien, und vergrub mich direkt unter ihm, um mit den Eiern weiterzumachen. Ich tat das alles sehr langsam – in Situationen wie dieser war es noch nie notwendig, mir etwas zweimal zu sagen –, und allmählich glaubte ich, daß ich es gut machte.

Objektiv betrachtet verschaffte mir diese Tätigkeit keine Lust, höchstens die, ein mir neues Fleisch zu spüren, das meine Zunge sehr viel direkter fühlte als meine Hände es jemals ertastet hatten, und dennoch wurde ich immer erregter. In irgendeinem Winkel meines Kopfes, weit genug weg, um nicht zu stören, dicht genug, um sich bemerkbar zu machen, pochten meine Minderjährigkeit, sechs Jahre immerhin noch bis zum einundzwanzigsten Geburtstag (die Volljährigkeit lag damals noch bei einundzwanzig, mir war es egal, schließlich wählte sowieso keiner), das Drama im Stausee, als ich im Wasser ohnmächtig wurde und Pablo mir das Leben rettete, Erinnerungen an die Sommer meiner Kindheit, er und mein Bruder, wie sie an zwei Mädchen auf der Schaukel im Garten rumfummelten und ich sie heimlich beobachtete, und die Worte meiner Mutter, wie sie zu ihren Freundinnen sagte: Pablo gehört zur Familie, er ist wie ein Sohn für mich ...

Marcelo zu Hause dachte wohl, daß wir immer noch im Konzert waren. Ich versuchte, nicht zu vergessen, daß ich in einem Auto war, mitten auf der Straße, und den Schwanz eines Freundes der Familie leckte. Wellen heftiger Lust durchströmten mich. Ich sah mich selbst, entehrt, es war prickelnd. Mir fielen die üblichen Ermahnungen ein – mit dieser Sorte von Mädchen vergnügen sich die Jungen nur, heiraten tun sie sie nicht. Ich war mir auch der eigenartigen Situation bewußt, die jetzt zwischen uns entstanden war. Nach den Küssen und den absolut unverzichtbaren Handgriffen, um mich zu erobern, verhielt er sich vollkommen passiv. Aufrecht und bekleidet saß er auf seinem Sitz und ließ es sich machen. Ich dagegen lag gekrümmt auf dem Sitz, halbnackt und unbequem, und akzeptierte ohne große Fragen diesen Stand der Dinge.

Meine Mutter pflegte immer wieder zu sagen, mit ihm würde sie mich bis ans Ende der Welt gehen lassen. Ich fing gerade an, es zu sichten.

Als ich mich zu fragen begann, ob ich mich nun genug mit ihm vertraut gemacht hatte, um ihn ganz in den Mund zu nehmen, entschied wieder einmal er für mich. Seine Hand, die auf meinem Kopf lag, drückte mich brüsk nach unten. Das kam so überraschend, daß ich gleich ein gutes Stück schluckte. Instinktiv stemmte ich meinen Kopf dagegen, aber er lockerte seine Hand nicht, unerbittlich drückte er mich nach unten. Dieses Spiel wiederholten wir fünf- oder sechsmal.

Es war lustig dieses Spiel.

Mein Mund war ausgefüllt. Ich spürte die kleinen Verdikkungen der Adern, die unmerklichen Erhebungen in der unebenen Haut, die sich straffte und zusammenzog, je nach den Stößen meiner Hand, sie schmeckte süß und nach Schweiß. Die Eichel stieß gegen meinen Gaumen, ich versuchte, ihn ganz zu schlucken, ihn ganz in meinen Mund zu nehmen und mußte gegen ein paar Würganfälle ankämpfen.

Pablo löste das Gummiband, strich mit den Fingern durch mein Haar und schloß seine Hand ein Stück oberhalb des Nackens, indem er ein Büschel Haare dicht an den Wurzeln packte. Er zog und zerrte mich an ihnen zu sich heran und führte mich so erneut. Seine Fingerknöchel bohrten sich mir in den Kopf. Es tat mir weh, ich wehrte mich aber nicht. Es gefiel mir.

Jetzt bewegte er sich auch, mit sanften Stößen schlüpfte er in meinen Mund und wieder heraus.

»Ich habe doch immer gewußt, was für ein verdorbenes Mädchen du bist, Lulú.« Er sprach ruhig, kaute die Worte wie ein Betrunkener. »Ich habe in der letzten Zeit viel an dich gedacht, aber nie habe ich geglaubt, daß es so einfach sein würde ...«

Mein Geschlecht reagierte sofort auf den Schlag, es würde in Stücke zerbersten, wenn es weiterhin in diesem Rhythmus anschwoll.

Ich hielt die Augen geschlossen und konzentrierte mich voll auf das, was ich machte. Er hatte mich so weit zu sich herangezogen, daß ich praktisch quer auf dem Sitz lag, die Beine angewinkelt. Die Fensterkurbel drückte gegen meinen Oberschenkel. Weil ich so intensiv damit beschäftigt war, den Takt meiner Hand und den meines Mundes in Einklang zu bringen, eine Herausforderung an meine angeborene Plumpheit, dauerte es eine Zeit, bis ich den einschneidenden Situationswechsel registrierte.

Wir fuhren.

Anfangs dachte ich, es sei nur Einbildung. In dieser Nacht war so viel passiert, und es passierte noch immer so viel. Aber auf einmal war der Wagen lichtdurchflutet. Ich machte die Augen auf, blinzelte nach oben und blickte in den Lichterschein sämtlicher Laternen der Castellana.

Zuerst Verblüffung. Wie konnte er schalten, ohne daß ich es mitbekam? Aber die Gangschaltung war nicht unter mir, ich brauchte eine Weile, um mich zu erinnern, daß sich bei diesem Wagen die Gangschaltung am Steuer befand.

Dann Horror. Panik.

Wie von einer unsichtbaren Feder getrieben schnellte ich hoch. Als ich schließlich wieder richtig auf dem rechten Sitz saß, merkte ich, daß ich halbnackt war. So gut es ging, bedeckte ich mich mit dem Pullover und meinen Händen; sicherlich machte ich eine lächerliche Figur.

Pablo trat abrupt die Bremse durch. Auf der mittleren Spur kamen wir zum Halten, mit schrillem Gehupe wich uns ein Bus nach rechts aus. Als er an uns vorbeifuhr, konnte ich sehen, wie der Fahrer sich an die Stirn tippte.

Ich konnte ihn verstehen.

»Was machst du denn?« Ich war ziemlich erschrocken. »Wir hätten zu Tode kommen können.«

»Das gleiche wie du.«

»Du kannst nicht einfach so anhalten, mitten auf der Straße …«

»Du auch nicht, und du hast es auch getan.«

In diesem Augenblick hatte er überhaupt nichts Erwachsenes mehr an sich. All seine Selbstsicherheit war wie weggeblasen, er wirkte jetzt eher wie ein verärgerter, bockiger Junge. Sein Plan war durchkreuzt worden, und es war geradezu rührend, ihn zu betrachten, wie er da, mit offenem Hosenschlitz und ernstem Gehabe, beleidigten Blickes einen Punkt in der Ferne fixierte. Zum ersten Mal in meinem Leben, zum ersten und letzen Mal in meinem Leben mit ihm, fühlte ich mich als Frau, als eine erwachsene Frau. Ein sehr angenehmes Gefühl, das ich aber nicht genießen konnte. Pablo war wütend.

Ich versuchte, wieder ruhig zu werden, damit ich die Situation richtig einschätzen konnte. Ich sah aus dem Fenster und vergewisserte mich, daß die Fahrer, die an meiner Seite vorbeifuhren, nur Torsos waren, oberhalb der Achseln abgeschnittene Körper.

Ich zögerte.

»Ich bringe dich nach Hause. Entschuldige, ich bin besoffen.«

Plötzlich überkam mich ein ungeheures Bedürfnis zu weinen.

Die Illusion war zerplatzt. Seine Stimme war ernst und gefaßt, die Stimme eines Erwachsenen, der nur der Form halber um Entschuldigung bittet – Pardon, ich bin besoffen –, eine Höflichkeitsfloskel für ein Mädchen, das leider die in es gesetzten Erwartungen nicht erfüllt hat. Er sah mich kurz an, lächelte, aber sein Lächeln war nur eine höfliche Geste, freundlich, bar jeglicher Mitschuld, das Lächeln eines herablassenden Erwachsenen, eines Freundes der Familie, des ganzen Lebens, ehrlich bekümmert darüber, den Bogen überspannt zu haben.

Schlagartig schrumpfte ich. Ich machte mich klein, noch kleiner, und heulte, ich konnte die Tränen nicht zurückhalten. Jetzt fuhren wir ziemlich schnell, bis zu mir war es nicht mehr weit, mein Zuhause war nicht weit. Ich war blockiert, ich konnte nicht denken, mußte es aber tun, ich mußte schnell überlegen, die Zeit lief mir davon, zerrann mir zwischen den Fingern, und es war doch so wichtig, so wichtig. Ich blickte ihn an. Irgendwann hatte er seinen Reißverschluß wieder hochgezogen, ohne daß ich es mitbekommen hatte.

Ich fiel über ihn her, ließ mich mit meinen ganzen Körper nach links fallen und begann, an seiner Hose herumzufummeln. Aber ich war zu nervös, ich heulte, und meine Hände waren sich ständig gegenseitig im Weg. Ich schaffte es, ihm den Gürtel aufzumachen, und knallte mir dabei eines der Enden gegen die Wange. Ich heulte weiter, heulte vor Wut, weil es mir nicht gelang, die Sache schneller voranzubringen. Ich nestelte den Knopf auf, zog den Reißverschluß runter und holte ihn raus. Er war klein, nicht vergleichbar mit der langen Pracht von vor nur wenigen Augenblicken. Ich nahm ihn in den Mund – jetzt paßte er ganz rein – und fing an, alles zu tun, was ich wußte, und noch mehr, ich wollte mich bei ihm einschmeicheln, koste es, was es wolle, aber er wurde nicht größer, das verdammte Ding wuchs nicht, und so klein und weich gestaltete sich alles noch schwieriger.

Ich hatte ihn im Mund, nahm ihn immer wieder in den Mund und lutschte, und auf einmal dachte ich, daß es mir nun gefiel, dann verwarf ich den Gedanken, das war es nicht, in Wirklichkeit gefiel es mir nicht, es war nur, daß er wachsen mußte, er mußte auf Teufel komm raus wachsen. Ab und zu nahm ich ihn aus dem Mund und leckte ihn, wie ich es am Anfang getan hatte, fuhr mit der Zunge daran entlang, näßte ihn mit Speichel ein, von der Eichel bis zu den Eiern und wieder zurück zur Eichel. Und nahm ihn wieder ganz in den Mund, saugte energisch mit den Lippen daran, schluckte ihn, meine Zunge spielte mit ihm, nur meine Zunge, als leckte ich das Blut von einer nichtexistenten Wunde. Und dann von außen, ich packte ihn fest mit einer Hand, erforschte ihn mehr dort unten, und drang weiter ein in den Hosenspalt, bis ich den Mund voller Haare hatte, um gleich wieder von vorn zu beginnen ...

Als erstes merkte ich, daß wir nun sehr viel langsamer und unentwegt im Zickzack fuhren. Dann spürte ich wieder seine Hand auf meinem Kopf. Erst da wurde mir bewußt, daß er wieder hart und steif geworden war, daß ich ihn wieder steif gemacht hatte.

Wir hielten. Eine Ampel. Ich traute mich nicht, auch nur eine Sekunde aufzublicken, blinzelte aber ein wenig, um wenigstens ungefähr festzustellen, wo wir uns befanden. Die Straße vor uns führte über eine Stahlbrücke.

Ich bin Madriderin, ich kenne die Castellana in- und auswendig.

Der gigantische Neonweihnachtsmann am Corte Inglés winkte uns zu. Ich nahm Pablos Schwanz in den Mund und begann, mich über ihm zu bewegen, von oben nach unten, mechanisch, um nachdenken zu können. Wir mußten immerhin noch ein gutes Stück fahren. Das hier war der direkte Weg zu meinem Haus. Zu seinem auch.

Von nun an versuchte ich, jeden Meter, den wir vorankamen, blindlings zu erraten, und die Straße war nun nicht mehr nur Straße, und wenn Menschen da waren, spielte es keine Rolle, es ging nur noch um die Entfernung, die Entfernung war das einzige, was zählte.

Das erste vertraute Merkmal war das Rauschen des Brunnens. Ich hatte schon geglaubt, ich würde es nie wieder hören, aber nun fuhren wir so langsam, daß diese gewaltige graue Masse ewig neben uns zu sein schien.

Wir ließen das Rauschen hinter uns und fuhren weiter. Erster wunderbarer Schrecken. Er hatte nicht den kürzesten Weg nach rechts genommen. Wir fuhren geradeaus.

Ein paar Minuten später blinzelte ich wieder verstohlen, um mich zu vergewissern, ob wir schon an der Plaza Colón angelangt waren. Gewißheit. Wir fuhren nicht zu mir. Überraschung. Auch nicht zu ihm.

Wohin brachte er mich? Wasser. Wir ließen die alte Göttin Kybele hinter uns und fuhren weiter. Allmählich glich das dem Witz mit dem Dorfdeppen, der nur geradeaus fahren konnte.

Wir sollten noch an einem anderen Brunnen vorbeifahren, aber dieser würde der letzte sein.

Wir bogen nach links ab, wendeten ein paarmal, und – allez hopp – stieß das Auto gegen die Bordsteinkante. Diesmal hätte ich ihn wirklich beinahe verschluckt.

Der Motor war nun aus, aber ich traute mich nicht, auch aufzuhören. Pablo faßte mich unters Kinn, stützte mich beim Aufrichten, umarmte und küßte mich.

Als wir einander losließen, lehnte er sich kurz zurück und sah mich an. Er sagte nichts. Ich interpretierte das so, daß er versuchte herauszufinden, ob ich Angst hatte.

»Hier wohne ich nicht.« Das sollte witzig sein.

»Nein«, lachte er, »aber du bist schon mal hiergewesen.«

Beim Aussteigen sah ich, daß er quer auf dem Bürgersteig geparkt hatte. Darin war er schon immer talentiert gewesen.

Das Haus, ein dunkles, graues Gebäude mit mindestens einem Jahrhundert auf dem Buckel, sagte mir nichts. In den Eingang, ein prachtvolles Jugendstilportal, war eine riesige Doppeltür aus Holz mit in Blei gefaßten bunten Glasscheiben eingelassen. Der große vergoldete Türknauf, der zu einem Delphinkopf geschwungen war, kam mir entfernt bekannt vor.

Er ging voran und blieb vor einer Tür stehen, an der ein goldenes Schild prangte. Und da fiel es mir ein.

Wir betraten die Werkstatt seiner Mutter, das *Atelier,* wie sie es zu nennen pflegte. Sie besaß als Schneiderin einigen Ruf. Sie entwarf vier oder fünf Kollektionen im Jahr, und wie ein Papagei plapperte sie ewig von dem Streß mit den Entwürfen, von der sozialen Verantwortung des Modemachers und von der Bedeutung des prêt-à-porter für den zeitgemäßen, städtischen Schick. Sie war wirklich nicht ganz dicht. Jahre zuvor, als sie die Nase noch nicht so hoch trug, hatte auch meine Mutter zu ihren Kundinnen gehört. Ich hatte sie manchmal zu den Anproben begleitet. Ich hatte mich dann immer in einen riesigen Sessel gesetzt und mich mit einer Reihe von dicken französischen Zeitschriften vergnügt. Die wunderschönen Fotomodelle mit gewaltigen Ohrringen und gigantischen Hüten hatte ich mir leidenschaftlich gern angeschaut.

Er ging vor mir. Auf dem Flur schnappte er im Vorbeigehen mit den Fingerspitzen zwei große karierte Kissen. Am Ende des Flurs führte eine riesige Doppeltür in den Anproberaum. Er machte Licht, warf die Kissen auf den Boden, bedeutete mir mit einer vagen Bewegung, ich solle hereinkommen, und verschwand.

Der Sessel stand noch an der alten Stelle, ich hätte schwören können, daß es derselbe war, nur mit einem anderen Bezug.

»Lulú …«

An die Spiegel konnte ich mich nicht erinnern, sie hingen an allen Wänden, Spiegel, die sich in anderen Spiegeln sahen, die wiederum andere Spiegel spiegelten, und mittendrin ich, ich mit meinem schrecklichen braunen Pullover und dem Faltenrock, ich von vorn, ich von hinten, von der Seite, perspektivisch verkürzt …

»Lulú!« Jetzt schrie er, von was weiß ich woher.

»Was …«

»Willst du was trinken?«

»Nein, danke.«

… ich, ein weißes Lämmchen mit einer rosa Schleife um den Hals, wie das Etikett auf dem Waschmittel, für das im Fernsehen noch heute geworben wird.

Pablo kam mit einem Glas in der Hand zurück, setzte sich in den Sessel und betrachtete mich.

Ich war rot geworden, aber man sah mir das nicht an, das sieht man nie bei mir, ich bin ziemlich dunkel. Ich stand immer noch mitten im Raum aufgepflanzt, ich hatte mich nicht gerührt, weil ich nicht wußte, was ich tun, wohin ich gehen sollte.

»Großer Gott, nie im Leben hab ich so schreckliche Schuhe gesehen.«

Ich guckte nicht runter, ich wußte nur zu gut, wie sie aussahen, natürlich waren sie scheußlich, keine Frage.

»Dürft ihr in der Schule keine Schuhe mit Absätzen tragen?«

Nein, logisch nicht, blöder Witz, du kannst doch in einer Nonnenschule keine Stöckelschuhe tragen, nicht einmal in der Abschlußklasse, selbst wenn sie dich in den Pausen zum Rauchen rausgehen lassen.

»Nein, dürfen wir nicht«, antwortete ich jedenfalls.

»Zieh sie aus«, seine Worte klangen wie Befehle, das gefiel mir, und ich zog sie aus. »Komm her!« Er klopfte mit der Hand auf seinen Schenkel.

Ich ging zu ihm und setzte mich auf ihn, zwängte meine Beine zwischen seine Schenkel und die Armlehnen. Ich habe nie begriffen, warum, ist auch nicht so wichtig, jedenfalls hob ich instinktiv hinten den Rock, so daß er über seine Knie hing, während die Rückseite meiner Schenkel direkt den Stoff seiner Hose berührte.

Diese Geste überraschte ihn sehr.

»Wo hast du das gelernt?« Auf seinem Gesicht spiegelte sich wieder diese wohlgefällige Verblüffung.

»Das was?« Ich begriff nicht, ich war mir nicht bewußt, etwas Ungewöhnliches getan zu haben.

»Daß du deinen Rock hochhebst, bevor du dich bei einem Typen auf den Schoß setzt. Das ist doch wohl nicht besonders schicklich.«

Möglicherweise hatte er recht, das war nicht besonders schicklich, aber ich wußte nicht, wovon er sprach.

»Ich weiß nicht, ich verstehe dich nicht.«

»Ist egal.« Es war egal. Er war zufrieden. Er lächelte. Er küßte mich sanft auf die Lippen. »Zieh deinen Pullover aus und sei artig, rede nicht und lach nicht. Ich werde mal kurz telefonieren.«

Ich schlüpfte zuerst aus dem linken Ärmel, zog mir dann den Pullover über den Kopf, und als ich mit dem rechten Ärmel fertig war, war mir eiskalt.

»Marcelo? Hallo, ich bin's.« Am anderen Ende mußte mein Bruder sein, es gibt nicht so viele Marcelos hier. »Nichts, gut ...«

Er riß mir den Pullover aus den Händen, klemmte sich den Telefonhörer zwischen Kinn und Hals und fing an, mir die Bluse aufzuknöpfen, an der es kaum etwas aufzuknöpfen gab. Ich rührte mich nicht, ich atmete nicht mal, ich war wie gelähmt, total blockiert.

»Nein, es war nicht übel, nein wirklich, der Typ ist unerträglich, weißt du ja, aber die Leute fanden's toll, haben gekreischt, geheult und sind glücklich und zufrieden nach Hause gegangen.« Er hatte jetzt einen epischen Tonfall angenommen, wie die Fernsehreporter, wenn sie ein Spiel der Nationalmannschaft kommentieren. »Kurz und gut, du hast wieder mal einen glorreichen Tag für den spanischen Sozialismus verpaßt, Genosse, noch einen, uns kann nichts mehr aufhalten ...«

Ich konnte das Gelächter meines Bruders hören. Pablo lachte auch, nicht mal ich kann so unverschämt lügen.

Er strich mit seinen Händen über meinen Rücken und hakte mir den Büstenhalter auf, einen monströsen Belcor, dieses unvermeidliche Siebziger-Jahre-Modell, hautfarben, mit kleinen gewirkten Quadraten und drei Stoffblümchen in der Mitte, deren Anblick bei ihm übertriebene, stumme Horrorkrämpfe hervorrief. Er legte eine Hand auf den Hörer, schob einen Finger unter den Träger und flüsterte mir ins Ohr:

»Ist das die perfide Strategie deiner Mutter, damit ihr alle als Jungfrauen in die Ehe geht, oder was?«

Unter ständigem Wechseln des Telefonhörers zwischen seinen Händen zog er mir die Bluse und den Büstenhalter aus.

»Ach Lulú ..., an der hab ich mein gutes Werk für den Sozialismus geleistet ...«

Er sah mich an und grinste, er war so wunderschön, schöner denn je, begeistert von seiner Rolle des gewissenhaften Verführers von Minderjährigen, und selbstzufrieden.

»Noch eine Rote mehr, Alter, ich hab noch eine Rote gewonnen, ohne Schulung oder Gorki oder den sonstigen Kram. Ihr hat's echt gut gefallen, wirklich.«

Er sprach langsam, sah mich dabei an und legte besonderen Nachdruck in seine Worte. Er sprach gleichzeitig für Marcelo und für mich, und er strich mir mit dem Glas über die Brustwarzen, hinterließ eine feuchte Stele, was gar nicht mehr nötig war, denn meine Brustwarzen waren schon steif, seitdem er angefangen hatte, auch wenn das Eis ein widersprüchliches, aber angenehmes Gefühl verursachte.

»Du kannst es dir nicht vorstellen, sie hat die Faust hochgereckt, wie eine Hysterikerin geschrien, hat die ganze Zeit im Auto die Internationale gesungen, kurz und gut, das gesamte Repertoire, kennst du ja.« Er blickte mich an. »Und nie habe ich jemanden dermaßen begeistert gesehen, sie war hochzufrieden ...«

Er grinste, und ich erwiderte sein Grinsen, jetzt hatte ich keine Angst mehr, dafür umso mehr Lust zu lachen, auch wenn ich das nicht durfte.

Ich versuchte, die Sache zu beschleunigen, und hakte die Öse am Rock auf, aber Pablo schüttelte den Kopf und gab mir zu verstehen, daß ich sie wieder zumachen sollte.

»Wir haben einen ganzen Haufen Leute getroffen, haben noch was getrunken, und jetzt ist sie so voll, daß sie kaum noch gerade stehen kann.« Er schob seine freie Hand unter den Rock und fing an, die Innenseite meiner Schenkel mit den Fingerspitzen zu streicheln. »Nerv mich nicht, Marcelo! Was weiß ich denn ...« Er steckte den Zeigefinger unter das Gummi und massierte ganz langsam von oben nach unten, rieb mit dem Knöchel über die Leiste. »Was sagst du? Ich hab sie nicht besoffen gemacht, wir sind nur auf ein Glas losgezogen. Sie hat sich vollaufen lassen. Sie ist doch schon groß, oder etwa nicht? Aber was hast du dir denn gedacht? Ich will doch nicht die ganze Nacht das Gör am Zipfel haben, auch wenn sie hundertmal deine Schwester ist. Sie ist mir ein paarmal entwischt, hat aus meinem Glas getrunken und auch aus dem der anderen, was weiß ich denn ..., sie war ziemlich aufgeregt, es hat ihr geschmeckt. Und als wir hier ankamen, war sie todmüde, konnte sich nicht mehr auf den Beinen halten. Jetzt schläft sie, wir haben sie ins Bett gebracht, und ich dachte mir, sie könnte ja hierbleiben, wenn es dir nichts ausmacht. Ich hab keine Lust, sie jetzt noch nach Hause zu bringen.« Mit der Fingerspitze strich er sanft über mein Geschlecht und mit der anderen Hand, in der er das Telefon hielt, zog er mich an sich. Ich mußte meine Hände auf der Rückenlehne des Sessels abstützen, um nicht das Gleichgewicht zu verlieren. »Was? Nein, wir sind in Moreto ..., nerv mich jetzt nicht, Marcelo, was geht dich das an? Keiner kriegt was davon mit. Hat sie nicht gesagt, daß sie zum Lernen zu einer Freundin geht? Na also, sie bleibt über Nacht bei der Freundin und fertig. Ist die Hochzeit nicht in Huesca? Ich kann mir nicht vorstellen, daß deine Mutter so lange Antennen hat ... Nein, ich weiß nicht, wo ihre Schule ist, aber sie wird es mir schon sagen, ich meine zu erinnern, daß sie einen Mund hat ... Aber nein, Marcelo, ich schwöre dir, ich hab ihr gar nichts getan, und ich habe es auch nicht vor.«

Er veränderte seine Sitzhaltung so, daß meine Brüste genau über seinem Gesicht ruhten.

Ich dachte, daß er daran lutschen wollte oder mich beißen, wie vorhin im Wagen, aber er tat nichts dergleichen. Er legte sein Gesicht in den Spalt und rieb es an meiner Haut. Ich spürte seine Wange, seinen geschlossenen Mund und seine große Nase, wie sie sich an mir rieben, sich gegen mein Fleisch preßten, sich in ihm verbargen, als sei er blind und einarmig wie ein Neugeborenes, das nur über den Tastsinn verfügt, den trügerischen Tastsinn, um die Brust seiner Mutter zu finden. Als er wieder sprach, nahm ich eine kaum merkliche Veränderung in seiner Stimme wahr.

»Nein, ich konnte nicht nach Hause gehen, Merceditas lernt. Sie hat morgen eine Prüfung, und ich wollte sie nicht stören. Außerdem ...«, er schenkte mir ein verschwörerisches Grinsen, »außerdem bin ich mit einem Mädchen hier ... Ja, klar kennst du sie, aber sie macht mir Zeichen ... sie will nicht, daß du weißt, wer sie ist ...« Auf seinem Gesicht zeigten sich Anzeichen von Ermüdung. »Deine Schwester? Mann, Alter, du kannst wohl auch an nichts anderes als an deine Schwester denken? Deine Schwester schläft wie ein Murmeltier zwei Zimmer weiter. Ich höre, wie sie schnarcht. Sie kriegt überhaupt nichts mit.« Marcelo hatte wohl gerade etwas Witziges gesagt, denn er lachte. »Alter, ernsthaft jetzt, spiel nicht den Sensiblen. Was zum Teufel geht es Lulú an, wenn ich meiner Freundin Hörner aufsetze? Warum sollte sie sich verletzt fühlen. Selbst wenn sie meint, sie sei in mich verliebt, sie ist doch noch ein Kind. Erwachsene Männer gehen doch nicht mit kleinen Mädchen ins Bett, das kommt doch nur in Romanen vor, sie wird das schon merken, nehme ich mal an, sie ist ja nicht blöd.« Ich wurde noch ein bißchen röter, mein Gesicht glühte. »Außerdem ... wie alt ist sie? Wenn sie uns sieht, um so besser für sie, sie ist alt genug, um es sich selbst zu machen.« Augenblicklich erstarrte ich. »Ehrlich? Was du nicht sagst ...«

Er öffnete seinen Mund und sog sich an einer Brustwarze fest, ab und zu zog er mit den Zähnen an der Haut. Dann machte er sich plötzlich von mir los, lehnte sich zurück und sah mich mit riesengroßen Augen und offenem Mund an, dabei fuhr er sich mit der Zunge über die Zähne. Sein Finger suchte jetzt eine neue Stelle. Er zog ihn unter dem Gummi heraus und legte ihn genau auf mein Geschlecht. Das war eindeutig. Aber er rieb mich nicht und streichelte mich auch nicht. Er masturbierte mich durch die Unterhose.

»Was, Teufel nochmal, ist eine Blockflöte?«

Ich starb vor Scham. Niemals hätte ich es für möglich gehalten, daß Marcelo so was machen würde, aber er tat es. Er erzählte es ihm. Er erzählte ihm alles. Pablo sah mich mit ungläubigem Gesicht an. Ich fühlte mich sterbenselend. Ich heftete die Augen auf meinen Rock.

»Was für eine Schande fürs Vaterland, Alter, was für eine Schande!« Das klang wie ein Stoßgebet, Marcelo und er sagten das ständig, bei jeder Gelegenheit. »Eine Blockflöte ... Diese Lulú ist doch ein Biest!«

Ich war zwischen zwei sehr unterschiedlichen Gefühlen hin- und hergerissen. Auf der einen Seite verging ich vor Scham, konnte Pablo nicht in die Augen sehen, und auf der anderen Seite verging ich wirklich gleich, war knapp davor zu vergehen, denn er machte es mir erstklassig, trotz des Stoffes oder vielleicht gerade wegen des Stoffes, sein Finger preßte mit der genau richtigen Intensität, es tat mir nicht weh und reizte auch nicht die Haut wie sonst das stümperhafte Gefummel all der anderen.

»Wie hast du das erfahren? Sie hat es dir erzählt ...! Natürlich, wem hat denn die Flöte gehört? Guillermito! Gut gemacht von Lulú! Langsam, aber gewaltig ...«

Er faßte mich am Kinn und hob mein Gesicht, sein Finger preßte unverändert weiter.

»Sieh mich an.« Ein fast unhörbares Flüstern.

Ich sah ihn an. Er lächelte, er lächelte mich an. Ich senkte wieder den Blick.

»Das wundert mich nicht, daß du einen hochgekriegt hast, Alter, du machst mich ja selbst am Telefon heiß ... Ja, das hat was, mal was anderes. Und du, was hast du gemacht? Ich an deiner Stelle, ich schwöre dir, ich hätte sie gevögelt, ohne weiter nachzudenken ... Tja, ich war schon immer der schlechtere Bruder von uns beiden oder der bessere, wer weiß. Na ja, unsere Lulú« – Gelächter – »mach dir keine Sorgen, ich bringe sie morgen zur Schule, ich ruf dich an, bis dann.«

»Eine Blockflöte ...« Er hatte aufgelegt. Jetzt sprach er mit mir. »Sieh mich an«, sein Finger hörte auf.

Ich wagte weder ihn anzusehen noch mich zu rühren, obwohl ich seinen Finger da unten schmerzlich vermißte.

Er faßte mich an den Schultern und schüttelte mich.

»Verdammt, Lulú, sieh mich an, ich schwöre dir, sonst ziehe ich dich auf der Stelle an und fahre dich nach Hause.«

Dieselbe Drohung, dasselbe Resultat.

Wieder blickte ich auf und sah ihn an. Ich kam aus einer Badewanne voll mit warmem Wasser, lauwarm, und hatte kein Handtuch, um mich abzutrocknen ...

Seine Augen funkelten. Er strahlte etwas beinahe Animalisches aus. Er umklammerte meine Arme so fest, daß es weh tat.

»Welches Teil hast du dir reingesteckt, das Mundstück oder das Ende?«

»Das Mundstück.« Die Worte sprudelten automatisch aus mir heraus.

»Und, war es gut?«

»Ja, war gut, aber sie war ziemlich schmal, ich hab nicht viel von ihr gespürt, ehrlich, nur das Mundstück, alles andere habe ich nicht gespürt, jedenfalls hat mich Amelia sofort erwischt, sie hat mir kaum Zeit gelassen, einen Orgasmus zu kriegen, wirklich, Pablo, das schwöre ich dir ...«

Ich sah ihn nur verschwommen. Zwei dicke Tränen schwammen in meinen Augen. Er lockerte den Griff um meine Arme, und als er redete, klang seine Stimme anders. Er sagte fast das gleiche, was auch Marcelo an jenem Abend zu mir gesagt hatte, als ich zu ihm gerannt war und es ihm vollkommen niedergeschmettert erzählt hatte. Sein Zimmer war der einzige Ort auf der Welt, wohin ich mich flüchten konnte.

»Entschuldige, ich wollte dich nicht ängstigen, dafür gibt es auch keinen Grund. Komm, passiert doch nichts. Das ist wirklich gut, eine Blockflöte, die Flöte von Guillermito. Ich erinnere mich noch, als die Zwillinge geboren wurden, hast du sie gehaßt, du warst nicht mehr die Kleine, und du hast sie gehaßt, nun hast du dich an ihm gerächt mit seiner Flöte, nur deshalb habe ich gelacht, wirklich. Die anderen haben nicht so viel Phantasie, sie begnügen sich mit einem Finger. Du bist schon ein großes Mädchen, ein sympathisches Mädchen, du tust doch nichts Verbotenes und ... und ... ich erinnere mich nicht, die Feministinnen haben dafür so einen Spruch, aber im Moment komme ich nicht darauf, ist jedenfalls auch egal, ist in Ordnung, ist nur natürlich ... Alle Welt tut es, obwohl die Frauen es nicht zugeben.« Er wischte meine Tränen mit den Fingerspitzen weg. »Wenn du aufhörst zu weinen, dich ordentlich benimmst und mir alles erzählst, kaufe ich dir einen richtigen Tröster, nur für dich allein.«

»Ich hab nie was nur für mich gehabt.«

»Weiß ich ja, aber ich werde dir einen schenken, damit du an mich denkst, wenn du ihn benutzt. Ich weiß, das ist keine besonders originelle Idee, aber sie gefällt mir.« Das letzte hatte er wohl nur für sich gesprochen, denn ich begriff es nicht. Außerdem dachte ich sowieso fast immer an ihn, wenn ich mich selbstbefriedigte, auch wenn ich das natürlich nicht sagen konnte. »Einverstanden?«

Ich nickte, ohne genau zu wissen, worin nun unser Einverständnis bestand. Nie zuvor in meinem Leben war ich so durcheinander gewesen.

»Steh auf.«

Ich stand auf.

Wir küßten uns einen sehr langen Augenblick und rieben uns aneinander.

Er rollte mir den Rock bis zur Taille hoch und entblößte damit meinen Bauch. Die Spiegel warfen ein merkwürdiges Bild von mir zurück.

»Setz dich und warte auf mich, bin gleich zurück.«

Er ging zur Tür, und dann fühlte ich, trotz meiner Verwirrung, daß ich etwas Wichtiges zu sagen hatte. Ich rief nach ihm. Er drehte sich um und lehnte sich mit der Schulter an den Türrahmen.

»Ich bin noch nie mit einem Mann ins Bett gegangen, bisher.«

»Wir werden auch nicht zusammen ins Bett gehen, Dummchen, zumindest nicht jetzt. Wir vögeln nur.«

»Ich wollte nur sagen, ich bin Jungfrau.«

Er sah mich einen Augenblick an, grinste und verschwand.

Ich setzte mich und wartete. Ich versuchte zu analysieren, wie ich mich fühlte. Ich war heiß, geil im klassischen Sinne des Wortes. Geil. Ich grinste. Ich hatte mir Hunderte von Ohrfeigen eingefangen, ohne zu begreifen, warum, wenn ich dieses Wort gesagt hatte. Es war einer der gebräuchlichsten Ausdrücke meines Wortschatzes. Geil, das klang so antiquiert. Ich sagte es ganz leise und studierte dabei die Bewegung meiner Lippen im Spiegel.

»Pablo hat mich geil gemacht.« Es war lustig.

Ich flüsterte das immer wieder und fand, daß ich hübsch war, sehr hübsch, trotz der Mitesser auf der Stirn.

Pablo hatte mich geil gemacht.

Da stand er, mit einem Tablett voller Sachen, und beobachtete mich, wie ich mit meinen Lippen Laute bildete, vielleicht hatte er mich sogar gehört, aber er sagte nichts, er kam ins Zimmer und setzte sich im Schneidersitz vor mich hin. Ich dachte, er wollte mich lecken, schließlich und endlich war er mir das schuldig, aber er tat nichts dergleichen.

Er zog mir die Hose aus, zerrte mich abrupt an sich und zwang mich dadurch, den Hintern direkt am Rand des Sessels abzustützen. Dann spreizte er meine Beine immer weiter auseinander und legte sie über die Armlehnen.

»Los, fang an, ich warte auf dich.«

»Was willst du wissen?«

»Alles, ich will alles wissen, von wem die Idee stammte, wie dich Amelia erwischt hat, was du deinem Bruder erzählt hast, alles, los.«

Er nahm einen Schwamm vom Tablett, tauchte ihn in eine große Tasse voll warmem Wasser und rieb ihn an einem Stück Seife, bis er schneeweiß geworden war.

Ich hatte angefangen zu erzählen, ich redete wie ein Automat, dabei ließ ich ihn nicht aus den Augen und fragte mich, was jetzt passieren würde, was jetzt geschehen sollte.

»Gut ... ich weiß nicht, was ich dir sagen soll. Mir hat es Chelo erzählt, aber die Idee stammt eigentlich von Susana.«

»Wer ist Susana? So eine große, dunkle, mit langem Haar?«

»Nein, das ist Chelo.«

»Ach so, und wie ist Susana?« Er tauchte den Schwamm in die Tasse, bis er sich voller Schaum gesogen hatte.

»Sie ist klein, ziemlich winzig, hat auch braune Haare, aber mehr ins Blonde, du mußt sie schon mal zu Hause gesehen haben.«

»Hm, weiter.«

Ich konnte nicht glauben, was jetzt passierte. Er streckte den Arm aus und seifte mich mit dem Schwamm ein. Er wusch mich wie ein kleines Mädchen. Das brachte mich vollends aus der Fassung.

»Was machst du da?«

»Das geht dich nichts an, erzähl weiter.«

»Wenn das meine Möse ist, ist das, was du mit ihr machst, wohl auch meine Angelegenheit.« Meine Stimme kam mir selbst albern vor, er antwortete nicht. Ich erzählte weiter. »Na ja, Susana macht das anscheinend oft, ich meine, sich Sachen reinstecken, und dann hat sie es Chelo erzählt. Das beste, das, was ihr am meisten gefallen hat, war die Flöte. Also beschlossen wir, es auch mal auszuprobieren, auch wenn ich das in Wahrheit eine Schweinerei fand. Aber ich machte es, Chelo schließlich doch nicht, sie kneift immer, na gut, das ist es, jetzt weißt du es, da gibt's nicht mehr zu erzählen.«

Er legte ein Handtuch auf den Boden, direkt unter mich. Es war mir unmöglich, mich nicht im Spiegel anzugucken, mit diesem weißen, clownesk weißen Haar.

»Und wie hat dich Amelia ertappt?«

»Na ja, wir schlafen im selben Zimmer, sie, ich und Patricia ...«

»Patricia, sie und ich ...«, korrigierte er mich.

»Patricia, sie und ich«, wiederholte ich brav.

»Sehr gut, weiter.«

»Ich glaubte, ich wäre allein im Haus, einmal im Leben allein, na ja, Marcelo war da und José und Vicente auch, aber die guckten Fernsehen, und da es gerade ein Fußballspiel gab, dachte ich mir ...«

Er zog ein Rasiermesser aus seiner Hemdtasche.

»Was hast du damit vor?«

Er sah mich mit seinem unschuldigsten Ausdruck an, so, als ob gar nichts sei, obwohl er mich vorsichtshalber doch fest an den Schenkeln packte.

»Es ist für dich«, antwortete er. »Ich werde dir die Möse rasieren.«

»Auf keinen Fall.« Ich richtete mich mit aller Kraft auf, versuchte aufzustehen, aber es ging nicht. Er war um einiges stärker als ich.

»Ja«, er wirkte so ruhig wie immer. »Ich werde dich rasieren, und du läßt mich machen. Du mußt nur stillhalten. Es wird dir nicht weh tun. Ich hab genug davon, dir ständig weh zu tun. Sprich weiter.«

»Aber ... warum?«

»Weil du sehr dunkel bist, ziemlich behaart für deine fünfzehn Jahre. Du hast keine Mädchenmöse. Und ich mag nun mal Mädchen mit einer Mädchenmöse, vor allem wenn ich sie verderben werde. Werd jetzt nicht nervös und laß mich machen. Schließlich ist das hier nicht anrüchiger, als sich mit einer Schulflöte, Blockflöte oder wie das heißt, zu vergnügen ...«

Ich suchte verzweifelt nach einer Ausrede, irgendeiner Ausrede.

»Aber die werden das zu Hause merken, und wenn Amelia mich sieht, petzt sie das Mama, und Mama ...«

»Warum sollte Amelia das mitbekommen? Oder treibt ihr es nachts immer zusammen?«

»Nein.« Er hatte mich so hysterisch gemacht, daß ich nicht einmal Zeit hatte, über diese blöde Bemerkung beleidigt zu sein. »Aber sie und Patricia sehen mich, wenn ich mich anziehe und wenn ich mich ausziehe, und die Haare scheinen durch.« Das beruhigte mich, ich glaubte, endlich ein überzeugendes Argument gefunden zu haben.

»Ja, gut, aber mach dir deswegen keine Sorgen, ich lasse den Schamhügel so, wie er ist, ich rasiere nur die Lippen.«

»Welche Lippen?«

»Diese Lippen«, mit zwei Fingern strich er darüber hin. Ich hatte gedacht, er würde genau das Gegenteil tun, und mir schien das noch schlimmer, aber ich hatte nun mal beschlossen, nicht zu denken, zum x-ten Mal, nicht zu denken. Wenn das so weiterging, würde mir heute nacht noch das Gehirn bersten.

»Mach du sie auseinander, bitte« – ich tat es – »und erzähl weiter. Was hast du gemacht, als Amelia dich erwischt hat?«

Ich spürte, wie die Klinge meine Haut berührte, kalt, und wie seine Finger meine Haut straff zogen, während ich weiterredete, die Worte wie ein Maschinengewehr ausspuckte.

»Gut, also, ich weiß nicht ... kurz bevor es mir kam, stand sie schon vor mir und kreischte. Sie rannte aus dem Zimmer und schlug mit dem Regenschirm die Tür hinter sich zu ...«

Die Klinge glitt sanft über das, wovon ich gerade gelernt hatte, daß es sich auch Lippen nannte. Es tat nicht weh, es fühlte sich eher wie eine ungewohnte Zärtlichkeit an, aber ich konnte mir beim besten Willen nicht den Gedanken aus dem Kopf schlagen, daß ihm die Hand ausrutschen könnte. Sein Gesicht konnte ich nicht sehen, nur sein schwarzes Haar, er hatte seinen Kopf über mich gebeugt.

»Und ich bin hinter ihr her gerannt. Sie lief nicht ins Wohnzimmer, wenigstens das nicht, sie lief mit ihrem Regenschirm schnurstracks auf die Straße raus, sie war wohl nur reingekommen, um ihn zu holen. Dann dachte ich, daß ich niemand anders als Marcelo hatte, und ich bin zu ihm gegangen, um ihm alles zu erzählen. Die Flöte hielt ich immer noch in der Hand ...« – Das Messer glitt nach außen, streifte meinen Schenkel. – »Er war in seinem Zimmer, ein riesiger Haufen von Papieren türmte sich auf seinem Tisch, ich weiß nicht, was er damit machte. Er hat gelacht, schallend gelacht und gesagt, ich solle mir keine Sorgen machen, er würde Amelia schon das Maul stopfen und sie sonst wegen etwas anderem verpetzen. Er hat nichts anderes als du vorhin gesagt ...«

Ich nahm an, daß er gar nicht zuhörte, mich nur wie eine Verrückte reden ließ, so wie damals, als sie mich am Blinddarm operierten und ich reden sollte, um abgelenkt zu sein. Aber er fragte nach, was genau Marcelo gesagt hätte.

»Na das, daß es was ganz Normales sei, daß alle es sich selbst machen und daß gar nichts dabei sei.«

»Und ...«, seine Stimme klang tiefer. »Und hat er dich nicht angefaßt?«

Ich erinnerte, was er vorhin am Telefon gesagt hatte – »ich an deiner Stelle hätte sie gevögelt, ohne weiter nachzudenken« – und zuckte zusammen.

»Nein.« Er war anscheinend mit der rechten Lippe fertig, denn ich spürte jetzt den kalten Schauer der Klinge auf der linken Seite.

»Hat er dich nie angerührt?«

»Nein. Was denkst du dir eigentlich?« Seine Verdächtigungen klangen für mich wie Science-fiction.

»Weiß nicht, wo ihr euch doch so mögt ...«

»Rührst du deine Schwester an?«

Er bekam einen Lachanfall, und ich hatte Angst, ihm könnte dabei die Hand zittern.

»Nein, aber das liegt daran, daß mir meine Schwester nicht gefällt ...«

»Aber ich gefalle dir?« Meine Freundinnen sagten, daß man das nie im Leben einen Typen direkt fragen durfte, aber ich konnte die Frage nicht unterdrücken.

Er lehnte sich zurück und sah mir in die Augen.

»Ja, du gefällst mir, gefällst mir sehr, und ich bin sicher, daß du Marcelo gefällst und vielleicht sogar deinem Vater, obwohl der das nie zugeben würde.« Er lächelte. »Du bist ein besonderes Mädchen, Lulú, rund und hungrig, aber letzten Endes ein Mädchen. Fast perfekt. Und wenn du mich zu Ende machen läßt, absolut perfekt.«

Es war in jenem Augenblick, trotz der ausgefallenen Situation, als meine Liebe zu Pablo aufhörte, eine vage und einfache Angelegenheit zu sein. Genau in diesem Moment fing ich an, Hoffnungen zu hegen und zu leiden. Seine Worte – »du bist ein besonderes Mädchen, fast perfekt« – hallten über viele Jahre in meinen Ohren nach. Von diesem Augenblick an würde ich mich jahrelang wie an einen Rettungsanker an diese Worte klammern.

Er beugte sich wieder über mich und sagte mit leiser Stimme:

»Jedenfalls sollten wir drei, dein Bruder, du und ich, es einmal miteinander machen ...« Das Messer glitt wieder nach außen, diesmal zur anderen Seite. »Sehr gut, Lulú, ist fast fertig. War es so schlimm?«

»Nein, aber es piekt ziemlich.«

»Weiß ich. Und morgen wird es noch mehr pieken, aber so bist du viel hübscher.« Er hatte sich zurückgeneigt, um, wie ich annahm, sein Werk zu begutachten, und verbarg sich gleich darauf wieder zwischen meinen Beinen. »Die Schönheit ist ein Monstrum, eine blutige Gottheit, die man mit ständigen Opferungen besänftigen muß, wie meine Mutter sagt ...«

»Deine Mutter spinnt.« Es rutschte mir so raus.

»Sicher ...«, er schien nicht im geringsten verärgert zu sein. »Und jetzt halt mal einen Augenblick still, bitte, rühr dich auf keinen Fall. Ich bin gleich fertig.«

Auch wenn ich ihn nicht sah, konnte ich mir seinen Gesichtsausdruck ganz genau vorstellen, denn alles andere, seine Stimme, seine Art zu reden, seine Gesten, seine grenzenlose Sicherheit waren mir bis ins kleinste vertraut. Er spielte. Er spielte mit mir, das hatte er schon immer gern getan. Viele der Spiele, die ich kannte, hatte er mir beigebracht, auch wie man schummelte. Ich hatte schnell gelernt. Im Mußspiel* waren wir beinahe unschlagbar. Meistens schummelte er, und ich gewann dann normalerweise.

Er langte nach einem Handtuch, tauchte einen Zipfel in eine andere Tasse und wrang ihn über meinem Schamhügel aus, den er, wie versprochen, verschont hatte. Das Wasser lief an mir herunter. Er wiederholte das zwei- oder dreimal, und dann begann er, mich abzureiben, um die Haare, die noch hängengeblieben waren, zu entfernen. Das konnte ich selbst viel besser und auch schneller machen, fand ich jedenfalls.

»Laß mich das machen.«

»Auf keinen Fall ...« Er sprach sehr langsam, flüsterte beinahe, war weggetreten, vollständig weggetreten. Seine Augen waren fest auf mein Geschlecht gerichtet.

Er küßte mich zweimal auf die Innenseite des linken Oberschenkels. Dann streckte er die Hand nach dem Tablett aus,

*Kartenspiel

griff nach einem honigfarbenen Kristallgefäß, öffnete es und stippte zwei Finger hinein, Zeige- und Mittelfinger der rechten Hand.

Es war Creme, eine weiße, fettige und stark riechende Creme.

Mit seinen Fingern strich er über meine gerade rasierten Lippen und verteilte das Zeug auf der Haut. Mich überlief wieder ein Schauer, ich war eiskalt. Dann fiel mir ein, daß der Winter noch eine Zeitlang anhalten würde und es dauern konnte, bis die Haare nachwachsen würden. Das würde nicht gerade angenehm werden. Pablo sammelte seelenruhig alle Gegenstände, die er bei seiner Operation benutzt hatte, ein, stellte sie auf das Tablett zurück und schob es beiseite.

Dann kniete er sich rechts neben mich und gab mir damit wieder den Blick auf den Spiegel frei.

Mein Geschlecht kam mir wie ein kleiner, rosafarbener, dicker Fleischberg vor. Entlang der Ritze wölbten sich zwei große weiße Wülste. Der Anblick erinnerte mich an Patricia als Baby, wenn Mama sie, bevor sie sie windelte, mit Creme einschmierte.

Pablo sah mich an und lächelte.

»Gefällst du dir? Du bist wunderschön ...«

»Machst du das nicht weg?«

»Nein. Mach du das.«

Ich langte mit einer Hand dahin und fragte mich, was ich wohl später empfinden würde. Meine Fingerkuppen berührten die Creme, die schmierig und warm geworden war. Mit gleichförmigen Kreisbewegungen verteilte ich sie auf meinem Geschlecht, bis ich die weiße Masse vollständig verrieben hatte. Es fühlte sich glitschig an, glatt, nackt und heiß wie die Beine, wenn man die Haare mit Wachs entfernt.

Und dann konnte ich nicht mehr aufhören. Die Versuchung war zu groß. Ich ließ meine Finger nach innen gleiten, einmal, zweimal, über das angeschwollene und klebrige Fleisch. Pablo rückte näher, führte mir sanft einen Finger ein, zog ihn heraus und steckte ihn mir in den Mund. Während ich daran lutschte, hörte ich ihn murmeln:

»Braves Mädchen ...«

Er kniete vor mir auf dem Boden. Er faßte mich an der Taille, zog mich brüsk an sich, so daß ich vom Sessel fiel.

Der Schreck war nur kurz. Er hielt mich sehr geschickt fest, und das, obwohl ich ziemlich kräftig war und nach wie vor bin.

Er befahl mir, mich umzudrehen. Meine Knie waren auf den Boden gedrückt, meine Wange auf den Sitz, und mit den Händen stützte ich mich auf dem mit Teppich ausgelegten Boden ab. Ich konnte ihn nicht sehen, aber ich hörte ihn.

»Streichel dich, bis du merkst, daß du kommst, und dann sag mir Bescheid.«

So hatte ich es mir niemals ausgemalt, niemals, und trotzdem vermißte ich nichts. Ich beschränkte mich einfach darauf, seinen Anweisungen Folge zu leisten und damit eine Flut von wohlbekannten Empfindungen auszulösen, wobei ich mich nur fragte, wann ich mich zurückhalten mußte, bis mein Körper anfing, sich in zwei zu spalten, und ich beschloß, Bescheid zu sagen.

»Ich komme ...«

Dann drang er in mich ein, behutsam, aber entschlossen, unaufhaltsam.

Seitdem er angekündigt hatte – »wir werden nur vögeln« –, hatte ich mir vorgenommen, auszuhalten, auszuhalten, was auch immer über mich hereinbrechen würde, keinen Mucks von mir zu geben, auszuhalten bis zum Schluß. Aber er zerbrach mich. Ich brannte. Ich zitterte und schwitzte, ich schwitzte furchtbar. Mir war kalt.

Mein Vorsatz währte nicht lange.

Bevor ich überhaupt darüber nachgedacht hatte, flehte ich ihn auch schon an, ihn wieder rauszunehmen, wenigstens einen Moment von mir abzulassen, weil ich nicht mehr konnte, es nicht mehr aushielt.

Er antwortete nicht, er beachtete mich nicht. Als er ganz in mich eingedrungen war, hielt er still.

»Sei nicht so verkrampft, Entchen, gleich werde ich mich bewegen, und es wird dir weh tun.«

Seine Stimme raubte mir die letzten Hoffnungen. Protest würde mir nichts nützen, aber ich konnte auch nicht so passiv vor mich hin leiden. Ich bin nicht dafür geschaffen, Schmerzen zu ertragen, zumindest nicht in großen Dosen. Das liegt mir einfach nicht. Also beschloß ich, wieder einmal, seinen Anweisungen zu folgen. Ich versuchte, den verlorenen Rhythmus wieder aufzunehmen. Er zwang mir jedoch von hinten einen anderen Rhythmus auf. Er hielt sich an meinen Hüften fest, in regelmäßigen Intervallen drang er in mich ein und kam wieder aus mir heraus. An seiner glühenden Stange, die in nichts mehr dem harmlosen, biegsamen Spielzeug glich, das noch vor ein paar Stunden in meinen Mund gepaßt hatte, und noch sehr viel weniger der berühmten Blockflöte, zog er mich zu sich heran und schob mich wieder von sich weg.

Der Schmerz ließ nicht nach, und obwohl er weiter anhielt, nahm er verschiedene Formen an. An der Öffnung war er immer noch unerträglich, dort glaubte ich zu zerbersten. Ich fand es erstaunlich, nicht das Reißen der Haut zu hören, die bis zur Durchsichtigkeit gespannt war. Innen fühlte es sich anders an. Der Schmerz nahm feinere Nuancen an, die, je nachdem, ob ich mich seinem Rhythmus anpaßte, mich mit ihm bewegte oder gegen ihn, heftiger zu spüren waren.

Der Schmerz ließ nicht nach, er hielt die ganze Zeit an und pulsierte in mir, bis die Lust sich von ihm löste, wuchs und schließlich übermächtig wurde.

Als ich bereits die letzten Zuckungen spürte und meine Beine aufhörten zu zittern, ich sie nicht mehr spürte, ließ Pablo sich auf mich fallen, stieß einen erstickten Schrei aus, spitz und rauh zugleich, und mein Körper füllte sich mit Hitze.

Eine Weile verharrten wir in dieser Position, rührten uns nicht. Er hatte sein Gesicht an meinem Hals verborgen, bedeckte meine Brüste mit seinen Händen und atmete heftig. Ich war glücklich. Er löste sich von mir, und ich hörte ihn durch das Zimmer gehen. Als ich aufstehen wollte, merkte ich, daß mir alles weh tat. Mühsam drehte ich mich um, ein ähnliches Gefühl wie bei Muskelkater, einem schrecklichen Muskelkater, lähmte mich von der Taille an abwärts.

Er half mir aufzustehen. Als ich meine Arme um seinen Hals schlang, um ihn zu küssen, faßte er mich um die Taille, hob mich hoch, legte meine Beine um seinen Körper und trug mich, ohne ein Wort zu sagen.

Wir gingen durch den Flur, einen langen, dunklen Flur, wie sie typisch für diese alten Häuser sind, Flure, bei denen die Türen alle von einer Seite abgehen. Die letzte Tür war angelehnt. Wir traten ein, er schaffte es irgendwie, Licht anzumachen, und legte mich auf den Rand eines großen Bettes. Er zog mir den Rock und die Strümpfe aus und lachte mich dabei an. Dann hob er die Decke hoch und schob mich drunter. Er entledigte sich seines Hemdes, es war das einzige, was er noch anhatte, und schlüpfte zu mir unter die Laken.

Diese klassische Inszenierung, das Bett und meine eigene Nacktheit, rührten mich und erleichterten mich eine Zeitlang. Die Seltsamkeiten hatten aufgehört, zumindest für den Augenblick.

Jetzt küßte und umarmte er mich, wobei er seltsame und lustige Laute von sich gab. Er kämmte mich mit der Hand, indem er das Haar nach hinten strich und von Zeit zu Zeit innehielt, um mich anzusehen. Es war herrlich. Ich spürte seine kühle, feste Haut, seine nackte Brust – trotz des gängigen Geschmacks haben mich behaarte Männer immer abgestoßen –, und ich erahnte zum ersten Mal, daß dies wie ein Fluch auf mir lasten würde, daß dies, all dieses, nichts anderes als der Beginn einer ewigen, ununterbrochenen Zeremonie des Besitzes war.

Die Tiefe dieses Gedankens überraschte mich selbst, während wir uns auf dem Bett wälzten, das jetzt einer warmen und behaglichen Festung glich und mich auf weniger welterschütternde Gedanken brachte – daß es beispielsweise jetzt auf der Straße entsetzlich kalt sein mußte. Eine wohlige Vorstellung, während ich hier lag, warm eingehüllt und sicher.

In Wirklichkeit hatte es mir gar nicht so weh getan.

Ich nutzte eine Pause, um etwas, was mir seit einiger Zeit im Kopf herumgeisterte, herauszubekommen.

»Habe ich stark geblutet?«

»Du hast gar nicht geblutet.« Er schien belustigt.

»Bist du sicher?« Seine Antwort hatte mich völlig aus der Fassung gebracht.

»Ja.«

»Ist doch nicht zu fassen!«

Ich hatte überhaupt nicht geblutet. Nicht ein bißchen. Wie schrecklich. Es war etwas absolut Wichtiges, Entscheidendes, geschehen, etwas, das sich nie wieder ereignen würde. Und mein Körper hatte sich nicht herabgelassen, das mit ein paar Blutstropfen, einem winzigen dramatischen Zeichen zu würdigen. Mein eigener Körper hatte mich betrogen. Ich hatte mir das schauriger vorgestellt, pathetischer, alles voller Blut, eine Ohnmacht, irgend etwas wenigstens, und nun hatte ich nur einen Orgasmus gehabt, einen langen und anderen Orgasmus, wenn auch ein wenig schmerzhaft, aber immerhin einen Orgasmus mehr.

Er lachte, er lachte schon wieder über mich. Darum vergrub ich mein Gesicht an seiner Schulter und verwarf den Gedanken, ihm zu erzählen, was mir durch den Kopf ging. Er langte mit der Hand auf den Boden und griff nach einem Paket Tabak.

»Ein Zigarettchen wie in den französischen Filmen?« In seiner Stimme schwang immer noch Belustigung mit.

»Warum sagst du das?«

»Weiß nicht ... in den französischen Filmen rauchen sie immer nach dem Vögeln.«

»Und warum sagst du immer ›vögeln‹, anstatt ›Liebe machen‹, wie alle Welt?«

»Ah, und wer hat dir gesagt, daß alle Welt ›Liebe machen‹ sagt?«

»Weiß nicht ... aber sie sagen es.« Selbstverständlich hatte ich eine angenommen. Zu rauchen war eine zusätzliche Lust, noch so eine Sache, die man nicht tat.

»Zu sagen ›Liebe machen‹ ist ein Gallizismus und einfach albern.« Nun hatte er einen Oberlehrerton angeschlagen. »Und außerdem, auch wenn es ursprünglich ein ausländischer Ausdruck ist, im Spanischen hat ›Liebe machen‹ immer die Bedeutung von ›den Hof machen‹, nicht von vögeln. ›Vögeln‹ klingt kräftig, klingt gut. Ficken geht auch, obwohl es sich in letzter Zeit sehr abgenutzt hat, klingt veraltet.«

»Wie ›geil‹ ...«

»Genau, wie ›geil‹, aber das Wort gefällt mir.« Er grinste, sicher hatte er mich vorhin doch gehört. »Schließlich muß Sex, ich meine, vögeln, vögeln allein, nicht notwendigerweise mit Liebe zu tun haben, das sind in der Tat zwei vollkommen verschiedene Sachen ...«

Nun also begann der theoretische Unterricht, der erste. Er redete und redete, über lange Zeit. Ich traute mich kaum, ihn zu unterbrechen, aber ich strengte mich an, jedes einzelne seiner Worte zu behalten, um ihn mir in meiner Erinnerung zu bewahren, wie er über die Liebe, die Poesie, das Leben und den Tod sprach, über Ideologie, Spanien, die Partei, Marcelo, über Sex, Alter, Lust, über Schmerz und Einsamkeit.

Dann drückte er den letzten Stummel aus, betrachtete mich auf eine merkwürdige Weise, besonders eindringlich, lächelte, so als wollte er den vorherigen Ausdruck aus seinem Gesicht wegwischen, und sagte etwas wie Bah, hör nicht auf mich.

Er schob das Laken beiseite und strich mit einer Hand von oben bis unten über meinen Körper. Ich sah seine Hand an und sah ihn an. Ich fand ihn schön, viel zu schön, viel zu groß und klug für mich. Ich hätte ihn streicheln, ich hätte ihn küssen und beißen, ich hätte ihn kratzen mögen, ich weiß nicht, warum, ich fühlte, daß ich ihm weh tun, ihn angreifen, zerstören wollte, aber ich hatte Angst, ihn auch nur anzufassen.

Er drang nochmal in mich ein, nun aber anders, sanft, langsam, er lag über mir, bewegte sich vorsichtig, so als wollte er mir keine Schmerzen zufügen.

Es war ein sonderbarer, sanfter Fick, beinahe ehelich, beinahe.

Er bat mich unentwegt, die Augen aufzumachen und ihn anzusehen, aber ich konnte es nicht, besonders dann nicht, als mein Geschlecht wieder anschwoll, mächtig und dick wurde und mir den dummen Zwang auferlegte, allein zu sein, allein nur mit meinem Geschlecht, um voll und ganz seine groteske Metamorphose spüren zu können. Trotzdem versuchte ich es, versuchte, ihn anzusehen, öffnete die Augen und sah ihn, sein Gesicht über dem meinen, den Mund halbgeöffnet, und sah meinen Körper, meine aufgerichteten, spitzen Brustwarzen, und sah meinen bebenden Bauch und den seinen. Ich sah, wie er seinen Schwanz führte, wie er dort unten bei meinen wenigen überlebenden Haaren in mich eintauchte und wieder hervorkam, aber die alleinige Tatsache zu sehen, anzugucken, was vor sich ging, beschleunigte die Bedürfnisse meines Geschlechts, das mich wieder zwang, meine Augen zu schließen. Und wieder hörte ich seine Stimme – »sieh mich an« –, und wieder flüchtete ich mich hartnäckig in die Einsamkeit, spürte wohl seine Stöße, jetzt sehr viel heftiger, wieder schmerzend, und weil ich meine Augen nicht aufmachte, ließ er sich mit dem ganzen Gewicht seines Körpers auf mich fallen, verstärkte den Schmerz, bewegte sich schnell und stoßweise, bis ich ihm gehorchte und die Augen öffnete und alles wieder naß war, fließend, und mein Geschlecht reagierte, sich öffnete und schloß , verging, ich verging, ich kam, spürte, wie es mir kam. Und unbewußt schloß ich die Lider, um wieder von vorn anzufangen.

Und dann erlaubte er mir einmal, die Augen geschlossen zu halten, und ich lief, meine Beine wurden bleischwer, mein Kopf wurde schwer, ich hörte mich selbst, weit weg, wie ich unzusammenhängende Laute von mir gab, die ich später nicht mehr erinnern würde, und mein ganzer Körper war nur noch ein Nerv, ein einziger Nerv, angespannt, aber elastisch wie eine Gitarrensaite, die mich vom Nacken bis zum Bauch durchlief, ein Nerv, der zuckte und sich krümmte, und alles in sich aufnahm.

Es war ein sonderbarer, sanfter Fick, beinahe ehelich, beinahe, aber zum Schluß, als ich schon erschöpft war und mein Körper wieder drohte, eins zu werden, der überspannte und übersättigte Nerv erschlaffte, kam er aus mir raus, rutschte auf den Knien ein bißchen vor, stützte sich mit der linken Hand an der Wand ab und steckte ihn mir in den Mund.

»Schluck alles.«

Ich brauchte kaum noch etwas zu tun, fünf oder sechs Stöße aushalten, gegen die ich mich nicht hätte wehren können, selbst wenn ich gewollt hätte, denn er klemmte mich zwischen seinen Beinen fest. Ich schloß die Lippen um das klebrige Fleisch, nahm den Geschmack wahr, meinen eigenen Geschmack, anders als zuvor, und schluckte, schluckte diese Art schleimiger und warmer Pomade, süß und sauer zugleich, mit einem entfernten Beigeschmack nach der Medizin, die die frühen Lebensjahre glücklicher Kinder verbittert, schluckte und unterdrückte den Hustenreiz, je tiefer diese dicke und eklige Flüssigkeit in meinen Hals floß. Daran habe ich mich niemals gewöhnt und werde mich auch nie gewöhnen, niemals, trotz der vielen Jahre und der harten Selbstdisziplin, die ich mir auferlegte.

Ihm gefiel es jedenfalls. Während ich sein ersticktes Stöhnen hörte und seine Bewegungen mit meinem Kopf begleitete, versuchte ich soviel Speichel wie möglich zu sammeln, um die letzten Reste runterzuwürgen, genauso wie bei Rosenkohl, der immer so gammlig schmeckt, um die Übelkeit abzuschütteln, die mich würgte. Als ich still lag und dachte, daß er es wohl genossen hatte, fiel mir eines der ewigen Stoßgebete von Carmela, dem Kindermädchen, das meine Mutter mit in die Ehe gebracht hatte, ein. Sie war eine alte Frömmlerin, die schlecht roch und von Sklerose völlig steif war, eine alte Schwachsinnige, die ständig wie ein Gespenst durch den Flur geisterte und dabei vor sich hinmurmelte: Der Herr gibt uns, und der Herr nimmt uns. Dabei hielt sie das *ABC* in der Hand, die Seite mit den Todesanzeigen und den *»Gracias, Espíritu Santo«* aufgeschlagen, der Herr gibt uns, und der Herr nimmt uns, er gibt es mir, und er nimmt es mir, so ist es gut, der Kreis schließt sich, es beginnt und endet am selben Ort, ihm gefällt es, und so ist es gut.

Die erste Theoriestunde war ein Erfolg auf der ganzen Linie.

Danach trank ich, ich trank literweise Wasser, ich trinke hinterher immer Wasser, es nützt überhaupt nichts, aber das ist das einzige, was man machen kann, Wasser trinken. Ich war ziemlich müde und sehr zufrieden. Ich drehte mich um und wollte schlafen. Er deckte mich zu, drehte sich zu mir, umarmte mich, atmete dicht an meinem Kopf und sagte mir gute Nacht, obwohl es bereits dämmerte.

Ich schlief wohlig und schwer, wie damals, nachdem ich einen Tag in den Bergen verbracht hatte.

Weiter kann ich mich an nichts Besonderes erinnern.

Sonnenlicht weckte mich, er lag nicht neben mir.

Ich stellte mir lieber nicht vor, daß er sich verzogen, mich hier, im Atelier seiner Mutter, allein zurückgelassen hatte, wo absolut keine Geräusche zu hören waren. Es schien jedenfalls nicht so, als ob hier jemand arbeitete. Ich konzentrierte mich darauf herauszufinden, wie spät es war.

Es mußte schon reichlich spät sein, ich würde es nicht einmal mehr zur dritten Stunde schaffen.

Nach einer Weile hörte ich das Geräusch eines alten, ungeölten Türschlosses. Jemand öffnete die Tür. Das konnte er sein, aber auch jede andere beliebige Person. Ich zog mir die

Decke über den Kopf und lag mucksmäuschenstill. Ich vernahm Schritte und Geräusche, es schienen keine Absätze zu sein, aber man weiß ja nie, sie kamen näher, dann spürte ich ein Gewicht auf mir, jemand hatte etwas auf mich drauf gelegt.

»Kalte porras* sind ungenießbar ...«

Es war seine Stimme. Ich lugte unter der Decke hervor und sah ihn, er lehnte am Türrahmen und lächelte.

»Was möchtest du frühstücken?«

»Kaffee mit Milch.« Ich lächelte zurück, niemals zuvor in meinem Leben war ich so glücklich gewesen.

Er verschwand. Schnell kleidete ich mich an, ich war hungrig.

Ich redete erst wieder, nachdem ich sieben riesige, köstliche, noch warme porras verschlungen hatte, eine meiner Lieblingsspeisen. Er sah mir zu und bestand hartnäckig darauf, daß er keine mehr wolle, daß er für gewöhnlich nur eine esse.

»Weißt du, meine Mutter stört das, daß wir porras lieber mögen als churros**. Sie meint, man kleckert mehr, die sind fettiger, ordinärer, verstehst du?« Allein bei dem Gedanken mußte ich schon losprusten. »Sie sagt, einen churro ißt man mit zwei Fingerchen, sie benutzt dafür immer die Verkleinerungsform, Fingerchen, und das sieht fein aus, das hat Stil, aber porras in der Öffentlichkeit zu essen, selbst mit zwei Fingerchen ...« Ich konnte nicht weitersprechen, ich verschluckte mich, mir kamen die Tränen vor Lachen, und er lachte mit.

»Du bist sehr witzig, Lulú ...«

»Vielen Dank.« Aber noch während ich ihm antwortete, begriff ich, daß ich irgendwann in die reale Welt zurückkehren mußte. »Wie spät ist es?« Eigentlich wollte ich es lieber nicht wissen.

»Zwanzig vor eins.«

*in Öl frittierte Kringel

**in Öl frittierte Kringel, kleiner als porras

»Zwanzig vor eins!« Meine Beine zitterten, das würde einen Skandal erster Güte geben. »Aber ..., ich hatte heute Unterricht.«

»Ich habe beschlossen, dir freizugeben, letzte Nacht hast du dich sehr ordentlich betragen.« Er grinste. Für ihn war das nicht von so großer Wichtigkeit, Schule oder Schwänzen, ein Tag mehr oder weniger.

Vielleicht hatte er recht, so wichtig war es auch nicht.

Sicher würde Chelo mitspielen, das tat sie immer. Ich würde meiner Mutter erzählen, ich sei mit einer Magenverstimmung aufgewacht und hätte beschlossen, im Bett zu bleiben; das mit der Lehrerin war schon schwieriger. Auf jeden Fall gab es noch weitere Gefahren.

»Wirst du es Marcelo erzählen?«

»Nein, der würde vor Eifersucht sterben.« Er grinste in sich hinein, irgendwie ein merkwürdiges Grinsen. »Obendrein verstößt das, was wir gemacht haben, gegen die Moral ...«

Wir traten auf die Straße, es war ein herrlicher Tag, kalt, aber klar, die Sonne wärmte trotz der Jahreszeit. Ich bat ihn, mich zur Schule zu fahren. Ich mußte Chelo treffen und mir ein Alibi verschaffen, bevor ich nach Hause ging.

Er fuhr schweigend, ich verspürte auch keine Lust zu reden, aber als er gegenüber dem Eisengitter anhielt, drehte er sich zu mir.

»Ich möchte, daß du mir etwas versprichst.« Seine Stimme war auf einmal wieder ernst.

Ich nickte.

»Was auch immer passieren mag, versprich mir, an zwei Sachen zu denken. Versprich es mir.«

Ich nickte wieder.

»Erstens: Sex und Liebe sind zwei grundverschiedene Dinge ...«

»Das hast du mir schon letzte Nacht erzählt.«

»Gut. Zweitens: Letzte Nacht, das war ein Akt der Liebe.« Er sah mir besonders eindringlich in die Augen. »Verstanden?«

Ich überlegte ein paar Sekunden, aber es war zwecklos. Ich wußte nicht, was er mit all dem sagen wollte.

»Ich verstehe dich nicht.«

»Macht nichts, versprich es mir.«

»Ich verspreche es dir.«

Er lächelte mich an, gab mir einen Kuß auf die Stirn, öffnete mir die Tür und verabschiedete sich.

»Adios, Lulú, sei artig und werde nie erwachsen.«

Ich begriff absolut nichts und fühlte mich wieder schlecht – wie das weiße Lämmchen mit der rosa Schleife um den Hals.

Ich wußte nichts zu sagen. Schließlich ging ich wortlos davon. Ich lief schnell zu dem Gitter und drehte mich nicht mehr um. Ich erblickte Chelo, und sie sah mich, sie sah mich mit erstauntem Gesicht an. Pablos Wagen verschwand zwischen Hunderten von Wagen.

Ich fühlte mich immer noch schlecht.

»Mensch, wo kommst du denn her?« Chelo war erstaunt, und dann dachte ich, daß sie mir es vielleicht am Gesicht ablesen konnte, weil sich mein Gesicht verändert hatte.

Ich hakte sie unter, und wir marschierten nach Hause.

Ich erzählte es ihr. Ich erzählte es ihr zur Hälfte, indem ich die meisten Details ausließ. Sie sah mich gebannt an, versuchte, mich zu unterbrechen, aber das gestattete ich nicht, ich ignorierte ihre ständigen Ausrufe und redete weiter, ich redete, bis ich am Schluß angekommmen war, und je länger ich redete, desto mehr verschwand dieses unangenehme Gefühl. Ich fühlte mich wieder gut und war mit mir selbst zufrieden.

Unvermittelt blieb sie stehen. Ich stolperte und drückte mir die Nase an einer Akazie platt. Typisch für mich, ich reagiere nie schnell genug.

Sie stand seelenruhig da und sah mich an. Auf ihrem Gesicht zeichnete sich ein mir bekannter Ausdruck ab. Sie war ärgerlich, verärgert über mich. Grundlos verärgert, dachte ich.

»Na gut, und wie habt ihr es gemacht?«

»Na, wie ich es dir erzählt habe, ich auf allen vieren, ich meine, nicht direkt auf allen vieren, weil ich meine Hände nicht auf dem Boden abgestützt habe ...«

»Das will ich gar nicht wissen. Das interessiert mich nicht, was ich wissen will, ist, wie ihr es gemacht habt?«

»Aber das habe ich dir doch gesagt. Ich verstehe dich nicht.«

»Nimmst du die Pille?«

»Nein ...« Auf einmal war ich wie vor den Kopf geschlagen. Ich nahm die Pille nicht, natürlich nicht, auf den Gedanken war ich gar nicht gekommen, ich hatte überhaupt nicht an Probleme dieser Art gedacht, als ich mit ihm zusammen war.

»Hat er sich ein Gummi übergezogen?« Ihre Augen funkelten vor inquisitorischem Ingrimm.

»Nein, keine Ahnung, ich hab nicht darauf geachtet, ich hab ihn nicht gesehen ...«

»Und das macht dir nichts aus?«

»Nein.«

»Du bist doch total verrückt!« Sie wurde immer wütender, weil sich nicht ein Muskel in meinem Gesicht regte, weil ich weder beunruhigt war noch es schaffte, beunruhigt zu wirken, und außerdem machten mich ihre Anfälle von Hysterie krank. »Du ... du ... du bist wie ein Macker! Hauptsache, du hast deinen Spaß, nur los, und denkst an nichts. Begreifst du denn nicht, daß er dich verarscht hat? Das ist ein geiler alter Typ, Lulú, ein Alter, der dich nicht ernst genommen hat. Den siehst du nie wieder. Weißt du, was meine Mutter sagt? Die Jungen wollen sich nur vergnügen ...«

»Schluß jetzt!« Nun war ich diejenige, die wütend war. »Ich hätte dir das nicht erzählen sollen. Du begreifst doch gar nichts.«

»Ich begreife nichts?« kreischte sie mitten auf der Straße los. Die Leuten blieben stehen und gafften uns an. »Die, die nichts begreift, bist du, du hast dich wie eine Vollidiotin benommen, du, Lulú, entschuldige, wenn ich dir das sage, Mädchen, aber du hast nicht einen Funken Feingefühl ...«

Ich rief sie an, bevor ich zur Arbeit ging. Ich rief sie an, weil sie meine Freundin ist, meine beste Freundin, und weil ich sie mag.

Sie heulte immer noch, hatte Schluckauf und zog die Nase hoch.

Ich tröstete sie.

Ich sagte ihr, daß der Prüfungsvorsitzende selbstverständlich ein Idiot sei und kein Recht habe, einfach ihren Prüfungstermin zu verschieben. Ich sagte ihr auch, ich sei ganz sicher, daß sie diesmal bestehen würde, obwohl das nicht die Wahrheit war.

Auch ich fühlte mich an diesem Nachmittag allein, und darauf hatte ich keine Lust mehr. Am Ende würde ich noch Pablo anrufen, sollte vielleicht mal sein Anrufbeantworter ausgeschaltet sein, einen Vorwand hatte ich ja immer noch in der Hinterhand.

Schließlich schlug ich das klassische Programm vor.

Wenn Patricia einverstanden war, bei mir zu übernachten und auf Inés aufzupassen, natürlich nur gegen Kohle, geldgierig wie sie war, könnten wir Essen gehen, essen wie zwei glückliche Dicke, und hinterher würden wir saufen, bis wir lachen konnten, lachen über nichts und wieder nichts wie zwei glückliche Verrückte, und wenn wir dann noch in der Stimmung waren, würden wir in einer Szenekneipe jemanden aufreißen, aufreißen wie die Blöden, wie zwei glückliche Nutten, und morgen wäre dann ein neuer Tag ...

Sie fand den Vorschlag gut.

Der Abend wurde ein Desaster, ein kompletter Reinfall.

Essen, klar, wir aßen, wir stopften uns einen Haufen von ungesundem Zeug rein, Abertausende von Kalorien und dazu Brot, aber das hob unsere Laune nicht.

Trinken, klar, wir tranken, kamen aber nur schlecht drauf, ein trauriges, weinerliches Besäufnis. Chelo wußte nicht, was sie mit ihrem Leben anfangen sollte, wenn sie nach all den Jahren durch ihre Auswahlprüfungen fiel. Ich hatte Pablo verlassen, um mein Leben zu leben, mein eigenes Leben, und jetzt wußte ich genauso wenig, was ich damit anfangen sollte.

Ich hatte es total satt.

Wir tranken schweigend, jede mit sich selbst beschäftigt. Chelos Augen schimmerten immer noch verdächtig. Auch mir schossen die Tränen in die Augen, als ich, obwohl mein Glas noch halb voll war, aufstand und verkündete, daß wir besser gehen sollten, es sei für heute genug.

Wenn es sich irgend vermeiden läßt, heule ich nicht in der Öffentlichkeit.

Als ich den Motor anließ, hatte ich beschlossen zurückzugehen, Chelo zu Hause abzusetzen und dann zu Pablo zurückzugehen. In jener Zeit waren meine Tage mit zwei grundsätzlichen Überlegungen ausgefüllt: entscheiden, daß ich zurückgehen würde, und entscheiden, daß ich nicht zurückgehen würde. Und das ununterbrochen.

Es war ziemlich spät, aber die Straße war noch voller Leute, Leute, die sich in kleinen Grüppchen amüsierten, Leute, die die Straßencafés von oben nach unten absuchten und nach einem freien Tisch Ausschau hielten, Leute, die ihre

Gläser mit auf die Straße genommen hatten, um zu sehen und gesehen zu werden, normale Leute, die sich allem Anschein nach vergnügten.

Es war immer noch sehr heiß, ganz so, als wollte der Sommer nie enden.

Chelo wohnte immer noch in dem Viertel, in dem wir groß geworden waren. Wir bogen in eine uns beiden sehr vertraute Straße, eine breite Prachtstraße, die verlassen wirkte, aber sie waren da.

Da standen sie, halb verborgen in den Eingängen, aufgedonnert und auf ihren hohen Absätzen hin und her schwankend, hautenge metallicschimmernde Stretchhosen, die phantastischsten Synthetikleoparden auf einer unglaublich glatten Oberfläche, gewaltige Dekolletés, perfekte Kleider, makellos und beneidenswert, knallrote Lippen, die falschen Wimpern mit farbiger Wimperntusche zugekleistert und Kinderfrisuren. Löwenmähnen waren anscheinend aus der Mode gekommen. Jetzt trugen sie fast alle kleine Pferdeschwänze mit bunten Gummibändern und Schleifen, ihre Köpfchen waren mit Haarspangen, Schmetterlingen und Äpfelchen übersät.

Einem unkontrollierbaren Impuls gehorchend drosselte ich die Geschwindigkeit und fuhr an den Rand. Chelo protestierte, aber ich beachtete sie nicht.

Und da sah ich ihn. Er stand ziemlich weit oben, fast an der Ecke zu Almagro, er trug eine Art orangefarbenen Pyjama mit einem breiten schwarzen Gürtel, der mit Ketten und Goldmünzen verziert war; er stand da mit ein paar Leuten, gab jedem ein Küßchen und trug noch die Löwenmähne. Ganz das klassische Outfit.

Ich fuhr zu ihm heran, beugte mich aus dem Fenster und rief nach ihm.

Ely drehte sich um, es dauerte einen Augenblick, bis er mich erkannte. Normalerweise saß ich nicht am Steuer, früher war immer Pablo gefahren. Dann kam er mit aufgeregten Gebärden auf mich zu.

»Lulú! Wie schön!«

In dem Wagen neben mir saß ein Mann, höchstens ein paar Jahre älter als ich, gut angezogen, ganz der Typ aufsteigender Angestellter und höchstwahrscheinlich glücklicher Familienvater. Er verhandelte gerade mit zwei Transvestiten. Der eine von ihnen war groß und korpulent, der andere ein Winzling mit Kindergesicht.

Ely drückte mir zwei schmatzende Küsse auf, einen auf jede Wange. Dann begrüßte er Chelo, gleichfalls sehr stürmisch. Er sah nicht besonders gut aus, er war ziemlich gealtert. Wir hatten uns schon immer Sorgen um ihn gemacht, Pablo und ich. Wir ahnten, daß es einmal schlecht mit ihm enden würde.

»Was machst du hier?« Er war vor ungefähr einem Jahr in den Süden gegangen. »Ich dachte, du wärst in Sevilla ...«

»Ach! Hör bloß auf.«

Er warf sich mit einer Hand das Haar zurück. Seine Fingernägel waren perlmuttweiß lackiert, so hatte ich sie noch nie bei ihm gesehen, vielleicht bildete er sich ein, das würde ihn jünger machen.

»Die Sevillaner sind zu sehr ... Sevillaner für mich. Ich hab von denen ziemlich schnell die Nase voll gehabt, ich hab das weltstädtische Flair vermißt, die Szene, weiß auch nicht. Außerdem habe ich altes Mädchen mich wieder mal verliebt, du weißt ja, passiert mir immer wieder ...«

Bei diesem Geständnis hatte er die Stimme gesenkt. Ich altes Mädchen bin verliebt – als könnte dieser Umstand allein schon sein Anderssein erklären. Ich bin verliebt, das sagte er so weich und schüchtern, beinahe ehrfurchtsvoll. Du alte Nutte, dachte ich. Wenn er über Liebe sprach, ließ er völlig außer acht, daß er in Wirklichkeit ein Mann war. Er dachte von sich stets in der weiblichen Form.

Chelo beglückwünschte ihn überschwenglich, warnte ihn aber, er solle aufpassen, die Männer seien alle schlecht. Ely antwortete, wem sie das wohl sage, aber er für seinen Teil könne trotzdem nicht ohne sie leben. Klar, da stimmte

Chelo ihm zu. Ich hörte ihnen zu und beobachtete den Handel, der zu meiner Linken abgeschlossen wurde. Ich war darauf vorbereitet, ein kleines Stück weiterzufahren, damit der Wagen heraus konnte, aber die drei richteten sich auf dem Rücksitz ein. Der Kunde setzte sich in die Mitte, und dann fingen sie an, aneinander rumzufummeln.

»Hör mal!« Elys unverkennbarer estremadurischer Akzent holte mich wieder zurück. »Ich hab deinen Jungen vor ein paar Monaten im Fernsehen gesehen, in Sevilla! Ist jetzt oft zu sehen ...«

Ich nickte und grinste. Pablo war schon zweiundvierzig, aber für Ely würde er immer mein Junge bleiben, genauso wie für Milagros die Farblose jetzt offenbar Pablos Mädchen war. Ansonsten wunderte mich nicht, was Ely sagte, Pablo war auf einmal populär geworden.

»Aber warum quatscht er ständig von diesem Priester?«

»Was für ein Priester?« Ich verstand nicht, was er meinte. Außerdem hatte ich es in der letzten Zeit nach Möglichkeit vermieden, mir Pablo im Fernsehen anzugucken. Die übrigen Gesprächsteilnehmer, die Diskussionen, das Programm, oder was es auch sein mochte, waren normalerweise so idiotisch, daß die selbstsichere Ausstrahlung meines Mannes, seine Intelligenz, sein hinterlistiges, aggressives Lächeln mich nur wieder daran erinnerten, wie sehr ich ihn mochte, schrecklich mochte, trotz allem. Und das bestärkte nur meinen unerträglichen Wunsch zurückzugehen, ließ mich schmerzlich die rosa Schleife und mein weißes, gekräuseltes Schäfchenfell vermissen.

»Na, dieser Priester, der schon Ewigkeiten tot ist, ich komm gerade nicht auf den Namen, Himmel nochmal, ja, du mußt doch wissen, wer das ist, der, der was mit der Nonne laufen hatte. Die gefällt mir, die muß schon schwer in Ordnung gewesen sein, die kleine Nonne, und ziemlich schlau.«

»Was denn für eine Nonne?«

»Na, welche wohl? Die mit den Pralinen, Mädchen, die Heilige, die aus Avila ...«

»Ach so! San Juan ...«

»Ja der, San Juan von was weiß ich. Ewig kommt er mit derselben Geschichte, keine Ahnung, warum ihn das nicht langsam langweilt. Neulich war es stark, da war so 'n Yankee, der behauptete, wenn die sich mit der Peitsche und solchen Sachen gegeißelt haben, dann in Wirklichkeit nur, damit es ihnen kam, zum Schluß wäre es ihnen immer gekommen, die totalen Masochisten, verstehst du?«

Ich nickte, ich wußte, von welchem Idioten er sprach.

»Mir war der ausgesprochen sympathisch. Er hat so reizende Sachen gesagt, aber dein Junge war ziemlich genervt, wurde sogar ausfallend. Mich hat das entzückt, du weißt ja, wie gut mir Pablo gefällt, wenn er sich aufregt. Dann sieht er so hübsch aus, außerdem verleihen ihm seine weißen Strähnen das gewisse Etwas, weiß auch nicht, aber steht ihm gut.«

Mein Nachbar war vollauf beschäftigt. Er war seinen beiden Begleitern an die Wäsche gegangen und hatte ihre Schwänze hervorgeholt. Die legte er auf seine Handflächen und begutachtete sie einen Augenblick lang mit abschätzendem Blick. Einer der Typen – der Kleine, der noch wie ein Kind aussah – hatte einen beachtlichen Schwanz. Der andere, groß und auffällig, ganz im Stil eines Revuestars mit Federboa und allem, hatte einen kleinen, dummen und zusammengeschrumpften Penis, der in jeder Beziehung das schwächlichste und mickrigste all seiner Glieder war. Natürlich weiß man nie; das dachte sich wohl auch der Kunde, der einen kleinen überraschten und entzückten Schrei ausstieß, bevor er anfing, sie gleichberechtigt zu liebkosen, ohne einen von beiden zu benachteiligen, schließlich sind ja alle Geschöpfe Gottes, jeden mit einer Hand, während sie dasselbe mit ihm machten und sich dabei ständig auf den Mund küßten. Ely fragte mich etwas, aber ich hatte nicht zugehört. Er wiederholte die Frage lauter.

»Wo Pablo ist!«

»Keine Ahnung. Wir leben nicht mehr zusammen.«

Wenn ich ihm gesagt hätte, daß sich in diesem Moment der Boden unter seinen Füßen auftäte, wäre er nicht verblüffter gewesen. Es verschlug ihm die Sprache, er sah mich nur an und wußte nicht, was er sagen sollte. Mit verschwörerischer Miene beugte er dann seinen Kopf zu mir herunter.

»Er steht doch wohl nicht auf dem Bürgersteig gegenüber?« Er grinste, dann würde er nämlich gleich dort sein, die alte Ely, um als erste mit Pablo anzubändeln. Beinahe hätte ich ihm eine Beleidigung an den Kopf geschmissen.

»Nein, tut mir leid, ich glaube kaum, er hat was mit einer Rothaarigen laufen.«

»Natürlich jünger als du.«

Ich war kurz davor, ihn zum Teufel zu schicken, aber ich hielt mich zurück.

»Hm, jünger als ich.«

»Also hat Pablo dich wegen einer Rothaarigen sitzenlassen ...«

»Nein.« Ich bemühte mich, ruhig zu sprechen und besonderen Nachdruck auf meine Worte zu legen. »Ich habe ihn verlassen, und erst danach hat er was mit der Rothaarigen angefangen.«

Ich hatte mich wohl doch in ihm getäuscht. Jetzt sah er mich noch erstaunter an, hielt den Kopf schief und lächelte spöttisch.

»Du hast Pablo verlassen?« Auch er betonte jedes Wort. »Du glaubst doch wohl nicht, daß ich dir das abnehme, du und Pablo verlassen ...? Komm schon, Lulú!«

»Ach, laß dich doch in'n Arsch ficken!« Das war alles, was ich noch herausbringen konnte: Laß dich doch in'n Arsch ficken. Ich war wütend und wollte nicht, daß er mich weinen sah. Diese alte Tunte, ach komm, Lulú!, scheiß doch auf ihn. Laß dich doch in'n Arsch ficken, sollen sie ihn dir doch ein für alle verdammte Male aufreißen.

Er sah mich an, als sei ich vollkommen übergeschnappt. Normalerweise antwortete er mit einem »Vielen Dank!« oder »Dein Wort in Gottes Ohr!« und brachte mich damit zum Lachen, aber diesmal merkte er, daß ich es ernst meinte. Laß dich doch in'n Arsch ficken.

Ich setzte den Wagen mit einem Ruck zurück und hätte beinahe den hinter uns gerammt. Aber der hatte zum Glück gerade seine Ware eingeladen und fuhr deshalb langsam. Zu meiner Linken hatten jetzt eindeutige Bewegungen eingesetzt. Der blau gekleidete Angestellte hatte sich auf den Winzling draufgesetzt, der würde ihm jeden Moment seinen Schwanz reinstecken, und der andere wichste ihn mit der Hand. Schade, das Beste würde ich verpassen.

Chelo sah mich erschrocken an.

»Was hast du denn?«

Ich gab keine Antwort.

»Aber ... warum führst du dich so auf? Schließlich war Ely doch schon immer in Pablo verliebt, oder? Das behauptet er wenigstens. Lulú, bitte paß auf! Du fährst uns noch zu Tode ...«

Ich fuhr wie eine Wilde, wie eine vollkommen Wildgewordene, raste bei Rot über die Ampeln, ich sah sie gar nicht, meine Augen schwammen in Tränen.

Ich hatte die weiße Bluse nicht finden können, als ich das Haus verließ.

Eines Abends, fast ein Jahr nachdem wir Ely kennengelernt hatten, tauchte Pablo mit ihm bei uns auf. Er hatte auf der Messe Autogramme gegeben, eine Verpflichtung, die er haßte. Dort hatten sie sich getroffen. Ely war mit einem seiner Bücher in der Hand bei Pablo aufgekreuzt und hatte ihm dann den ganzen Nachmittag über Gesellschaft geleistet, denn wie üblich kam niemand an den Stand. Pablo hatte ihn dafür zum Essen eingeladen, und Ely selbst bereitete das Essen zu.

Er trug ein blaßrosa T-Shirt aus Atlas, mit sehr dünnen Spaghettiträgern und Spitzeneinsatz am Ausschnitt, wunderhübsch.

»Es ist wunderschön, dein T-Shirt.«

»Ich schenke es dir.« Er sah köstlich aus, wie er, eine meiner Schürzen umgebunden, Ravioli kochte. »Ernsthaft, Lulú, behalt es, ich habe mehrere davon, auch in anderen Farben.«

»Es ist mir todsicher zu klein, ich hab doch mehr Busen als du ...«

»Täusch dich nicht.«

»... aber du kannst mir ja sagen, wo du es gekauft hast, es gefällt mir wirklich gut.«

Folglich verabredeten wir, an einem Nachmittag einkaufen zu gehen.

Zuerst verspeisten wir Sahnetörtchen, und er bekannte, er esse sie für sein Leben gern. Und dann schleppte er mich an vier verschiedene Orte. Nur einer davon war ein Geschäft mit Eingangstür zur Straße und Leuchtreklame, Verkäuferinnen und allem, die anderen drei waren Wohnungen, alle in der Nähe von Sol. Die letzte lag im sechsten Stock in einem Haus ohne Fahrstuhl. Als wir dort ankamen, hatte ich eigentlich schon keine Lust mehr, noch Treppen zu steigen.

Ich hatte kiloweise Unterwäsche gekauft, Pablo hatte mir reichlich Geld in die Hand gedrückt, er kannte meine Gelüste. Um die Wahrheit zu sagen, hatte ich viel Spaß dabei gehabt, winzige Schürzen aus glänzendem Stoff mit dazu passenden Hauben anzuprobieren, Korsagen mit Rückenverschluß und bis zur Taille ausgeschnittene Slips, die aber im Schritt komplett offen waren. Ely hatte mir geholfen und mich beraten, das steht dir nicht, das ja, kauf dir was aus schwarzem Leder, das kommt immer gut ...

Ich ging nicht auf ihn ein, er mußte langsam genug von mir haben.

Ich suchte weder was Schwarzes noch was Rotes aus, im Grunde hätte ich gern rote oder schwarze Strapse gehabt, möglichst schrille, die standen mir und hatten so was Klassisches, aber Pablo fand diese Farben entsetzlich. Also blieb ich bei Weiß, fast alles in Weiß, ein bißchen beige, rosa, gelb. Ich erstand sogar so ein unbeschreibliches Ding, so eine

Mischung aus Badeanzug und Hemdchen in ganz hellem Wassergrün, eigentlich bestand es nur aus Trägern und Löchern. Vollkommen unpraktisch. Aber ich fand es lustig, weil es so barock aussah.

Ich hatte überhaupt keine Lust mehr, noch in den sechsten Stock zu steigen, schnaufte aber brav die Holzstufen hoch, die nach abgestandener Seifenlauge rochen. Ich tat es, um Ely nicht zu enttäuschen, denn er hatte gesagt, dieser Laden, der nicht einmal ein Schild am Balkon hatte, auch kein Messingschild am Eingang, nichts, gar nichts, sei der beste, und deshalb habe er ihn als krönenden Abschluß aufbewahrt.

Die Besitzerin sah aus, als sei sie in früheren Zeiten Flamencotänzerin gewesen, das blauschwarz gefärbte Haar war straff nach hinten gefaßt und im Nacken zum Knoten gesteckt. Ihre Augenbrauen hatte sie hellgrau nachgemalt und die Lider feurig blau geschminkt, der Lippenstift war dem sehr ähnlich, den Ely normalerweise benutzte, scharlachrote Leidenschaft oder ein ähnlicher Name, dazu passendes Rouge, dunkler Teint und ein paar Goldzähne. Ihr Gesicht glich der plastischen Landkarte irgendeines ziemlich zerklüfteten Landes.

Sie fragte mich, ob ich Andalusierin sei.

Als ich verneinte, sah sie mich ein wenig enttäuscht an. Dann wollte sie wissen, wo ich arbeitete. Mir fiel keine Antwort ein. Zu der Zeit kämpfte ich immer noch mit dem Dichter Marcial, und ich vermutete, daß meine stillen Gefechte für sie nicht von sonderlichem Interesse waren. Ely rettete mich aus der Klemme, indem er erklärte, ich sei eine anständige Frau, naja, mehr oder weniger anständig. Die Flamencotänzerin gab sich mit dieser Erklärung zufrieden, musterte mich aber nach wie vor mißtrauischen Blickes.

Aus irgendeinem Grund gefiel ich ihr nicht.

Dick wie eine Robbe und mit einem bedruckten Morgenmantel bekleidet, führte sie uns durch einen ewig langen Flur bis zu dem einzigen Zimmer, dessen Fenster zur Straße lagen, einem ziemlich großen Raum. In den Ecken standen ein paar spanische Wände und Vitrinen, in denen außer Kleidung alle nur erdenklichen Machwerke auslagen, die zum Aufreizen bestimmt waren.

Ich entdeckte sie sofort, sie hing auf einem Bügel.

Sie war winzig, weiß, fast durchsichtig, der Batist war so hauchzart wie Gaze.

Der hochgeschlossene Kragen ging in zwei mit Rüschen besetzte kleine Revers über. Genau darunter waren mit glänzendem Garn und klitzekleinen Perlen zwei Schmetterlinge aufgestickt, zwischen denen sich winzige Blumen rankten. Zu beiden Seiten der Stickerei vier hauchfeine Biesen. Weiter nichts. Die Ärmel, Puffärmel, waren kurz, die Bündchen mit kleinen Perlmuttknöpfen zu verschließen. Die Bluse war sehr kurz, sie wurde hinten mit rosa schillernden Knöpfen zugemacht. Den letzten, auf der Höhe der Taille, sah man nicht, eine kleine Schleife auf dem Bund verbarg das Knopfloch.

Das war ein Blüschen für ein Neugeborenes, nur auf die Größe eines älteren Mädchens von elf oder zwölf Jahren zugeschnitten.

Als ich mich mit der Bluse in der Hand umdrehte, sah Ely mich verwundert an. Die Flamencotänzerin nicht, die hatte wohl schon einiges in ihrem Leben gesehen.

»Gefällt sie Ihnen?«

»Ja, sie gefällt mir außerordentlich, aber ich kann sie nicht nehmen, sie ist zu klein. Haben Sie sie nicht noch größer da?«

»Nein, das war eine Extraanfertigung, die nie abgeholt wurde.«

»Wer hat sie bestellt?« Auf einmal hatte ich so eine dumme Vermutung.

»Oh, keine Ahnung, wie er hieß. Ein Herr von ungefähr fünfundvierzig Jahren, mit katalanischem Akzent, keine Ahnung.«

»Hatte er das Mädchen bei sich?« Jetzt war meine Neugier nicht mehr zu bremsen. Die Flamencotänzerin war genervt.

»Was für ein Mädchen?«

»Naja, wegen der Größe, diese Bluse ist doch für ein Mädchen, oder nicht?«

»Er hatte die Größe auf einem Zettel notiert. Ich stelle nie Fragen, hören Sie mal, mich interessiert nicht, für wen die Bluse war, ich weiß nur, daß ich auf ihr sitzengeblieben bin, und die werde ich nicht so einfach wieder los ...« Sie blickte mich erschrocken an und wandte sich an Ely. »Hör mal ... die ist doch wohl nicht etwa von den Bullen, du bist doch wohl nicht so ein Hurensohn und schleppst mir hier eine von denen an, oder?«

Ely schüttelte den Kopf, und ich griff ein.

»Nein, tut mir leid, entschuldigen Sie, es war nur Neugier.«

»Schon gut ...« Sie schien sich zu beruhigen. »Wir können sie für Sie anfertigen, wenn Sie wollen.«

Ich nickte, und sie verschwand durch die Tür. Jetzt war sie offensichtlich von meinen ehrlichen Absichten überzeugt und rief uns zu, sie hole nur schnell ein Metermaß.

Ely kam näher, nahm die Bluse in die Hand und begutachtete sie ausführlich.

»So was findest du wirklich gut?«

»Ja, und Pablo wird entzückt sein, da bin ich sicher, mehr als von all den anderen Sachen, die wir uns heute angeguckt haben.«

»Das hier?« Er war vollkommen perplex. »Bist du sicher? Das hätte ich mir nie träumen lassen, dein Junge ist ja noch schweinischer als ich dachte ...«

Mit dem Metermaß bewaffnet hatte die Flamencotänzerin von der Türschwelle aus unser Gespräch mitangehört. Ich bestellte drei solche Blusen, alle weiß, und das erstaunte sie noch mehr. Nachdem sie eine horrende Anzahlung von mir gefordert hatte, sagte sie, ich könne sie in etwa vierzehn Tagen abholen. Ely bestellte sich einen schwarzen, kurzen Kimono mit schauderhaften farbigen Drachenmustern, den er höchst elegant fand, und bot sich an, dann auch meine

Blusen abzuholen. Als ich der Besitzerin des Hauses zum Abschied die Hand reichte, faßte sie mich an den Schultern, gab mir zwei Küsse und duzte mich unerwartet.

»Wenn du in der nächsten Zeit wieder arbeiten mußt, komm bei mir vorbei. Du könntest eine Menge Knete rausholen, jetzt sind die Dunklen auf einmal wieder in Mode. Die Ausländer, weißt du, die Skandinavier, Belgier, Deutschen, selbst die Franzosen, man glaubt es kaum, wo die doch so dicht dran sind, stehen auf deinen Typ. Den Franzosen mußt du nur sagen, du seist Andalusierin, na jedenfalls ...« Sie verstummte und lächelte mich an, sie glaubte, meinen Gesichtsausdruck richtig interpretiert zu haben. Ich war weder verärgert noch beleidigt, ich konnte es schlichtweg nicht glauben. »Mach dir keine Illusionen. Der wird dich bald fallenlassen, bei den Vorlieben, die der hat ... Du bist hübsch, sehr hübsch, das schon. Und er ist wohl noch nicht so alt, aber mit zunehmendem Alter wird der mehr auf Jüngere stehen, blond und schlank, und dann auf die kleinen Mädchen, wie der Katalane, der es mit seiner eigenen Tochter trieb, dieses alte Schwein; ein wunderschönes Mädchen, sie konnte einem in der Seele leid tun ... Ich kenne dich zwar nicht, aber im Grunde begreife ich nicht, warum er sich gerade dich ausgesucht hat. Ich begreife es nicht, hier wimmelt es nur so von Weibern, die wie kleine Mädchen aussehen, und du, du mußt noch ziemlich jung sein, wirkst aber älter als du bist. Ich begreife das nicht.« Sie sprach jetzt voller Sympathie zu mir, wie eine alte Tante, ehrlich besorgt um meine Zukunft. »Kurz und gut, komm zu mir, wenn du wieder arbeiten mußt ...«

An all das hatte ich oft gedacht, ohne dem große Bedeutung beizumessen. Ich redete mit Ely darüber, als wir wieder auf die Straße traten. Letztendlich hatte Pablo mich in der Wiege kennengelernt, das war etwas anderes, er hatte oft mit mir gespielt, als ich klein war. Er konnte mich also weiterhin als kleines Mädchen ansehen, wenn er wollte, das würde gar nicht mal so schwer für ihn sein. Nur hatte ich nicht vor, ihn darin auch noch zu bestärken.

Ely sah mich an, ohne richtig zu begreifen, was ich sagte. Unter zornigem Protest – »für wie alt hältst du mich eigentlich, nicht mal, wenn ich Großmutter bin, werde ich diese Sachen mögen« – drängte ich ihn, mit mir irgendwo eine Fleischbrühe zu trinken. Ich dachte nur, daß er nach so vielen Jahren, die er als Prostituierte auf dem Buckel hatte, manchmal doch unglaublich schwer von Begriff war.

An all das hatte ich oft gedacht, ohne dem große Bedeutung beizumessen. Aber in jener Nacht, als ich wie eine Wilde Auto fuhr, bohrten sich mir die Worte der Flamencotänzerin und auch die von Ely – natürlich, viel jünger als du – wie feine Nadeln in mein Gehirn, spitze und schmerzhafte Nadeln.

Meine weiße Bluse hatte sich nicht wieder angefunden, die letzte, die ich noch besaß. Die anderen waren mit der Zeit kaputtgegangen, und bei dieser konnte es auch nicht mehr lange dauern, mehr als fünf Jahre, fast sechs, hatte sie gehalten, nicht schlecht. Anfangs dachte ich, es sei ein gutes Zeichen, daß sie nicht aufgetaucht war. Pablo hatte sie sicherlich irgendwo aufbewahrt, für sich, ich würde ja nicht für immer wegbleiben. Er wußte nicht, ob ich für immer gegangen war, in Wirklichkeit wußte er nicht einmal, warum ich gegangen war. Aber vielleicht trug sie, die Farblose, sie jetzt, meine kleine Neugeborenenbluse, sicherlich paßte sie ihr besser als mir, sie war ja um einiges jünger.

Als wir ankamen, forderte Chelo mich auf, mit nach oben zu kommen. »So kannst du nicht nach Hause.« Sie war offenbar ziemlich erschrocken, vorhin. Immer schon hatte ich vermutet, daß sie vermutete, ich sei verrückt, ein bißchen labil, wie sie sagen würde.

Die Kassette lag in der Hülle auf dem Fernseher. Ich entdeckte sie gleich beim Hereinkommen. Chelo sagte, sie würde duschen und fragte, ob ich auch duschen wollte. Ich sagte nein. Das war das letzte, was mir in dieser Nacht noch fehlte, daß Chelo mir dumm kommen würde. Ich hatte mich schon beim vorigen Mal, als wir zusammen essen waren, darauf eingelassen, und hinterher hatte es mich einen Heidenaufstand gekostet, sie mir vom Leib zu halten.

»Wie entzückend ...«, hatte sie zu mir gesagt, »dir wachsen ja wieder Haare an der Möse nach so langer Zeit.«

Ich schenkte mir ein Glas ein, das x-te, und griff nach der Kassette. Auf der Hülle waren drei strahlende, dunkle und kernige Wesen abgebildet. Links sah man einen sehr schönen Mann. Er hatte ein weißes Handtuch um die Hüften geschlungen, ein weiteres hing ihm über der Schulter. Es war Lester, aber damals kannte ich ihn noch nicht. Neben ihm stand ein zweiter Typ, größer und noch schöner, braunes Haar und strahlendes Gesicht, beeindruckend, in alten, ausgewaschenen Jeans, der schönste Mann, den ich jemals gesehen hatte. Eine blonde, kleine Frau mit niedlichem Gesicht, die völlig nackt auf einem Stuhl saß, vervollständigte das Bild auf der rechten Seite. Ungefähr auf der Höhe ihres Kopfes war ein Symbol, das ich noch nie gesehen hatte, drei ineinander verschlungene kleine Kreise, die ersten beiden mit einem kleinen Pfeil, der dritte mit einem ebenfalls nach oben zeigenden kleinen Kreuz.

»Was ist das, Chelito?«

»Was?« Sie kam quer durchs Zimmer nackt auf mich zu. »Ach das, das ist ein Film, den hat Sergio gestern mitgebracht. Wir haben ihn aber nicht gesehen, weil, naja, ist auch egal, keine Ahnung, worum's da geht ...« In ihrer Stimme schwang ein Anflug von Entschuldigung mit.

Ich schaute sie aufmerksam an.

Sie hatte eine lange Schramme auf der linken Brust. Obwohl sie sich wohlwissend mit dem Rücken zum Licht gestellt hatte, konnte ich noch andere Male, über ihren ganzen Körper verteilt, erkennen. Sie waren frisch.

Sie sah mir in die Augen und legte mir eine Hand auf die Schulter.

Sie wußte, was ich gerade dachte, und sie wußte auch, daß ich nichts dazu sagen würde. Es war zwecklos, nach all den Jahren. Sie würde mir versichern, daß es irgendein

Unfall war, aber nicht nochmal vorkommen würde, wie sonst auch.

Pablo hatte mich nie geschlagen.

»Hör mal, Chelo, wenn es dir nichts ausmacht, trinke ich noch aus und fahr nach Hause. Ich bin ziemlich müde, und es ist auch schon spät ...«

»Ja gut, tu, was du nicht lassen kannst, natürlich.« Sie unterbrach mich, bevor ich überhaupt meinen Satz zu Ende bringen konnte. Sie war verletzt. So war sie eben, ich hatte mich schon an ihre Denkweise gewöhnt, an diesen dehnbaren, zweifelhaften und weinerlichen Begriff von Freundschaft. Der diensttuende Kellner von letzter Nacht hatte ihr eine ordentliche Tracht Prügel versetzt, und jetzt brauchte sie Trost und Zärtlichkeit, etwas Sanftes und Feinfühliges, ein rein sinnliches Vergnügen, wie sie sagte. Augenscheinlich gehörte das zu ihrem Spiel: Hilflosigkeit und Zärtlichkeit vortäuschen, die dunkelviolette Haut unter Tränen und Gejammer darbieten und damit jedes beliebige leichtgläubige junge Mädchen beeindrucken. Sozusagen als Antipode zu dem wilden Tier, das sie gehorsam ein paar Stunden zuvor angefallen hatte. Denn so machte sie es, ich hatte ab und an den Prolegomena beigewohnt. Sie provozierte und beleidigte die Typen, reizte sie so lange, bis sie ihr ins Netz gingen. Sie gingen immer ins Netz, denn Chelo achtete sorgsam darauf, sich stets solche auszusuchen, die naiv genug waren. Immer nahm sie die gleiche Sorte, Kellner, Kraftfahrer, Laufburschen, die frisch in Madrid angekommen und noch naiv genug waren, genauso naiv wie die Mädchen sein mußten, die die Geschichte mit der Vergewaltigung und den schmerzenden Narben schlucken sollten. Bei mir probierte sie es nicht mehr, nicht mal, wenn sie sich verkalkuliert hatte und der Typ weniger gefügig gewesen war als angenommen. Auch solche waren manchmal dabei, solche mit eigenen Vorstellungen.

Sie versuchte, sich für meine Unempfänglichkeit gegenüber ihren Tricks zu rächen, indem sie Anspielungen machte, was für eine unsensible Person ich doch sei. Aber auch das konnte mich jetzt, nach all den Jahren, nicht mehr erschüttern.

Ich vernahm ein Türknallen und das Geräusch von Wasser, das aus der Dusche strömte. Die Kassette hielt ich immer noch in der Hand, und ich war immer noch neugierig, was dieses unbekannte Symbol, diese Kette von verschiedenen, ineinander verschlungenen Kreisen, zu bedeuten hatte.

Ich ging zur Badezimmertür und schrie:

»Kann ich ihn mitnehmen? Den Film, meine ich.«

Sie antwortete nicht. Ich mußte noch zweimal nachfragen.

»Tu, was du willst!« Sie war in der Tat böse auf mich.

Ich steckte die Kassette in die Tasche und verschwand leise. Wieder einmal dachte ich, daß ich mich wahrscheinlich nicht wie eine gute Freundin verhalten hatte. Aber sie wäre durchaus fähig gewesen, mir noch einmal die alte Geschichte aufzutischen.

Sie waren rührend, richtig rührend, das vor allem, eher rührend als schön, rührend ihre appetitlichen Körper und ihre sonnengebräunte Haut, der straffe, glatte Bauch, das Haar ganz kurz, Millimeter für Millimeter erkämpfte Schönheit, Schweiß über Schweiß, um ihre Jugend weit über die Zwanzig, vielleicht auch die Dreißig zu verlängern, sie waren ausgewachsene Jugendliche, große Kinder, eine kleine Bande von gelangweilten Jünglingen. Sie sind so allein, dachte ich, sie langweilen sich, die armen Kleinen, und sie vergnügen sich auf die einzige Weise, die sie kennen, mit ihren beachtlichen, aufgerichteten Geschlechtern, dem einzigen Spielzeug, das ihnen zur Verfügung steht. Sie massieren einander, küssen sich, nie auf den Mund, streicheln, aber umarmen einander nicht, schauen sich an, gefallen sich, können gar nicht anders als sich gefallen. Ich überraschte sie ab und an, wie sie ihre eigenen Muskeln befühlten, sich die Arme rieben, sich mit dem Kameraden an ihrer Seite verglichen, ihn im Laufe ihres Spiels verstohlen aus den Augenwinkeln musterten. Sie waren bezaubernd, rührend, ich hätte sie gern getröstet, sie in meine Arme genommen und kräftig gedrückt, sie riefen so etwas wie mütterliche Verzückung in mir wach, sie rührten mich zutiefst. Sie wirkten so jung und waren so schön, so vollkommen, obwohl sie mich mit Sicherheit abgewiesen, meine Umarmungen und meine Gefühle verschmäht hätten. Laß uns in Frieden, würden sie sagen, wir sind schon groß, wir können uns allein vergnügen, so, wie wir es wollen. Sie würden egoistisch und hochmütig sein wie alle diese Jünglinge, diese Dummerchen, und würden sich wieder ihren Spielen zuwenden, der eine auf den anderen steigen. Es war rührend, ihnen beim Spielen zuzusehen, einer Bande von ewigen Jugendlichen, die die Rollen untereinander austauschten, einander anlächelten und reizten, einander auch mal zurückstießen, ach laß mich, ernsthaft, laß mich, ich will nicht, das mag ich nicht. Einer von ihnen war der geborene Komödiant, er sah seine kleinen Spielkameraden aus erschrockenen, furchtsamen Augen an, er wollte nicht. Sie leckten einander vor ihm, sie waren entzückkend, so lustig, die beiden, sie streichelten sich gegenseitig. Sie sahen so reizend aus, wenn sie standen, so artig, ein Arm schlenkerte locker am Körper, der andere faßte nach dem Körper des Gefährten, die Finger verfingen sich in den Haaren des anderen, sie faßten sich gegenseitig an, stimulierten einander mit ihren kleinen Händchen und beobachteten den kleinen Feigling, der zusammengekauert auf dem Sofa saß und sich die Augen mit halbgeöffneter Hand bedeckte. Er blinzelte durch den Spalt, was für ein kleiner Schwindler, dir werden wir es schon besorgen, klar, aber ja, dir werden wir es zeigen, dein Widerstand ist zwecklos, und sie brachen in Lachen aus, sie waren rührend. Ein blondes Mädchen, blond und klein, klatschte vor Freude in die Hände, auch sie war jung und schön. Aber sie beachteten sie nicht, das war auch richtig so, selbstverständlich, dem konnte ich aus der Entfernung nur energisch beipflichten, ignoriert sie, was hat sie hier bei den Jungenspielen zu suchen? Ich muß mal Pipi, aber, pfui, wie konnte sie nur so vulgär sein, dieses Mädchen, ich muß mal Pipi, sagte sie nochmal, und sie sahen sie aufmerksam an, klar, das ist normal, dachte ich, sie sind noch so jung, noch so neugierig auf das andere Geschlecht. Sie war vulgär, entschieden zu vulgär. Der Komödiant nahm die Hand vom Gesicht, eine bezaubernde Geste, rührend, er wollte auch mitbekommen, was passierte, und sie wiederholte nochmal, ich muß mal Pipi. Die anderen beiden sahen sie auch an, standen, einer von ihnen hatte den Kopf an die Schulter seines Kameraden gelehnt und streichelte dessen Rücken mit seiner freien Hand, was für ein zärtlicher Junge. Der andere markierte den Starken, er war der Macker der

Bande, er war es, der die Idee hatte, komm her, hock dich vor mich. Sie gehorchte, was für eine Zumutung! Er hatte das Zeug zum Führer, so jung noch, und schon bewies er Charakterstärke, er war rührend, so selbstsicher. Er lächelte seinen Gefährten an, laß mich mal einen Augenblick, später spielen wir weiter, warte ab, du wirst schon sehen, ich hab eine geniale Idee. Sie stand jetzt vor ihm, sie war zart und zerbrechlich, wie seltsam, dachte ich, in den angelsächsischen Ländern werden die Jungen vor den Mädchen erwachsen, spielend leicht hob er sie hoch, sie wog nichts. Er hatte sie von hinten an den Kniekehlen gefaßt und bog nun ihre Beine auseinander, er hielt sie in der Luft, wie schlimm, wie verdorben du doch bist, jetzt begreife ich. Das Mädchen war ziemlich langsam, ich ahnte es schon vor ihr, jetzt verstehe ich, du willst, daß ich Pipi mache, hier, jetzt. Das Lämmchen, der Kleine, versuchte zu entwischen, aber der Spießgeselle des Chefs hielt ihn zurück, na siehst du, ich hätte dich lassen sollen, Dummer, sie sagte, sie könne es noch ein bißchen anhalten, dann ist es noch schöner, aber sie wollte ja unbedingt die Hauptrolle spielen, dieses Mädchen! Schließlich konnte sie ihre Drohungen doch nicht wahrmachen, sie preßte eine Hand auf den Bauch und machte Pipi, ergoß sich über den Unglückseligen, der sie vorher so interessiert begutachtet hatte. Das hatte er verdient, der kleine Schauspieler. Die anderen lachten, war doch nur ein Scherz, natürlich, ein Scherz passend zu ihrem zarten Alter, wie sie sich freuten, es war herrlich, sie lachen zu sehen. Dann fanden sie wieder zueinander, sie rieb sich an den beiden, ziemlich dreist, aber sie beachteten sie gar nicht, das Lämmchen versuchte zu fliehen, wie naiv es doch war, der Anführer packte es an der Taille, nein, nein, denk daran, wir werden es dir zeigen, jetzt, gleich jetzt, sein Körperchen zitterte, aber es war alles Komödie. Es tat so, als wollte es nicht, ließ sich die Brust kraulen, ließ sich das Geschlecht streicheln und täuschte eine schicksalsergebene Miene vor. Es war rührend in seiner Naivität, und der Anführer der Bande hob es hoch, warf es auf das Sofa, sein Spießgeselle beglückwünschte ihn, natürlich, er bewunderte den Anführer, eine ganz normale Reaktion, und rieb sich die Hände, auch er würde auf seine Kosten kommen, selbstverständlich würde er das, deshalb hatte er doch auf den Sieger gesetzt. Der kleine Rebell dagegen war charakterstark, und darum kniete er sich auf den Boden, hockte sich auf alle viere, sehr gut, ich habe verloren, ich löse mein Pfand ein, er war anständig, auch er ein guter Junge. Der Macker stützte sein Kinn in die Hände, er überlegte, sein Freund warf sich zu Boden, machte eine Faust, streckte sie nach dem Verlierer aus und drückte ihm seine Knöchel in das Loch, preßte sie in die Hinterbacken, hinterließ schwache Abdrücke und kehrte in die Mitte zurück. Das Opfer wimmerte und flehte, nein, nein, das nicht, bitte, was ihr wollt, im Ernst, aber das nicht. Der Anführer blickte seinen Freund an, der immer noch am Boden lag, grinste, ich merkte, daß das mit der Faust nicht ernst gemeint war, kein Ernst war, natürlich, alles war nur Scherz, und darum hörte die Marter auch gleich auf. Dreh dich um. Was? Er verstand nicht, er war vor Angst ganz durcheinander, der arme Kleine, er war rührend, dreh dich um, leg dich aufs Sofa und mach die Beine breit. Jetzt gehorchte er sofort, es ist besser so, entweder spielt man mit, oder man läßt es ganz bleiben. Du, sagte der Anführer zu der Kleinen, die immer noch nervte, die ganze Zeit mit ihnen kokettierte, du, wiederholte er und machte ihr ein Zeichen mit dem Kopf, sie setzte sich auf den Boden und kauerte sich zusammen. Dann begann er mit seinen merkwürdigen Fummeleien, seine Finger verschwanden, um gleich darauf wieder herauszukommen und sich erneut in diesen rührenden Knaben zu versenken, der auf dem Sofa ausharrte. Die Beine hielt er mit seinen Armen schön in der Luft, wie geschickt sind diese Jungen, was die für Sachen können! Jetzt glänzte die Haut des Lämmchens, es war genug, es reichte jetzt. Der größere, der, der die Rolle des Anführers innehatte, machte ein paar Schritte vor, ging ein wenig in die Knie und versuchte, über das Sofa gebeugt, in das Lämmchen einzudringen, immer nochmal, es schien aber nicht zu klappen, dieser junge Schüler kniff eigensinnig die Muskeln zusammen, oder vielleicht war sein Loch nicht groß genug. Die Armen, was für ein Ärger, aber nein, nun, nun hat es geklappt, zum Glück, jetzt kann er sogar die Knie auf dem Sofa abstützen, wie gut, er wird erschöpft sein, der Engel, bei so viel Anstrengung. Er schlüpft in seinen kleinen Freund hinein und wieder heraus, wie entzükkend, aber, sieh nur! Seine weiche Unterlage hebt den Kopf, um zu gucken, was für ein unverschämter Knabe! Jetzt lächelt er mit halboffenem Mund, sieht ein bißchen albern aus, es gefällt ihm, auch wenn er manchmal seinen Mund schmerzhaft verzieht, na gut, es gibt nichts umsonst im Leben, mein Sohn, man muß eben leiden, und er leidet, aber er schließt die Augen, und der Speichel rinnt ihm aus einem Mundwinkel. Wie rührend, auch ihm gefällt es, sein Widerstand war nur Komödie, jetzt ist er ehrlich, er faßt mit der Hand nach seinem Geschlecht, nimmt es in seine Hand. Der dritte Jüngling betrachtet die Szene, steckt seinem Opfer einen Daumen in den Mund, und er lutscht an ihm, wie reizend, wird er daran denken, dem armen Lämmchen, das so unter seinen Drohungen gelitten hat, das Leben angenehm zu machen? Nein, er stellt sich hinter den Chef, stößt ihn nach vorn, preßt ihn gegen den Körper ihres gemeinsamen Opfers, und auch er beugt die Knie, wie schön, jetzt veranstalten sie Akrobatik. Jetzt, aber nein, das kann nicht sein, das scheint schlicht und einfach nicht durchführbar, und doch gelingt es ihm auf Anhieb, er dringt gleich beim ersten Mal ein, ein gutes Heilverfahren für diesen Angeber, dachte ich, man muß in allem auf dem laufenden sein, Junge, jeder X-Beliebige kann dir bei passender Gelegenheit dein schönes Loch aufreißen, obwohl es in Wirklichkeit der Führer ist, der sich das beste Stück genommen hat. Jetzt rührt er sich nicht mal mehr, der letzte in der Schlange tut es für beide, und er klemmt eingeschlossen zwischen seinen beiden Freunden. Sie sind rührend, richtig rührend, so jung, so vollkommen, sie haben so viel Spaß miteinander …

Als das Zimmer von dem ersten milchigen Licht erhellt wurde, das durch die Fenster drang, beschloß ich, doch noch ein Weilchen zu schlafen.

Es war kalt.

Ich machte viel Aufhebens um die Zubettgehzeremonie, schüttelte die Kissen aus, zog die Laken ordentlich glatt, legte mich steif auf den Rücken, schloß die Augen, kniff sie fest zu und malte mir alle möglichen Leckereien aus, Nougateis, Himmelsspeck, Zitronenbaiser. Normalerweise half das, aber in dieser Nacht war es zwecklos.

Als ich keine Lust mehr hatte, mich schlaflos hin und her zu wälzen, sprang ich aus dem Bett, wickelte mich in eine Decke und lief in die Küche, um etwas Eßbares zu suchen. Mein gescheiterter Versuch einzuschlafen hatte in mir einen Bärenhunger geweckt. In der Speisekammer fand ich eine Schachtel mit Blätterteiggebäck, das Carmela mir aus ihrem Dorf mitgebracht hatte. Die Kekse, die sie mir von Zeit zu Zeit schenkt, sind das einzig Gute an ihr. Selbstgemachte Süßigkeiten sind meine Leidenschaft, viel Teig, viel Mehl, viel Fett etc., ich liebe sie. Ich sollte besser nicht, dachte ich, aber es ist eine Ausnahme. Die Schachtel nahm ich mit zu meinem Beobachtungsposten im Wohnzimmer.

Ich biß ein Eckchen von einem mit Pinienkernen überzogenen Keks ab, ich esse diese Sachen immer sehr langsam, damit ich länger etwas davon habe. Und dann holte ich sie mir wieder; da waren sie, tanzten für mich. Nun konnten sie mich nicht mehr überraschen, ich hatte mich schon vorher an ihnen berauscht. Jetzt gelang es mir, sie mit einer gewissen objektiven Nüchternheit zu betrachten, wenn auch ihre Ehrlichkeit, die Ehrlichkeit, die ihre schweißüberströmten Gesichter verzerrte, die Ehrlichkeit, die sie zwischen ihren Zähnen hervorpreßten, ihr leises, unterdrücktes und rauhes Stöhnen, mich immer noch zutiefst rührte.

Ihre Arroganz beeindruckte mich nicht. Sie weckten in mir ein seltsames Mitleid, in das sich Neid und Gier nach Gewalt mischten, ein finsteres und heftiges Gefühl. Und tief unter meinem anfänglichen Delirium verbarg sich immer noch das Wissen um ihre Jugend und Unerfahrenheit. Diese Dummerchen. Ich fühlte mich erwachsen, ihnen überlegen. Und ich konnte mich nicht von der Vorstellung freimachen, daß sie nichts weiter als eine Bande von großen Kindern waren, die spielten. Wenn einer von ihnen mein Gesicht auch nur mit dem Handrücken streifte, könnte mich das schon glatt gegen die Wand schleudern, dachte ich, aber nicht einmal das könnte etwas an der Sache ändern.

Ihre Arroganz beeindruckte mich nicht. Schon vier Schläge und eine Woche Fernsehverbot würden sie für eine Weile kleinkriegen, genau wie Inés.

Von weit her hörte ich das leise Fiepsen des Weckers. Ich war eingeschlafen. Ich hatte sie durch das Guckloch einer dicken Holztür betrachtet, da hinein hatte ich sie geschlossen. Und jetzt zeigte einer, der zuvor aufs Geratewohl auserwählt worden war, den anderen seine Narben, die gerötete Haut seines Schwanzes war von weißen Striemen überzogen. Alle weinten und streichelten ihn, sie benahmen sich wie Tiere, unfähig, zu bereuen und ihr Verhalten zu ändern. Es würde notwendig sein, sie in Zukunft härter anzupacken, darüber sinnierte ich gerade nach, als der Wecker klingelte. Auf dem Bildschirm flimmerten nur noch schwarze und weiße Streifen. Ich muß Inés wecken, sie waschen, anziehen, sie dazu bewegen, etwas zu essen, und sie zum Kindergarten bringen, das tägliche Ritual forderte mich. Ich schaffte es aufzustehen, und dabei fing das Blut an aufzusteigen, mein Gesicht überzog sich mit imaginären Blutergüssen, die Haut meiner Wangen spannte und glühte.

Ich schämte mich, ängstigte mich sogar, ein unbekanntes und unangenehmes Gefühl, nicht genau zu definieren, aber je mehr es mir gelang, wach zu werden, desto schneller schien sich alles wieder zu normalisieren. Das Blut wich allmählich aus meinem Gesicht und zirkulierte gleichmäßig durch den ganzen Körper.

Ich muß Inés wecken, dachte ich. Wie schade, daß ich mich gestern abend mit Ely verkracht habe. Ich hätte große Lust, zu einem Boxkampf zu gehen, und er weiß bestimmt, wo man die Karten für so was bekommt …

Eines meiner Lieblingsspiele früher war Transvestiten jagen.

Mir war bewußt, daß es ein absurder Zeitvertreib war, albern und obendrein gemein und boshaft, aber ich verschanzte mich hinter meiner Solidarität, einer diffusen Geschlechtersolidarität mit den klassischen Huren, richtigen Frauen mit welken Hängebusen und kariösen Zähnen, die es jetzt immer schwerer hatten bei so viel unlauterem Wettbewerb, die Ärmsten.

Pablo duldete dieses Spiel, er hat mir immer alles erlaubt. Er fuhr dicht an den Bürgersteig heran, im Schrittempo, während ich mich in meinem Sitz klein machte, um keine unnötige Aufmerksamkeit auf mich zu ziehen. Sie sollten nur ihn sehen. Und da kamen sie auch schon aus ihren Schlupfwinkeln hervorgekrochen, wir sahen sie im Schein der Straßenlaternen. Sie bauten sich mit in die Hüften gestemmten Händen nur wenige Meter vor dem Auto auf. Pablo fuhr im Schneckentempo. Sie lüpften ihre Kleider, öffneten die Münder, schnalzten mit den Zungen, und wenn sie dann genau in der richtigen Entfernung standen, zack, beschleunigten wir und versetzten ihnen einen tödlichen Schrecken. Nicht richtig tödlich, denn wir fuhren nie so dicht heran, daß sie ernsthaft glauben mußten, sie würden überfahren werden. Nein, wir wollten nur, eigentlich wollte ich, ich, die Erfinderin dieses Spiels und seiner Regeln, sehen, wie sie aufsprangen, eilig wegliefen, mit all ihren Accessoires, Halsketten, Florentinerhüten und den im Wind flatternden Schals. Sie sahen zu komisch aus, wie sie auf ihren hohen Absätzen schwankten, auf den Arsch fielen, schwer und groß, sie waren noch nicht allzu vertraut mit ihrer Aufmachung. Beim

Laufen, mit der Tasche in der Hand und abgespreiztem kleinen Finger, rafften sie die Röcke, wenn sie denn welche trugen. Es war lustig. Einige beschimpften uns mit haßverzerrten Gesichtern und fuchtelten mit den Fäusten in der Luft. Und wir lachten, wir lachten viel, ich habe immer viel mit ihm gelacht, immer, und mit ihm hatte ich hinterher nie ein schlechtes Gewissen.

Bis sie sich unsere Gesichter, vielleicht auch unser Nummernschild, gemerkt haben mußten. Eines Nachts, als wir gerade anfingen und wieder langsam den Bürgersteig abfuhren, kam einer von links und verpaßte Pablo die Ohrfeige, die wir schon längst verdient hatten.

Es ging so schnell, ich bekam kaum etwas mit, eine geschlossene Faust, eine furchterregende Faust, verziert mit einem superlangen roten Fingernagel, schnellte durch das Fenster. Pablo schwankte, bremste abrupt und hielt sich beide Hände vors Gesicht.

Ich reagierte wie eine Furie, noch heute verstehe ich nicht, warum.

Ich sprang aus dem Wagen und begann, die flüchtige Gestalt, die eilig die Straße hinunterlief, wild zu beschimpfen. Du, du Hurensohn, komm her, falls du dich traust.

Die Zeugen des Vorfalls, allesamt Kollegen des Angreifers, bildeten einen Kreis auf dem Bürgersteig. Ich kreischte immer noch. Ich bring dich um, du Schwein, ich bring dich um, du Feigling, Schwuler, ich mach dich fertig.

Er hielt an und kam langsam zurück. In den Häusern ringsum wurden Lichter angemacht. Schluß jetzt! Jede Nacht dasselbe! Die Nachbarn schienen sich an diesen leidenschaftlichen Szenen nicht zu ergötzen.

Pablo hielt sich immer noch die Wange und lachte aus vollem Hals.

Er kam auf mich zu. Die Zuschauer waren verblüfft. Ich raste vor Wut, eine betrunkene Tobsüchtige. Du alter Hurensohn, wie konntest du es nur wagen, meinen Freund zu schlagen – ich konnte ihn nicht meinen Mann nennen, obwohl er es war, wir waren schon fast drei Jahre verheiratet, aber ich brachte es nicht über die Lippen –, ich schwöre dir, wenn du ihm auch nur noch ein Haar krümmst, kratze ich dir die Augen aus, ich kratz dir die Augen aus, du Scheißmakker.

Jetzt stand er direkt vor mir. Auf seinem Gesicht spiegelte sich derselbe verblüffte Ausdruck wider, wie er vorher auf den Gesichtern seiner Gefährten zu sehen gewesen war. Pablo schrie mir zu, ich solle ins Auto kommen und Ruhe geben.

Ich musterte ihn einen Moment. Für einen Mann war er nicht sehr groß, für eine Frau schon, ungefähr so groß wie ich. Er war ziemlich jung, zumindest sah er so aus, einer der jüngsten Transvestiten, die ich bislang gesehen hatte. Ich war damals dreiundzwanzig, er schien in etwa gleich alt zu sein. Er hatte ein rundes Gesicht, ein Tortengesicht, in seinem Gesicht war nichts Spitzes, trotz der dicken Schicht Rouge, die ausgeprägte Wangenknochen vortäuschen sollte. Sie war hübsch. Als Mann, bevor er die Front gewechselt hatte, mußte er häßlich gewesen sein, abstoßend, mit diesem Kindergesicht eines Erstkommunikanten.

Er machte mir keine Angst.

Wir fuhren einander in die Haare. Es war lustig. Er roch nach ›Opium‹. Ich nach nichts, glaube ich zumindest, denn ich benutze nie Parfum.

Wir rauften eine Weile, der eine hielt den anderen umklammert. Die Zuschauer feuerten ihn an, mich umzubringen. Ich hörte ihr Geschrei, haßerfüllte, aggressive Zurufe, sie nannten mich alles mögliche. Aber er wollte mir nicht weh tun, ich merkte, daß er mich nicht richtig schlagen wollte, also ließ ich von der Idee ab, ihm einen ordentlichen Tritt in die Eier zu versetzen. Ein paar Ohrfeigen waren dann auch alles.

Pablo trennte uns. Er war ernst. Er packte mich an den Ellbogen, riß mich an sich und hielt mich fest, damit ich mich nicht rühren konnte. Ich trat noch ein paarmal mit den Füßen, traf aber nur die Luft.

Dann sagte mein Kontrahent etwas, genau das letzte, was ich erwartet hatte, aber damals wußte ich noch nicht, daß er Sätze von John Wayne sammelte. Die Sheriffs aus den Western faszinierten ihn.

»Paß auf sie auf, Alter, du hast Glück, das ist eine ganz besondere Frau.«

Diese unerwarteten Worte ließen mich augenblicklich zur Besinnung kommen. Pablo besaß schon immer eine erstaunliche Fähigkeit, sich auf solche Situationen und solche Leute einzustellen.

»Das weiß ich längst.« Er versuchte, gelassen zu wirken. »Entschuldigung, es war alles unsere Schuld, aber sie ist wie ein kleines Mädchen, sie mag gemeine Spiele.«

»Natürlich ist das eure Schuld, was heißt Schuld, das ist eine totale Sauerei, was ihr da macht ...« Er sah uns neugierig an, er schien nicht verärgert.

Der Kreis löste sich enttäuscht auf.

»Ich heiße Ely, mit Y.«

Er reichte Pablo die Hand. Der ergriff sie und lächelte. Das mit dem Y hatte ihm gefallen, da war ich mir sicher.

»Ich heiße Pablo, sie Lulú.«

»Ach, wie hübsch! Das würde mir auch gefallen, wenn mein Freund mich so nennen würde ...«

Ihm unterlief derselbe Irrtum wie den meisten Leuten, die mich an Pablos Seite kennengelernt hatten. Alle dachten, daß Lulú eine neue Namenskreation sei, daß er mich so getauft habe. Niemand schien glauben zu wollen, daß es sich in Wirklichkeit um eine familiäre Verkleinerungsform handelte, die sich aus meinem tatsächlichen Namen herleitete, dem Namen, den man mir in meiner Kindheit verpaßt hatte.

Auch ich gab ihm die Hand und entschuldigte mich. Es war alles äußerst lustig.

Pablo sagte, daß wir gerade essen gehen wollten. In Wirklichkeit waren wir an diesem Abend schon in den Genuß eines der seltenen, aber spendablen Gastmahle meines Schwiegervaters gekommen. Pablo lud ihn ein, uns zu begleiten. Ely zögerte einen Moment, eigentlich arbeitete er ja gerade, aber schließlich nahm er an.

Wir drei amüsierten uns großartig, wir lachten viel.

Wie es typisch für Pablo ist, gingen wir in ein Nobelrestaurant, wo uns alle anstarrten. Ely war ganz entzückt. Er fällt gern auf. Er trug einen metallicblauen Minirock aus Plastik, eine Lederimitation, Stilettos mit Riemchen zum Schnüren, eine Tüllbluse mit weißen, violetten und blauen Mustern und um den Hals ein Tuch aus demselben Stoff.

Er saß sehr gerade, aufrecht, rauchte mit Zigarettenspitze und fingerte dauernd in seinem langen, toupierten Haar herum, das aufgebauscht war wie Zuckerwatte. Die Spitzen kräuselten sich nach außen, als hätten sie sich vor ein paar Sekunden elektrisch aufgeladen. Er hatte ein paar blonde Strähnen, die dringend nachgefärbt werden mußten, man sah deutlich den dunklen Ansatz.

Ich konnte den Blick nicht von ihm wenden. Seine Brustwarzen schimmerten durch den Stoff. Er bemerkte meinen Blick.

»Soll ich sie dir mal zeigen?«

»Die was?«

»Die Titten.«

»O ja.«

Er lüpfte die Bluse, und ich steckte meine Nase in seinen Ausschnitt. Ich erblickte zwei perfekte Brüste, klein und fest, mit richtig spitzen Brustwarzen. Sie waren wohl noch nagelneu. Ich hatte Lust, sie zu berühren, traute mich aber nicht.

»Beeindruckend«, sagte ich. »Um die werden dich viele beneiden ...«

»Selbstverständlich. Willst du auch mal?« wandte er sich an Pablo.

Der schüttelte den Kopf, lachte und sah mich an.

Ely begann, uns sein Leben zu erzählen, wollte aber weder sein wahres Alter noch seinen Taufnamen enthüllen. Er hätte sich lieber Vanessa genannt, oder so was in der Art.

Aber der Name war schon sehr verbreitet, darum hatte er eine Abkürzung gewählt, die vornehm klang. Man hätte ihn für einen Andalusier halten können, aber er kam aus einem Dorf bei Badajoz in der Nähe von Medellín. Land der Eroberer, nannte er es und zwinkerte mir zu.

Als er die Speisekarte in den Händen hielt, hörte er auf zu reden und studierte sie eingehend. Dann blickte er Pablo an und fragte in einem ganz speziellen Tonfall, zuckersüß und unbeschreiblich weiblich:

»Kann ich junge Aale bestellen?«

Er konnte.

Er futterte wie ein Scheunendrescher, drei Hauptgerichte und zwei Desserts; er war vollkommen ausgehungert, auch wenn er versuchte, das zu verbergen. Er betonte, daß er normalerweise nicht viel esse, um seine Linie zu halten, nur bei besonderen Gelegenheiten lange er ordentlich zu. Aber die Männer hätten sich doch sehr verändert, aus dem Grund gefielen ihm die alten Schwarzweißfilme auch so. Heute sei es anders, es fänden sich immer weniger Kavaliere bereit, einem Mädchen ein bescheidenes Essen zu bezahlen. Er sprach und aß ohne Pause.

Auf Pablos Wange zeichnete sich allmählich ein rötlicher Fleck ab, der später violett und dann gelblichgrün schillern würde.

Ely hatte ihm einen ordentlichen Schlag verpaßt.

»Oh, wie schrecklich, wie leid mir das tut!« Er streichelte Pablo mit der Hand übers Gesicht. »Das habe ich bis heute noch nicht unter Kontrolle, mit den Hormonen, meine ich ...«

»Macht nichts.« Pablo ließ sich streicheln, er wollte ihn nicht zurückweisen. So war er immer mit diesen dubiosen Gestalten, die er auf der Straße auflas.

Dann sprang Ely auf und machte den Vorschlag, sozusagen um sich zu revanchieren, wir sollten zusammen ins Bett gehen, gratis natürlich.

Pablo sagte nein. Ely beharrte auf seinem Vorschlag, und Pablo wies ihn noch einmal ab.

»Gut, dann laß mich dir wenigstens einen blasen ... Wir können das gleich im Wagen machen, das ist zwar nicht besonders romantisch, aber ich bin daran gewöhnt ...«

Ich lachte aus vollem Hals. Pablo nicht, er schüttelte nur den Kopf. Ely grinste.

»Dieser Junge ist ziemlich konservativ«, sagte er zu mir.

»Ja, da kann man nichts machen ...« Ich beschloß, zum Feind überzuwechseln. »Los, Pablo, gib dir einen Ruck! Man muß im Leben alles mal ausprobieren«, und an den Werber gewandt: »Wie schade für dich, er hat so ein prächtiges Gerät ...«

»Oh, bei Gott!«

Er warf sich mit seinem ganzen Körper zurück und strich sich die Mähne nach hinten. Er übertrieb all seine Gesten und schauspielerte jetzt absichtlich. Es war überaus amüsant.

»Bei Gott, laß dich doch mal gehen!« Er spielte jetzt den Enttäuschten, obwohl auch er lauthals lachte. »Was stellst du dich so an! Ich mache doch nichts Perverses, das schwöre ich dir, ich hab auch nur eine Zunge und Zähne im Mund, wie alle. Laß es dir doch machen. Oh, was ist das nur für ein Land! Los, ich revanchiere mich für das Essen, und es wird dir gefallen, ich bin sehr gut ...«

Wir kreischten laut und veranstalteten einigen Skandal. Man brachte uns die Rechnung, ohne daß wir darum gebeten hatten. Pablo zahlte, und wir gingen hinaus.

Ely bat uns, ihn wieder an der Stelle abzusetzen, wo wir ihn getroffen hatten. Es war früh, er könne immer noch Freier aufgabeln, meinte er, aber auf der Fahrt alberte er unaufhörlich weiter. Er hatte viel getrunken. Wir auch.

Ich zögerte.

Ich wußte nicht, ob mir erlaubt war, es zu tun oder nicht. Ich wollte nicht zu weit gehen. Ihn schien das zu belustigen, alles, was ich machte, aber es mußte eine Grenze geben, irgendeine Grenze, irgendwo.

Schließlich bat ich Pablo anzuhalten und setzte mich nach hinten. Ich sah ihm lieber nicht ins Gesicht. Ely machte mir Platz. Er war überrascht. Ich fiel regelrecht über ihn her und faßte mit beiden Händen in seinen Ausschnitt. Ich sah auf, Pablos und mein Blick kreuzten sich im Rückspiegel. Er beobachtete mich, und er schien gelassen, folglich nahm ich an, sagte es mir wiederholte Male, dies bedeutete, daß die Grenze noch weit entfernt war.

Das Fleisch war so fest, daß man beinahe die Kugeln ertasten konnte, die beiden Kugeln, die er da drin haben mußte. Ich quetschte und knetete die Titten, zog an den Warzen und bedauerte in einem versteckten Winkel meines Inneren, daß ich keine langen Fingernägel hatte, mit denen ich ihm die Haut hätte aufritzen und ihn mit seinem eigenen Blut brandmarken können.

Dieser chirurgische Zwitter weckte merkwürdige Gewaltgelüste in mir.

Er gab mir einen Kuß auf die Wange, aber ich zog das Gesicht weg. Ich bin noch nie so rücksichtsvoll gewesen wie Pablo, ich wollte mich nicht von ihm küssen lassen. Ich legte meine Hand zwischen seine Schenkel. Er war geil. Das schien mir nicht logisch. Pablo rührte sich nicht, im milchigen Licht der Straßenlaternen beobachtete er uns im Rückspiegel. Ich faßte wieder dahin. Ja, es war sicher, er war geil. Da schob ich ihm die Bluse hoch und nahm eine seiner Titten in den Mund. Meine Hand blieb auf seinem Schritt liegen. Die Situation hatte etwas Ungeheuerliches.

Ich hängte mich an seine Titte, küßte und lutschte sie, biß hinein und rieb gleichzeitig mit meiner Hand seinen Schritt, rieb ihn durch das blaue Plastik, das auf seinen Schenkeln hochgerutscht war, so daß der Saum jedesmal mein Handgelenk streifte. Und ich spürte ihn wachsen.

Er griff nach meiner Hand und versuchte, sie unter den Rock zu schieben, aber ich ließ ihn nicht, ich hatte keine Lust.

»Du bist wohl eine anständige Frau, was?«

Ich hieb ihm meine Zähne in die Brustwarze, daß er aufschrie. Ich führte mich auf wie eine Verrückte.

Er begann, durch das T-Shirt hindurch an meinen Titten, meinen eigenen Titten, die um einiges größer waren als seine, zu saugen. Pablo sagte er, er solle losfahren, wir sollten noch ein letztes Glas trinken in einer Bar, die er kannte. Er sagte ihm die Adresse.

Pablo ließ den Motor an. Ely verhielt sich weiterhin merkwürdig. Er streichelte meine Schenkel. Ich trug auch einen Rock, einen langen, weißen Sommerrock. Er faßte mir unter den Rock, schob seine Hand immer höher, und ich spürte seine Fingernägel in mir, zuerst zwei, dann drei, sie drangen tief in mich ein, glitten hinein und heraus, anfangs langsam, dann immer schneller, noch schneller. Mir stockte bei diesen Fingern der Atem, und dabei hörte ich, wie er mit Pablo sprach – »diese Frau ist eine Hure« – er lachte – »die wird dich noch ruinieren«. Ich hing immer noch an seiner Brustwarze, mir tat allmählich der Nacken weh bei dieser Haltung, aber ich blieb weiter so liegen, rieb mich an seiner Hand, und er bohrte mir seine Finger hinein, dabei quatschte er unbekümmert weiter, als sei er beim Friseur – »du solltest es mal mit einer von uns probieren, ernsthaft, wir sind mit viel weniger zufrieden, wir Frauen« –, bis es mir kam.

Offenbar standen wir schon eine ganze Weile. Als ich die Augen öffnete, traf mein Blick den Pablos. Er hatte sich zu mir umgedreht und betrachtete mich. Dann machte er die Tür auf und stieg aus.

Wir gingen im Gänsemarsch, Pablo voran, Ely am Schluß und ich in der Mitte. Wir befanden uns in einem teuren Viertel, modern und elegant, das sich nachts mit teuren und ebenso modernen und eleganten Nutten bevölkerte. Man konnte sich nur schwer vorstellen, was so ein Straßentravesti hier zu suchen hatte.

Ely hämmerte mit den Knöcheln gegen eine Holztür, eine Tür im kastilischen Stil mit Fensterläden. Ein Fensterchen öffnete sich, und ein Typ hielt sein Gesicht raus. Sie begannen zu reden. Ich sah nicht, was vor sich ging, denn Pablo hatte mich umschlungen und küßte mich mitten auf dem Bürgersteig.

Ely fragte ihn, ob er noch Geld hätte. Das Essen hatte bis auf einen kleinen Rest alles verschlungen, klar, bei den Mengen, die wir verdrückt hatten. Pablo nickte nur, ohne den Mund aufzumachen. Er hatte Geld, in Momenten wie diesem hatte er immer Geld.

Die Tür wurde aufgemacht, und wir traten ein. Es war keine Bar im eigentlichen Sinne, man gelangte in eine Art Minifoyer mit winziger Theke, wie in manchen chinesischen Restaurants, und dann war da eine Glastür, die zu einem Flur führte, einem langen, mit grünem Teppich ausgelegten Flur mit Türen auf beiden Seiten, einem Flur, der abrupt endete und nirgendwo hinführte.

»Was wollen wir trinken?« Ely hatte wieder Haltung angenommen, obwohl seine Bluse immer noch aufgeknöpft war. Er sprach im Ton einer vornehmen Gastgeberin.

»Gin.«

»O nein, nicht Gin, wie entsetzlich, lieber Champagner.«

»Ich mag keinen Champagner.« Das stimmte, Pablo mochte keinen und ich auch nicht. Ich hatte mir angewöhnt, wie er Gin pur zu trinken. »Aber du kannst ja welchen trinken, wenn du willst.«

»Ja, ja, ja, ja.« Ely verzog Augen und Lippen zu einer Grimasse, »also zwei Flaschen, je eine ...«

Pablo hatte sich hinter mir verschanzt, so umarmte er mich oft, mit seinem linken Arm umschlang er meine Taille, mit der rechten Hand streichelte er meine Brust, dabei rieb er seine Nase an meinem Nacken und flüsterte mir einen der Lieblingssätze meiner Mutter ins Ohr, das niederschmetternde und endgültige Urteil, mit dem sie stets unsere Streitereien für beendet erklärte:

»Du wirst noch in der Gosse enden ...«

Der Mann, der mit Ely gesprochen hatte, stellte zwei Flaschen und drei Gläser auf ein Messingtablett und marschierte vor uns her. Er öffnete die dritte Tür rechts, stellte die Getränke auf einem kleinen, niedrigen Glastisch ab und verschwand.

Wir befanden uns in einem ziemlich kleinen, fensterlosen Raum. Die Lehne einer breiten, weich gepolsterten und mit metallicblauem Samt überzogenen Bank, deren Farbe sich mit dem Grün der Auslegeware biß, erstreckte sich über die gesamte Länge einer Wand. Um den Tisch herum waren vier mit demselben Stoff bezogene Hocker gruppiert. Das Mobiliar wurde vervollständigt durch einen Schreibtisch, einen ziemlich häßlichen Schreibtisch aus Holz mit Jalousietüren. Er stand in einer Ecke und war, wie ich gleich registrierte, vollkommen leer. Keine Ahnung, was der da sollte. Stühle gab es nicht.

Wir setzten uns auf die Bank, wir drei, Pablo in die Mitte. Ely wurde ganz ernst, er sagte keinen Ton. Ein großer Spiegel an der gegenüberliegenden Wand warf uns ein lächerliches Bild zurück. Ely blickte zu Boden, Pablo rauchte und folgte dem Rauch mit seinem Blick. Ich starrte geradeaus. Ich war auf einmal beunruhigt, ich wußte nicht, wie das alles enden sollte. Dann fing ich zu lachen an, fürchterlich zu lachen, ich allein, ein unbezähmbares Lachen. Pablo fragte, was mit mir los sei. Unter größten Mühen brachte ich eine Antwort heraus.

»Wir sitzen hier wie im Wartezimmer beim Zahnarzt ...«

Meine Bemerkung lockerte kurzfristig die Spannung zwischen uns, die beiden fielen in das Lachen ein. Ely begann wieder zu plaudern und entkorkte den Champagner unter vielen »Ahs« und »Ohs«. Er schenkte sich ein Glas ein, trank es aus und verfiel wieder in Schweigen. Pablo schwieg ebenfalls, er sah mich mit belustigtem Gesicht an, fast grinsend, gab aber keinen Mucks von sich.

Um die Wahrheit zu sagen, hatte ich von Anfang an stillschweigend vorausgesetzt, daß er etwas unternehmen würde. In Fällen wie diesem hatte er normalerweise immer die Situation im Griff, aber diesmal schien er nicht bereit, auch nur einen Finger zu rühren. Also saßen wir wieder steif und schweigsam da wie im Wartezimmer beim Zahnarzt. Ich wurde immer nervöser, Ely verlegen und, wie ich vermute, ärgerlich. Er mußte denken, daß wir ihn, daß ich ihn für nichts und wieder nichts hierher geschleppt hatte, und Pablo blieb so unerschütterlich, als ginge ihn das alles nichts an.

Als das Schweigen für mich unerträglich wurde, rückte ich zu ihm heran und flüsterte ihm ins Ohr, er solle etwas tun, irgend etwas.

Er antwortete mir mit schallendem Gelächter.

»Nein, meine Liebe, die, die etwas unternehmen sollte, bist du, du hast dir das alles eingebrockt, du ganz allein, ich habe deine Freundin nur zum Essen eingeladen ...«

Ely sah mich an. Er war verblüfft.

Ich nicht, ich hatte nur zu gut kapiert.

Ich sah ihn kurz an. Er schien nicht böse auf mich zu sein, höchstens ein bißchen erstaunt.

Ich kniete mich mit zusammengepreßten Beinen vor Pablo hin, setzte mich auf meine Fersen und öffnete seinen Gürtel. Er sah mich an. Er lächelte mich an. Er gab mir die Erlaubnis. Ich machte weiter und blickte zu Ely, der sich nach vorn gebeugt hatte. Er sah mich aber nicht an, seine Augen verfolgten genau, was meine Hände taten.

Unterdessen versuchte ich, Pablos plötzliche Gleichgültigkeit zu deuten. Beim Essen hatte er Ely wiederholte Male eine Abfuhr erteilt, ich hatte mich sogar ein bißchen für seinen Starrsinn, für seine Mackerhaltung und sein kategorisches Nein geschämt. Er hatte sich im Stuhl zurückgelehnt und nur mit dem Kopf geschüttelt, nein, bierernst, nicht eine witzige Bemerkung, nur ein Nein, ein stummes Nein, ich will nicht.

Jetzt dagegen ließ er es sich machen.

Ich war diejenige, die handelte. Ely hatte sich nicht von seinem Platz gerührt, aber wir waren trotzdem zu dritt.

Vielleicht war es ja gar nicht das erste Mal. Vielleicht hatte er schon einmal mit einem Mann geschlafen. Vielleicht auch häufiger. Schlimmstenfalls mit meinem Bruder.

Marcelo und Pablo im Ehebett, nackt, sie küßten sich auf den Mund ...

Es war lustig, ich nehme an, es hätte mir eigentlich schrecklich vorkommen sollen, aber ich fand es einfach nur lustig. Ich grinste in mich hinein und beschloß, nicht mehr an solchen Unsinn zu denken.

Als ich wieder zu ihm blickte und Pablos Schwanz schon in der Hand hielt, hatte Ely sich noch nicht einen Millimeter vorgewagt.

Ich drückte die Schultern nach hinten, richtete mich so weit es ging auf, hob den Kopf und ließ die linke Hand auf meinen weißen Rock fallen, der auf dem Boden ausgebreitet war. Ich versuchte, eine gleichermaßen würdige und unterwürfige Haltung anzunehmen. Dabei sah ich Ely in die Augen und hielt Pablos Glied in der Hand. Die Trugbilder waren verflogen, ich war sicher, daß er nie auf Männer gestanden hatte. Er stand auf mich. Sieh mich an, es ist meiner, er tut, was ich will, und ich will ihn. Ich sprach stumm zu Ely, aber er weigerte sich, mich anzusehen. Pablo war in den Hintergrund gerückt, das kam manchmal vor, aber nie ganz, ein einziges Wort von ihm hätte gereicht, um ihn wieder voll da sein zu lassen. Aber jetzt war er in den Hintergrund gedrängt. Ich sah immer noch Ely an und befahl ihm im stillen, sieh mich an, er macht, was ich will. Ich wußte, daß es sich nicht ganz so verhielt, das war nicht die Wahrheit, aber auch die Wahrheit spielte jetzt keine Rolle. Der Gedanke war angenehm, ich fühlte mich sicher. Es war merkwürdig, aber in Situationen wie dieser, wenn noch jemand dabei war, wurde ich mir meiner wirklichen Beziehung zu ihm bewußt. Dann behandelte er mich immer sehr zuvorkommend, und ich begriff, daß er in mich verliebt war. In solchen Momenten kam es mir natürlich und logisch vor. Wenn wir allein waren, hatte ich fast nie dieses Gefühl, auch wenn er sich genauso verhielt. Ich war immer mißtrauisch, ich fand ihn immer noch viel zu schön, viel zu groß und klug für mich, viel zu viel für mich.

Ich liebte ihn maßlos. Vermutlich habe ich ihn immer viel zu sehr geliebt.

Ich nahm seinen Schwanz in den Mund und begann, Pablo auszuziehen. Er liebt es nicht, in Kleidern zu vögeln. Ich streifte ihm die Schuhe ab, jeweils einen mit einer Hand, ebenso die Strümpfe, während ich mit geschlossenen Augen unermüdlich seinen Schwanz mit meinen Lippen bearbeitete. Ich legte ihm meine Hände um die Hüften, er reckte sich leicht hoch, genau so weit, daß ich seine Hosen herunterziehen konnte. Dann, nun wieder mit freien Händen, beugte ich mich über ihn. Ich war ganz und gar über jegliche Ambition erhaben, eine grazile jugendliche Tanagrafigur abgeben zu wollen, das hätte meine Fähigkeiten zur Grazilität, die gleich null sind, bei weitem überstiegen. Ich konzentrierte mich lieber darauf, ihm erstklassig einen zu blasen. Es mußte von erster Qualität sein, weil ich wollte, daß Ely mir zusah.

Als ich glaubte, ausreichend Geschicklichkeit bewiesen und Ely den nötigen Respekt eingeflößt zu haben, nachdem ich Pablos Schwanz mit meinen Lippen, meinen Wangen, meinem ganzen Gesicht geleckt, an ihm geknabbert, ihn geküßt und mich an ihm gerieben hatte, nahm ich ihn in den Mund und behielt ihn eine Weile da drinnen. Das ertragen zu lernen, hatte mich große Anstrengungen gekostet, ich hatte gelernt, ihn ganz zu verschlingen, ihn ganz in meinem Mund zu behalten, indem ich ihn an den Gaumen drückte und ihn mit meiner Zunge zum Wachsen brachte. Als ich ihn schließlich wieder freigab, jetzt dunkelviolett, angeschwollen, klebrig und steif, hörte ich Pablo, sein göttliches Geächze, seine kurzen Atemzüge. Ich blickte zu Ely und sah, daß er mich nun endlich auch anschaute, mir in die Augen sah, sein Mund stand halboffen. Ich machte ihm mit dem Kopf ein Zeichen, er sollte sich an dem Fest beteiligen.

Er hätte sich auf Pablo werfen können, ohne von der Bank aufzustehen, aber er kniete sich lieber neben mich. Er ist schon immer ein Ästhet gewesen.

Ich hatte ihn nicht losgelassen. Ich hielt Pablos Schwanz fest in meiner rechten Hand und duldete nicht, daß mein neuer Gefährte ihn auch nur anfaßte. Ich würde entscheiden, wann er mitspielen durfte und wann nicht. Er gehörte mir, und deshalb leckte ich erneut mit der Zunge von unten nach oben und neigte meinen Kopf, um ihn an meinem Mund entlanggleiten zu lassen, wobei ich meine Lippen immer schneller bewegte, als würde ich mir mit ihm die Zähne putzen, bis mir der Hals weh tat und mein Ohr, das gegen meine Schulter gepreßt war, zu brennen anfing. Erst dann führte ich ihn an Elys Mund, der neben mir wartete, ich führte ihn mit der Hand bis an seine Lippen. Er küßte ihn, aber kaum hatte er ihn auch nur berührt, nahm ich ihn schon wieder weg, nur um ihn gleich wieder an seinen Mund zu führen und zu sehen, wie er ihn mit der ganzen Zunge leckte. Dann streckte ich selber meine Zunge heraus, um ihn zu lecken, und reichte ihn ihm wieder. So ging das eine Weile, bis er ihn mit den Lippen fest umklammert hielt und ich mich nicht traute, ihn wegzuziehen. Ich rutschte noch dichter zu Ely heran, und wir begannen, zu zweit zu lutschen, jeder auf einer Seite, jeder auf seine Art. Es war unmöglich, sich mit Ely abzustimmen, selbst hierbei gebärdete er sich wie ein Verrückter, jeden Augenblick änderte er den Rhythmus, so daß ich beschloß, allein zu blasen, nur einen winzigen Augenblick. Dann bot ich ihn wieder Ely an, ich hielt ihn weiter in der Hand, und er saugte. Mir gefiel es, ihm zuzusehen; seine gefärbten Haare, der übers ganze Gesicht verschmierte scharlachrote Lippenstift, der hüpfende Adamsapfel in seinem Hals. Blas, mein Junge, saug dich voll, aber nicht zuviel, und ich drückte meine Hand so weit nach oben, daß er ihn mir überlassen mußte. Wieder schluckte ich ihn, behielt ihn ein Weilchen in meinem Mund und gab ihn erneut in Elys Mund. Jetzt überreichte ich ihn nicht mehr, ich steckte ihn einfach hinein, ich wollte Ely sehen, sehen, wie sich seine Wangen zusammenzogen, sehen, wie er einem Mann einen blies.

Ich zog mich kurz zurück, ohne aber mein Opfer loszulassen, ich wollte Ely sehen. Ich blickte auch Pablo an, der mich aber nicht sehen konnte, seine Augen fixierten irgendeinen Punkt an der Decke. Sein Gesichtsausdruck überzeugte mich davon, daß Ely zu Recht Reklame für sich gemacht hatte. Er oder sie schien es gut zu machen. Ich beschloß, ihm das Feld zu überlassen. Ich lockerte nach und nach den Druck meiner Hand und ließ schließlich ganz los. Dann warf ich mich auf den Boden, stützte mich auf einem Ellbogen ab und widmete mich Pablos Eiern, ich knabberte an ihnen. Bevor ich anfing, sah ich noch einmal kurz nach links.

Ely masturbierte.

Unter dem blauen Rock umklammerte er mit seiner linken Hand einen kleinen, weißlichen und schlaffen Penis. Ich fragte mich gerade, ob seine Titten etwas mit dem jämmerlichen Aussehen dieses kränklichen Appendix zu tun hatten, als Pablos Schenkel plötzlich bebten.

Unverzüglich richtete ich mich auf. Ich wollte sehen, wie er sich in Elys Mund ergoß. Ich hockte mich neben ihn, mit einem Bein kniete ich auf der Bank, der andere Fuß stand auf dem Boden. Ich sah mein Profil im Spiegel, und ich sah seinen Kopf, der zwischen meinen Brüsten und meinem Kinn eingeklemmt war. Mit einer Hand hob ich sein Gesicht und beugte mich über ihn. Ich küßte ihn, bewegte die Zunge in seinem Mund und genoß schon im voraus den Augenblick, in dem ich mich wieder Ely, der dort unten auf dem Boden kauerte, zuwenden und anfangen würde, ihm Befehle zu erteilen, ihn anzuschreien, schluck alles, du Hund, schluck es runter. Aber jener Moment würde nie kommen, ich würde ihn ohrfeigen, wenn nur ein einziger Tropfen vergossen würde. Doch dazu kam es nicht mehr, denn völlig überraschend packte Pablo mich, faßte mich unter dem Knie und drehte mich jäh um, bis ich, das Gesicht ihm zugewandt, auf ihm saß. Er hob mich kurz hoch, um mir den Slip auszuziehen, indem er einfach das Gummi zerriß, und zwang mich, ihn zu besteigen.

Ich schlang meine Arme um seinen Hals und begann, auf ihm zu reiten.

Immer wenn wir es so machten, mußte ich an früher denken, als ich fünf, sechs, neun Jahre alt war. Stundenlang hatte ich hartnäckig gebettelt, bis ich mich auf seine Knie setzen durfte und er mich an den Handgelenken faßte, mich zuerst an sich zog und dann fallen ließ, so weit, daß mein Kopf den Boden berührte, hoppe, hoppe Reiter, wenn er fällt, dann schreit er, fällt er in den Graben, fressen ihn die Raben. Das letzte Mal, als wir das machten, war ich schon fast vierzehn und er fünfundzwanzig. Wir waren allein in Marcelos Zimmer. Pablo saß auf dem Bett, ich bat ihn darum, und er antwortete, nein, ich sei jetzt zu groß für solche Spiele. Ich blieb hartnäckig, ein letztes Mal, bitte, ein letztes Mal. Schließlich ließ er sich doch erweichen, du wiegst eine ganze Menge, hoppe, hoppe Reiter, und jenes Mal machten wir es sehr lange, und als wir aufhörten, war ich naß, und er hatte etwas Hartes, Ungewohntes in seinen Jeans. Jenes Mal sollte das letzte Mal sein, aber es wurde das erste Mal.

Während ich auf ihm ritt, flüsterte ich ihm leise ins Ohr, hoppe, hoppe Reiter, wenn er fällt, dann schreit er. Er hob mir den Rock hinten hoch und verhüllte damit meinen Kopf, der Saum berührte meine Stirn. Er faßte mich fest um die Taille und saugte durch das Baumwollshirt an meinen Brustwarzen, bis zwei große feuchte Flecke zu sehen waren.

Kurz darauf begann alles um mich herum zu schwanken. Pablo riß mich an sich, sein Geschlecht verwandelte sich in einen Teil meines Körpers, den wichtigsten Teil, den einzigen, der in der Lage war zu genießen. Er drang in mich ein, jedesmal ein bißchen tiefer, gleichzeitig öffnete und schloß ich mich um ihn. Er durchbohrte mich, ich spürte den Druck seiner Hände in meinem Nacken, es war, als ob meine Eingeweide sich mit ihm auflösten. Alles andere verschwamm, mein Körper und seiner und alles andere. Deshalb brauchte ich so lange, um die Quelle jener feuchten Streicheleien, die von Zeit zu Zeit wie aus Versehen meine Schenkel streiften, zu identifizieren. Kurze, flüchtige Berührungen, die nach Sekunden des Zweifels und einem Augenblick der Verblüffung mir wieder bewußt machten, daß Ely nach wie vor dort unten zugange war, auf den Knien am Boden kauerte, leckte, was ich nicht in mich aufnahm und sich dabei seinen kleinen Piephahn wichste, so weiß und so schlaff. Ich aber vögelte wie eine Verrückte, gleichgültig gegenüber jenem pittoresken Straßenköter, der sich hinter meinem Rücken mit den Resten meines Festbanketts begnügte. Bis dann der Augenblick kam, in dem ich seine Anwesenheit vollkommen vergaß.

Ich hätte ihn gern gesehen, das war der letzte klare Gedanke, den ich fassen konnte, bevor ich mich gehenließ, bevor ich die Wirkungen von Pablos Stößen zu spüren begann, immer heftiger, immer dichter am Kopf, und ich mich nicht mehr kontrollieren konnte, ich mich gehenließ, damit er, drei oder vier Stöße mehr, tödlich und brutal, die letzten, mir den Nacken zerquetschte, ihn in Tausende kleiner weicher Stückchen zerriß, bevor auch er sich gehenließ zwischen den elastischen Wänden meines Geschlechts, das sich verselbständigt hatte, das, Lichtjahre von meinem Willen entfernt, das seine strangulierte.

Im Bewußtsein meiner Unfähigkeit, etwas anderes zu machen, als nur still dazuliegen, vollkommen ruhig, um mich nach und nach wieder zu fangen, lag ich eine Weile regungslos in Pablos Armen, hing an ihm und vermißte mein Zuhause, mein Bett, ein Bett in der Nähe. Trotzdem war es angenehm, die Wärme, der Kontakt mit seiner immer noch heißen Haut.

Er kehrte viel eher in die Wirklichkeit zurück als ich, sein Körper ist weitaus gehorsamer als meiner. Wir waren nicht zu Hause, darum küßte er mich auf die Lippen, hob mich ein wenig hoch, um aus mir herauszuschlüpfen, und schob mich sanft auf die Seite.

Zusammengekauert, die Knie an die Brust gedrückt und mit geschlossenen Augen blieb ich eine Weile so sitzen, während er sich anzog. Da fiel mir wieder Ely ein, den ich ganz vergessen hatte.

Sie wechselten leise ein paar Worte, eine Stimme, die nicht Pablo gehörte, flüsterte einen Abschiedsgruß, und ich hörte, wie die Tür ins Schloß fiel.

Ich richtete mich auf. Mit verschränkten Armen lehnte Pablo an der Wand und grinste. Ich stand auf, um mich anzuziehen, und stellte fest, daß ich angezogen war. Mein kaputter Slip lag auf dem Boden. Ich hob ihn auf, keine Ahnung, warum, es war unanständig, hier zerrissene Slips rumliegen zu lassen, und steckte ihn in die Tasche. Als ich am Tisch vorbeiging, sah ich, daß die Flasche Gin noch unangebrochen dastand, wir hatten nicht mal die Banderole entfernt. Ich nahm sie und stopfte auch sie in die Tasche. Die Zeiten sind nicht danach, volle und obendrein bezahlte Flaschen einfach stehenzulassen. Pablo fing an zu lachen, ein ziemlich durchsichtiges Lachen, aber nicht gemein, er lachte einfach. Er war nicht böse, und deshalb ging es mir gut, so gut, daß ich auch lachte, und immer noch lachend gingen wir hinaus auf die Straße.

Als wir in den Wagen stiegen, dachte ich wieder an Ely und fragte neugierig:

»Hast du ihm Geld gegeben?«

»Ja.«

»Und, hat er es genommen?«

Er beantwortete meine Frage mit einem neuen Lachanfall.

»Natürlich hat er das genommen!« Er sah mich an, als wolle er mir zu verstehen geben, daß ich ziemlich dumm sei, und ich wußte, das genau war es, was er mir sagen wollte, aber es lag nichts Beleidigendes darin. Er lachte weiter über meine Naivität, und sein Lachen besagte soviel wie: Alles wird gut.

»Warum sollte er es nicht annehmen? Er lebt doch davon ... Sag mal, wo ist hier eine Tankstelle?«

»Hier ...? In der Nähe von Jumbo ist eine, aber ich weiß nicht, ob die um diese Uhrzeit noch aufhat.«

Wir fuhren durch breite, leere Straßen, die von hohen Gebäuden, Skeletten aus Stahl und Beton, flankiert wurden, Glasfronten, alle gleich, sauber, fast steril, als wären sie erst kürzlich ausgepackt worden. Durch eine kleine grüne Insel, säuberlich umzäunt von kurzgeschnittenen Hecken, bohrte sich ein Betonpfad den Weg zu einer verglasten Eingangstür.

Meine Mutter hatte sich immer gewünscht, in einem solchen Haus zu wohnen, mit so einem Eingang, einem nackten, aber riesigen Eingang aus hellem Marmor. Ich mag die ganz und gar nicht, ich fand schon immer, daß sie zuviel Ähnlichkeit mit den Vorhallen der Versicherungspaläste haben, dieselbe neutrale und aseptische Atmosphäre, in der außer dem Marmor und dem Pförtnertisch alles aus dunkel gelacktem Holz ist. Augenscheinlich sind Eingänge für die Madrider Damen von einem gewissen Alter an außerordentlich wichtig. Meine Mutter hatte Zeit ihres Lebens den Eingang unseres Hauses verabscheut, lang, schmal, dunkel und ohne Tisch für den Pförtner. Der liebenswerte Eugenio, mit seinen sechzig Jahren schleppte er immer noch die Gasflaschen paarweise die Treppen hoch. Er besaß keinen Tisch, nur einen kleinen Verschlag gegenüber der Tür, außerdem lief er ständig im Blaumann herum. Ich hatte ihn immer gern gemocht. Eugenio. Als ich klein war, schenkte er mir Bonbons, und als ich heiratete, schenkte er mir eine schauderhafte Schmuckschatulle, handgefertigt aus eingefärbten Muscheln, ›Erinnerung an El Grove‹ stand in Schrägschrift auf dem Deckel. Seine Frau war Galizierin, sie hatten dieses Stück eigens für den speziellen Anlaß anfertigen lassen; dieser Muschelkasten gehört zu meinen Lieblingsstücken. Armer Eugenio, immer so freundlich, so aufmerksam gegenüber Mama, trägt ihr die Einkaufstaschen in den dritten Stock, und sie verabscheut seinen Blaumann, aber damit muß sie sich nun einmal abfinden, arme Mama, sie wird ihr Lebtag nicht mehr aus Chamberi wegkommen, die Zeiten für marmorne Eingangshallen, einen Pförtner in dunklem Anzug und Stadtgas sind an ihr vorbeigegangen.

Wir fuhren durch breite, ausgestorbene Straßen. Das einzige, was Leben bekundete, waren die Flaggen der Botschaften, kleine, lächerliche Fähnchen, die tapfer gegen die gleichförmige Prunksucht der gewaltigen Glasfassaden ankämpften. Das ist nicht Madrid – ein Gedanke, der mir häufig kam –, sie passen nicht in diese Stadt, die keine ist, chaotisch und hybrid, theoretisches und praktisches Desaster, städtebauliches Desaster, Straßendesaster, Verkehrsdesaster, erzieherisches Desaster, politisches Desaster, sanitäres Desaster, kirchliches Desaster – keine Kathedrale – pornographisches Desaster – auch kein Rotlichtviertel –, kurz und gut, ein wirkliches Desaster. Es ist der einzige Ort, wo man richtig leben kann, mitten im Desaster, wo niemand was von dir wissen will, weil jeder ein Niemand ist, wo du das Brot in Pantoffeln und Morgenrock kaufen kannst und keiner dich schief anguckt, wo sie dir in den lauten Bars, wo der Fußboden von zerknitterten Papierservietten übersät ist, ein paar eingelegte Anchovis zum Bier schenken, und wo es in den Höfen ständig nach gekochten Kichererbsen stinkt und die Hausfrauen beim Wäscheaufhängen ›Ay Campanera, aunque la gente no quiera‹ singen, in den Höfen der Wohnhäuser von Madrid, nicht in diesen hier, an denen wir jetzt vorbeifuhren, diesen toten Häusern eines gespenstischen, piekfeinen Viertels, voll von neugierigen Portiers, und Sie, wohin wollen Sie, und Sie, was zum Teufel geht Sie das an, wie ein Provinzdorf, langweilig und anmaßend inmitten einer Stadt, einer riesigen Stadt, von der alle sagen, sie sei ein Dorf.

Ein paar Straßen weiter lag Tetuán, Tetuán de las Victorias, hübscher Name, Bravo Murillo, das Chaos, gegrillte Garnelen und Läden mit vergilbten Reklameschildern, Ausverkauf wegen Geschäftswechsels, aber sie wechseln nie das Geschäft, trotzdem gibt es immer einen Leichtgläubigen, der auf eines der ständigen Sonderangebote reinfällt, die in

Wirklichkeit gar keine sind. Wir fuhren in die andere Richtung auf der Castellana weiter, am Bernabeustadion vorbei. Pablo streckte die Hand aus dem Fenster, hielt den Zeigefinger und den kleinen Finger hoch, setzte dem feindlichen Stadion Hörner auf, es war wie ein Ritus, er vergaß es nie. Und weiter ging es, kleine Dirnen links und rechts, und da fiel mir wieder Ely ein, bestimmt war er Fan von Real Madrid, wie alle, die erst kurze Zeit in Madrid lebten. Ob ein spanischer Mann eigentlich seine Fußball-Leidenschaft unterdrücken konnte, wenn er beschloß, sich in eine Frau zu verwandeln? Aber Schwule waren in der Regel keine Fußballfans, oder doch? Ich fragte Pablo danach. Er wußte es auch nicht. Wir hatten ein paar Freunde, die nicht auf Fußball standen, aber ich argwöhnte, daß das pure Affektiertheit war, ein überkommenes altlinkes Dogma, schließlich waren wir ja lange Zeit so progressiv gewesen, ziemlich verbohrt, und hatten vieles nur gemacht, weil es so unendlich progressiv war …

Der Gedanke schwirrte noch in meinem Kopf herum und pochte gegen meine Schläfen. Erst wollte ich um den Brei herumreden, aber dann fragte ich doch direkt.

»Pablo, hast du schon mal mit einem Mann geschlafen?«

Gekicher, dann verhaltenes Lachen, und zum Schluß lachte er aus vollem Hals.

Ich lachte nicht. Ich fand das nicht so witzig.

»Das schlechte daran, den Hexenlehrling zu spielen, ist, daß einem am Schluß die Sachen gewöhnlich aus der Hand gleiten …«

Weiter nichts. Ich aber dachte nicht daran, mich damit zufrieden zu geben.

»Du hast mir nicht geantwortet.«

Er strahlte mich vergnügt an. Er nimmt mich auf den Arm, dachte ich, und das gefiel mir ganz und gar nicht, denn das bedeutete, daß Stunden, Tage, Wochen vergehen konnten, bis ich eine Antwort erhielt.

Aber ich täuschte mich. In jener Nacht war er zum Reden aufgelegt.

»Wenn du wissen willst, ob ich schon mal einen Mann so sehr begehrt habe, daß ich mit ihm ins Bett gehen wollte, dann lautet die Antwort nein, nein, das habe ich nie getan. Ich stand noch nie auf Männer.«

»Und trotzdem ...« Ich hatte gelernt, auch auf die leisesten Schwingungen in seiner Stimme zu hören, zumindest wenn er die Wahrheit sagte, und ich ahnte, daß sich noch mehr hinter seinen Worten verbarg.

»Willst du wirklich alles wissen? Hast du nicht Angst, etwas zu erfahren, was dir möglicherweise nicht gefällt?«

Klar, in gewisser Weise hatte ich davor Angst, ein bißchen jedenfalls, aber ich wollte es wissen. Pablo war ernst geworden, das hatte aber nicht viel zu bedeuten, er konnte mich stundenlang anlügen, wenn er wollte. Also schüttelte ich den Kopf, ich wollte alles wissen.

»Wo war das?«

»Im Knast vor vielen Jahren.«

Das Gefängnis. Ich erinnerte mich gut. Ein Sonntag um sieben Uhr abends, Kakao mit Toast und im Fernsehen ein Quiz. Das Telefon, die Hysterie meiner Mutter, Geheul, Geschrei, Stampfen mit den Füßen, sie haben Marcelo wieder verhaftet. Pablo war mit ihm zusammen, auch er wurde verhaftet und noch ein Haufen Leute mehr. Verhaftet, angeklagt und zu vier Jahren verurteilt, vier Jahre, jeder zu vier Jahren. Beim ersten Mal waren die Anklagen nicht so gravierend gewesen, Besitz von subversivem Material, so in etwa. Mein Vater hatte sich eingeschaltet, er hatte sich an all die alten Freunde seines Vaters gewandt, Märtyrer des Bürgerkriegs, und hatte dadurch viele Versprechen und eine Einzelzelle erreicht. Acht Monate. Für Pablo war es auch nicht das erste Mal. Er hatte schon acht Monate abgesessen, auch er acht Monate, noch vor Marcelo. Jetzt hatten sie sie wenigstens zusammen eingesperrt.

Bei jener Verhaftung im Frühjahr '69 war ich elf Jahre alt, und mein Vater weigerte sich, etwas zu unternehmen, trotz der Bitten meiner Mutter, die sich wie alle Mütter in extremen Situationen immer auf die richtige Seite schlägt. Ich hatte eine Heidenangst. Marcelo im Gefängnis, vier Jahre. Das bedeutete totale Einsamkeit, schlimmer noch als Einsamkeit, das kam einer Verwaisung gleich, grausam und plötzlich verwaist in einem Haus voller Menschen. Aber mein Vater blieb hart. Da im Gefängnis biegen sie ihn zurecht, diesen Mistkerl, das war also der Dank für all die Mühen, ihm eine Erziehung, eine Laufbahn, eine ... angedeihen zu lassen. An dieser Stelle wußte er immer nicht weiter, er stockte, mehr fiel ihm nicht dazu ein. Und außerdem, nicht eine Pesete, keine einzige Pesete, wiederholte er, im Gefängnis von Carabanchel bräuchte Marcelo kein Geld, dort würde er zu essen und etwas anzuziehen bekommen, mehr bräuchte er nicht.

Pablo tippte mir an die Schulter. Wir waren an der Tankstelle angekommen, es war zwanzig nach fünf am Morgen, und trotzdem standen drei Wagen vor uns in der Schlange. Ich war erstaunt. Er sprach nie über das Gefängnis, obwohl sie ihm dreißig Monate aufgebrummt hatten, zweieinhalb Jahre im ganzen. Aus welchem Grund auch immer, man reduzierte ihr Strafmaß, und sie wurden nach dreißig Monaten auf Bewährung entlassen. Dreißig Monate hatte man ihnen gestohlen, achtunddreißig Monate des Lebens insgesamt, beiden. Marcelo kehrte nach Hause zurück. Ich begriff nie, warum er zu Hause lebte, wenn er doch die Miete für eine Wohnung zahlte, die er zum Bumsen und für ein paar andere Sachen nutzte. Jahre später erfuhr ich, daß er aus politischen Gründen weiter zu Hause wohnte. Pablo schüttelte mich.

»Eh, was ist los?«

Nichts war los, nichts, sagte ich ihm.

»Und du warst sehr wichtig für uns beide ...« Er war immer noch guter Laune.

»Ich ...?«

»Ja, du. Du hast uns jede Woche geschrieben, erst nur an Marcelo, später bekamen wir jeder einen Brief, zum Schluß schicktest du nur noch einen ausführlichen an uns beide … erinnerst du dich nicht?«

Natürlich erinnerte ich mich. Ich erinnerte mich auch noch gut an meine Angst, an das, was die Leute so erzählten. Ich glaubte alles, Schläge, Folter, Vergewaltigungen, mein Bruder, der für mich Vater und Mutter zugleich war, und mein Verlobter, denn ich war in die Vorstellung verliebt, daß es mein Verlobter war, der dort, dank dieser Bande von Hurensöhnen, im Gefängnis aus der Nase blutete, aus dem Mund, sich unter den mit einem nassen Handtuch verabreichten Schlägen krümmte. Ich erinnerte mich, ich schrieb ihnen und berichtete ihnen alles, was ich erlebte, damit sie ein bißchen was zum Lachen hatten, damit sie mich nicht vergaßen. Manchmal antworteten sie mir.

Pablo sprach weiter, er redete ohne Pause.

»Als du zwölf Jahre alt wurdest, hast du einen Brief geschickt und uns eine Geldsendung angekündigt. Du warst immer sehr in Sorge um das Geld …«

»Klar, Papa hat allen erzählt, daß er nicht eine Pesete an Marcelo schickt.«

»Das stimmte aber nicht.«

»Ja, das habe ich später auch erfahren …«

»Wir hatten Geld, aber du wolltest uns alles schicken, was du zum Geburtstag bekommen hast, nur damit wir gut essen konnten, dir gefiel es, für uns die Mama zu spielen.«

Er streichelte mein Gesicht, ich sah ihn nicht an, ich schämte mich bei der Erinnerung daran. Ich hatte zu meiner Mutter gesagt, daß ich in jenem Jahr ein Opfer aus Nächstenliebe bringen wollte. Statt um Geschenke bat ich alle um Geld. Ich behauptete einfach, die Nonnen in der Schule hätten uns vorgeschlagen, kleine Körbchen zu flechten und sie zu einem Elendsviertel, weit hinter Vallecas, zu bringen. Mama war vollkommen überrascht gewesen, Körbchen im April, so was machte man gewöhnlich zu Weihnachten, aber schließlich war es ein Werk der Nächstenliebe, und das konnte sie mir schlecht verwehren. Ich log überzeugend, und man glaubte mir, 1575 Peseten waren 1969 eine Menge Knete, und die schickte ich nach Carabanchel, damit die beiden ordentlich essen konnten, das stimmte.

»Ich schwöre dir, am Anfang waren wir wie versteinert, wir waren furchtbar gerührt, ehrlich, Marcelo kamen beinahe die Tränen, aber dann hatte er eine geniale Eingebung, einen dieser verrückten Einfälle, die deinen Bruder ab und zu überkommen. Er zog mich in eine Ecke und sagte zu mir, Lulús Geld bringen wir mit dem Portugiesen durch, wie findest du das? Ich lachte, aber er meinte es ernst. Und ich dachte mir, warum sollten wir das eigentlich nicht ausprobieren, wir waren schon elf Monate da und konnten uns nur selbst einen runterholen ...«

Der Wagen vor uns setzte sich in Bewegung.

»Wer war der Portugiese?«

»So 'n Schwuler, weiß nicht, er war da, weil er seinen Freund bei einem Streit zusammengeschlagen hatte, Eifersucht, glaube ich. Er hatte ihn nicht umgebracht, und sein Liebster kam ihn besuchen, so oft er konnte, er hatte ihm verziehen, der Portugiese betonte immer, er habe es aus Liebe getan.«

»Aber ihr wart Politische ...«

»Ja und? Die Homosexuellen waren auf unserem Gang, und wir trafen auch all die anderen im Hof, im Speisesaal, die waren ehrlich gesagt weitaus interessanter als die Gefangenen der Partei. Dort habe ich Gus kennengelernt und noch mehr Leute, die du auch kennst.«

»Gus? Hat er da schon gedealt?«

»Nein, er hat Autos aufgebrochen, er war ein kleiner Gauner, reichlich jung, er hat erst in Carabanchel mit den Drogen angefangen.«

»Und was ist passiert?« Nun war ich nicht mehr beunruhigt, nur neugierig.

»Nichts, der Portugiese war die Gefängnishure, eher eine Institution als ein Häftling. Er war vielseitig. Er wichste oder blies dir einen, machte es dir oder ließ es sich machen, je nachdem, was du bereit warst zu zahlen. Er hat ganz schön viel Knete gemacht, er sparte, um seinem Liebsten eine Wohnung zu kaufen, als Wiedergutmachung, nehme ich an. Er war nicht der einzige, es gab mehr von seiner Sorte, aber er war jung, ziemlich hübsch und hatte ein gesundes Gebiß. Außerdem hatte er eine beachtliche Stange, das wurde jedenfalls so erzählt, und er hatte am meisten Erfolg.«

Pablo sah mich lächelnd an, als habe er lediglich eine Weile Urlaub im Gefängnis gemacht. Ich war verblüfft.

»Und ihr habt mein Geld für den Portugiesen ausgegeben ...« Das war keine Frage, ich wiederholte den Satz nur, um es fassen zu können.

»Ja, fast alles, zu deinen Ehren, wie Marcelo sagte. Wir haben ausführlich über das Verfahren diskutiert. Einmal wichsen war ziemlich wenig, also entschieden wir uns für französisch, mit einem Portugiesen auf französisch, das war so schön international. Aber beinahe hätte ich es noch vermasselt, denn als wir zu der Krankenstation gingen, um, sagen wir mal, zu verhandeln ...«

»Warum zur Krankenstation?«

»Er arbeitete da, das war einer der angenehmsten Posten, er organisierte sich immer das Beste, er hatte überall seine Liebhaber. Kurz und gut, als ich ihn nämlich fragte, ob er uns nicht eine Ermäßigung machen könnte, wenn er uns gleichzeitig einen blies, geriet er ziemlich außer sich.« Plötzlich wurde er ernst. Er verstummte einen Moment und sah mich an. »Du kannst dir nicht vorstellen, wie das war, das kannst du dir nicht vorstellen.«

Ein trister Ort, dachte ich, vor allem trist.

Wir kamen zur Zapfsäule, füllten den Tank und fuhren nach Hause. Den gesamten Rückweg über schwieg Pablo. Als ich schon im Bett lag, legte er sich neben mich.

»Willst du wissen, wie die Geschichte ausging?«

Ich wagte nicht, ja zu sagen, aber er wollte es mir ohnehin erzählen.

Mein Geld hatte gerade für zehnmal Blasen gereicht, nicht mehr und nicht weniger, hundertfünfzig Peseten pro Nummer, fünf für jeden von ihnen. Ihm hatte es gefallen, Marcelo auch, so daß sie sich das später allein finanzierten, von ihrem eigenen Geld. Sie teilten sich die Lust ein, um nicht dem Laster zu verfallen. Sie hatten Angst zu verkommen, und deshalb gingen sie nur ein- oder zweimal im Monat auf die Krankenstation, immer einzeln, bis eines Tages der Portugiese meinem Bruder vorschlug, er solle doch einfach sagen, er habe die Grippe, er würde ihm ein Bett verschaffen, ihn gut versorgen und es ihm umsonst machen. Offensichtlich gefiel Marcelo ihm. Aber Marcelo sagte, er habe keine Lust dazu. Ihm machte das Angst, und er ließ es bleiben. Pablo nicht, er machte bis zum Schluß weiter, dachte sogar daran, richtig mit ihm zu ficken, er erzählte mir das ganz gleichmütig. Eine Zeitlang hatte er sogar über die Möglichkeit nachgedacht, wie es sein würde, wenn er ihn in den Arsch fickte, das konnte nicht so wesentlich anders sein, als ihn einer Frau in den Arsch zu stecken, und das war schön. Bis er eines Tages, er war schon fast dazu entschlossen, einen Geistesblitz hatte, so nannte er das, einen Geistesblitz, als er ihn nämlich mit nacktem Oberkörper sah, mit vollbehaarter Brust, wie er mit ein paar Fünfzigjährigen im Hof rumkokettierte, und da sagte er sich, daß er im Gefängnis saß, weil er Kommunist war, als sei der Kommunismus ein Garant der Tugend. Das jedenfalls hatte ihn aufrechterhalten, und er hatte einen Rückzieher gemacht.

»Wir wußten damals schon, daß wir nicht die ganze Strafe absitzen müßten und bald rauskämen. Wenn ich noch zehn oder zwanzig Jahre vor mir gehabt hätte, wie einige andere, hätte ich es bestimmt gemacht, und ich glaube, es hätte mir Spaß gemacht. Das, was du draußen machst, sagst oder denkst, zählt im Gefängnis nicht, das ist eine andere Welt.«

Er verstummte einen Augenblick. Dann sprach er weiter, so, als wollte er sich alles von der Seele reden, alles erzählen, nachdem er jahrelang nicht über seine Zeit im Gefängnis gesprochen hatte. Das lag ihm nicht, vor Jahren noch hätte er als Märtyrer angesehen werden können, damals, als alle Welt sich damit brüstete, daß man auch sie einmal an der Puerta del Sol verhaftet und ihnen das Fenster gezeigt hatte. Das war gelogen, er hätte ebenso prahlen können und heulen, aber er tat es nicht, nie, bis auf den heutigen Tag hatte er nicht mit mir darüber gesprochen.

»Versprich mir, daß du davon nie etwas zu Marcelo sagst. Als ich ihm erzählte, daß ich etwas mit dir laufen habe, hat er mich auch als erstes darum gebeten.«

Ich versprach es ihm mit einem Kopfnicken. Ich war gerührt. Ich mochte die beiden jetzt keineswegs weniger, höchstens noch mehr, und nun interessierte es mich auch nicht mehr, wofür sie mein Geld ausgegeben hatten.

»Ich glaube, da war es, als ich anfing, mich in dich zu verlieben.«

»In mich? Aber ich war damals noch ein Kind.«

»Du warst elf Jahre, später zwölf und dann dreizehn, als ich herauskam, warst du schon dreizehn, aber du schriebst so besorgte Briefe wie eine Erwachsene. Es waren die aufrichtigsten, die ich da drinnen bekommen habe, und kaum etwas war gestrichen, das war ein Trost, die von Mercedes und den anderen konnte man nur schwer entziffern, deine ja, und außerdem rochen sie nach dir.«

»Rochen?«

»Nun erzähl mir nicht, daß du davon nie etwas mitbekommen hast!« Er sah mich erstaunt an und grinste.

»Was hätte ich mitbekommen sollen?«

»Marcelo und ich nannten es die surrealistische Phase ...«

Er lehnte sich an die Kopfleiste des Bettes und zündete sich eine Zigarrette an. Er reichte sie mir, ich nahm sie und zündete eine andere für ihn an, es würde noch lange dauern.

»Eines schönen Tages kündigte der Anwalt deines Bruders, der auch meiner und der von zehn oder zwölf anderen da drin war, Marcelo den Besuch deiner Mutter für die nächste Woche an. Sie wollte mit ihm ein Familienproblem besprechen, es ginge um etwas Privates, teilte er nur mit. Marcelo machte sich Sorgen. Deine Mutter hatte ihn seit der ersten Woche nicht mehr besucht, dein Vater hatte es ihr verboten. Lola und Isabel kamen manchmal, du nie.«

»Ich durfte nicht.«

»Macht nichts, wir haben dir verziehen.« Er richtete sich ein wenig auf, um mich anzusehen, und drückte mir einen flüchtigen Kuß auf die Wange, dann heftete er seine Augen wieder an die Decke und sprach weiter. »Schließlich kam deine Mutter, der Besuch war nur kurz. Ich blieb in der Zelle, an dem Tag war niemand für mich gekommen. Marcelo kehrte bald darauf zurück. Er schüttelte sich vor Lachen, ihm kamen die Tränen vor Lachen. Das ernste und private Familienproblem bestand darin, daß deine Mutter dich eines Morgens nackt erwischt hatte, du saßest auf dem Bett und riebst dir das Nachthemd an der Nase, dabei wiederholtest du die ganze Zeit: Mein Geruch ist anders geworden, hieltest deiner armen Mutter das Nachthemd unter die Nase und sagtest, riech mal, Mama, es riecht, ich rieche jetzt anders. Marcelo lachte lauthals, und ich lachte auch, das war eine urkomische Geschichte, erinnerst du dich nicht daran?«

Natürlich erinnerte ich mich, auch wenn ich seit langem nicht mehr daran gedacht hatte, das war schon Ewigkeiten her. Eines Tages, etwa drei Wochen vor meiner ersten Blutung, merkte ich, daß sich mein Geruch verändert hatte. Es war ein merkwürdiges Gefühl gewesen, mein Geruch hatte sich total verändert, ich fühlte mich wie eine andere Person und konzentrierte mich voll und ganz darauf, das Phänomen zu erforschen. Nicht nur das Nachthemd roch, auch mein Schweiß roch, meine Kleider, meine Laken, auch die meiner Schwestern ... Die Sachen von Patricia rochen nach gar nichts, die von Amelia rochen so ähnlich wie meine, aber anders. Seitdem versuche ich, die Gerüche meiner Mitmenschen im Gedächtnis zu speichern, vor allem den von Pablo. Seinen Geruch erkenne ich fast immer aus allen anderen heraus.

»Ja, ich erinnere mich«, bestätigte ich, »aber ich verstehe nicht, warum Mama deshalb zu Marcelo gegangen ist. Mir hat sie nichts gesagt, sie hat sich geweigert, an meinem Nachthemd zu riechen, sie hat nur gesagt, ich solle mit dem Unsinn aufhören, und ist aus meinem Zimmer gegangen, weiter nichts.«

»Naja, sie war offensichtlich ziemlich beunruhigt.« Pablos Schilderung wurde immer wieder von Lachanfällen unterbrochen, dadurch hatte ich Mühe, ihn zu verstehen. »Sie wollte, daß Marcelo dir schrieb und den Rat gab, es nie wieder zu tun, niemals wieder, weil es angeblich gefährlich sei oder so ähnlich.«

»Aber warum?« Ich begriff das immer noch nicht.

»Du warst damals noch nicht mal zwölf Jahre alt, und sie dachte, dahinter stecke eine schwerwiegende sexuelle Störung. Sie konnte es nicht näher erklären, sie verfügte nicht über genügend Phantasie, um eine konkrete Hypothese zu formulieren, aber sie war bestürzt. Nach Meinung deines Bruders hatte sie Angst, daß sich das zu einem Laster auswachsen, daß aus dir ein verdorbenes Mädchen werden könnte, und außerdem war das eben nicht normal.«

Noch ein Lachanfall, er konnte nicht mehr, ich wartete ein paar Sekunden, bis er sich erholt hatte. Ich grinste auch.

»Carmela hatte dich dabei überrascht, wie du am Bett deiner Eltern rumgeschnüffelt hast, an ihrem Bett ...«

»Ja, und das stellte sich als weniger interessant heraus, als ich erwartet hatte ...« Mein nüchterner, fast wissenschaftlicher Ton brachte ihn wieder zum Lachen. »Und Marcelo hat sich geweigert, nicht?«

»Natürlich hat er sich geweigert, er hat alles verweigert, um was ihn deine Mutter bat, schon aus Prinzip, und dann war es einfach lächerlich ...« Sein Gesicht glättete sich nach und nach, sein Lachen ging in ein melancholisches Lächeln über. »Er im Gefängnis, völlig fertig, sitzt eine absurde Strafe ab, in einem absurden Land, und deine Mutter aufgelöst, weil du alles berochen hast, was dir vor die Nase kam ... Ihr

Geruch hat sich verändert, antwortete er ihr, na gut, und? Das tut er früher oder später bei allen, und außerdem gehören ihre Gerüche ihr, sie kann damit machen, was sie will. Er drehte sich dann vollkommen ernst um und ist wieder nach oben in die Zelle gekommen, halb erstickt vor Lachen. Ein paar Sekunden lang sagte er gar nichts. Ich traute mich nicht zu fragen. Zuerst habe ich mit ihm gelacht, aber letzten Endes habe ich genauso gedacht wie deine Mutter. Ich ahnte, daß du eine kleine Lasterhafte, eine kleine Verdorbene warst. Das Bild hat sich mir im Gedächtnis eingegraben, du, nackt, wie du am Nachthemd riechst und mit Flüsterstimme wiederholst: Mein Geruch hat sich verändert. In jener Nacht habe ich bei der Vorstellung masturbiert. Ich habe mir mit der Zeit ein bestimmtes Phantasiegebilde konstruiert, eine Phantasie zum Verrücktwerden, ich habe mich da richtig reingesteigert, eine Nacht nach der anderen. Du, wie du dich in allen möglichen Winkeln versteckst, deine Brüder und Schwestern an der Nase herumführst, nur um dich ausziehen und beriechen zu können, wie du das Bett deiner Eltern beschnüffelst und dich anschließend berührst. Du warst bezaubernd, natürlich habe ich mir dich größer vorgestellt. Als ich herauskam und dich wiedersah, war ich erstaunt, wie klein du noch warst. Aber da hatte ich schon beschlossen, daß es lohnen würde zu warten, um in dein Verderben einzugreifen, und ich wartete ...«

Meine Augen hatten sich mit Tränen gefüllt.

Da ich nicht wollte, daß er mich so sah, drehte ich mich zur Seite, vergrub mich unter den Laken und versuchte, keinen Mucks von mir zu geben.

Es war zwecklos.

Er bekam alles mit, rutschte zu mir heran, umarmte mich, küßte mich auf die Stirn und löschte das Licht, damit ich nach Herzenslust weinen konnte.

Der Muskelkater war mittlerweile verschwunden. Ich wußte nicht, ob ich mich freuen oder traurig sein sollte, vermutlich empfand ich beides. Endlich konnte ich mich wieder auf einen Stuhl setzen, ohne das gewohnte Stechen zu spüren, die einzig wahrnehmbare Folge der Nacht in Moreto. Noch nie in meinem Leben war ich so breitbeinig herumgelaufen.

Der Muskelkater war verschwunden. Sechzehn Tage war es her, ich erinnere mich genau, weil ich jeden Tag bis zu jenem Nachmittag, jenem Nachmittag des sechzehnten Tages, gezählt hatte.

Als ich aus der Schule zurückkam, fand ich eine ohnmächtige, in Tränen aufgelöste Amelia in den schwabbeligen Armen meiner Mutter vor. Da ich derartig pathetische Szenen zur Genüge kannte, verzog ich mich in die Küche und machte mir ein belegtes Brötchen mit Tomate, Zwiebelringen, Olivenöl und Salz, mein Lieblingsbrötchen. Dann ging ich in mein Zimmer, um eine Weile zu lernen, Philosophie, am nächsten Tag hatte ich eine Prüfung.

Die beiden hatten sich nicht von der Stelle gerührt. Es war meine Mutter, die dann zu sprechen begann, und zwar in jenem nüchternen und gleichförmigen Tonfall, mit dem sie uns für gewöhnlich die neuesten Neuigkeiten mitzuteilen pflegte.

»Ich nehme an, auch dich wird es interessieren, Marisa, schließlich sagt er ja immer, daß du sein Liebling bist ...«

Amelias Schluchzer übertönten den Schluß des Satzes.

»Wer?« Ockham war in Ordnung, nicht so unterhaltsam wie die Sophisten, aber weitaus erträglicher als Augustinus, also würde ich mit Ockham anfangen.

»Pablo geht weg, er geht ins Ausland.«

»Welcher Pablo?«

»Na, welcher Pablo wohl?« Meine Mutter sah mich erstaunt an. »Pablo Martínez Castro, Marcelos Freund, ich möchte wissen, was in letzter Zeit mit dir los ist, Marisa, du wirkst so abwesend, mein Kind ...«

Ich gab keine Antwort und rührte mich nicht, niemand sollte mein Gesicht sehen.

Ich verbarg es hinter dem Buch und versuchte, schnell zu denken. Paris, überlegte ich, sicherlich Paris. Ist zwar nicht mehr so in Mode, aber Ockham zum Beispiel ist genauso aus der Mode, und für immer ins Ausland gehen muß auch niemand mehr, jetzt, wo der Alte schon reichlich hinüber ist und kurz davor steht, ins Gras zu beißen ... Nach Paris kann man mit dem Zug fahren, mit dem Puerta del Sol, das weiß ich, eine Fahrkarte dritter, vierter oder was auch immer, notfalls der allerletzten Klasse kann nicht so teuer sein, Paris ist nicht weit ...

»Er geht an eine amerikanische Universität, Philadelphia, oder in der Nähe von Philadelphia, ich erinnere nicht genau, was dein Bruder erzählt hat ...«

Irgendwo zersprang etwas, das sich wie Kristall anhörte. Ich vernahm einen singenden hohen Ton und das Klirren der Scherben auf dem Boden.

Ich hatte nicht mehr genügend Kraft, mich zu fragen, wieviel wohl ein Ticket nach Philadelphia kostete.

Ich blickte vom Buch auf und zwang mich, Ruhe zu bewahren. Niemand brauchte auch nur das Geringste zu erfahren, schon gar nicht die beiden. Dennoch entschlüpfte mir ein ungläubiger Ausruf.

»Das kann nicht sein, er ist doch noch nicht einmal dreißig ...«

»Ach, sieh an!« Nun war meine Schwester neugierig geworden. Sie hatte bis dahin mit stiller Leidensmiene dagestanden, was ohnehin am besten zu ihr paßte. »Und was hat das damit zu tun?«

»Naja, alle gehen sie mal an eine amerikanische Universität, aber meistens sind sie dann viel älter ...«

»Was weißt du denn davon?«

»Man braucht doch nur die Zeitungen zu lesen ...«

Ich sagte es mir immer wieder, alle gehen sie, also auch er. Warum sollte er nicht auch gehen? Die Einzelheiten stimmten überein, die Details fügten sich zu einer glaubhaften Geschichte zusammen. Sie stimmte sicherlich.

Es war die Wahrheit. Pablo ging. Nach Philadelphia. Philadelphia, am anderen Ende der Welt.

»Als Professor für spanische Literatur?«

Meine Mutter nickte.

»Ich glaube, Siglo de Oro ...«

»Wie originell!«

Amelias Geschluchze wurde wieder heftiger, und meine Mutter wandte sich ihr zu. Ich stand mitten im Zimmer, mein Kopf war wie leergefegt. Das Buch hielt ich noch immer in der Hand, das angebissene Brötchen verursachte mir Übelkeit, aber noch immer begriff ich nicht ganz, was über mich hereinbrach.

»Ist Marcelo zu Hause, Mama?«

»Nein, schon seit zwei Tagen hat er sich nicht blicken lassen. Das ist auch so eine Sache, dein Bruder hält dieses Haus für eine Pension, er bringt mir seine dreckige Wäsche und verschwindet wieder. Der bringt mich noch um den Verstand ...«

»Na gut, ich ziehe mich in sein Zimmer zum Lernen zurück. Ich habe morgen eine Prüfung in Philosophie.«

Als ich aus der Tür ging, hörte ich die beiden tuscheln. Amelia bedrängte meine Mutter – »sag du es ihr, Mama, sag es ihr« – meine Mutter sprach beschwichtigend auf sie ein – »sei ganz ruhig«.

»Hör mal, Marisa, ... dir macht es doch nichts aus, wenn Amelia heute nachmittag dein gelbes Kleid anzieht, das neue, das Großmutter dir geschenkt hat?«

»Doch, es macht mir was aus, ich hab es noch nie angehabt.«

»Aber Kind, ihr geht doch nie zusammen aus und habt doch auch nicht dieselben Freundinnen, niemand wird es merken, was vergibst du dir denn?«

An jedem anderen Tag hätte ich gezankt, protestiert, geschrien und gedroht, vielleicht auch geheult, und es hätte mir nichts genützt. An jenem Nachmittag gab ich sofort nach. Das einzige, wonach mir der Sinn stand, war, allein zu sein, mich in Marcelos Zimmer einzuschließen, um allein zu sein. Aber keine zehn Minuten später kam meine Mutter zur Tür herein.

Im allgemeinen machte sie sich nicht die Mühe anzuklopfen.

»Marisa, mein Kind, ich muß mit dir sprechen.« Ich hörte augenblicklich den Ton des ›außer-deiner-Mutter-bin-ich-auch-deine-beste-Freundin‹ heraus, den sie kürzlich bei einem dieser unter dem Vorzeichen des letzten Konzils abgehaltenen religiösen Treffen für kinderreiche Familien erworben hatte.

»Jetzt nicht, Mama, ich bin nicht in der Stimmung.« Ich plinkerte schnell mit den Augen, damit sie meine Tränen nicht sehen konnte. »Ich muß lernen, und außerdem macht es mir nichts aus, wenn Amelia mein Kleid anzieht, falls es das ist, was dich beunruhigt, ich schwöre dir, es macht mir nichts aus ...«

»Du sollst nicht schwören, Marisa.«

»Entschuldige, Mama, ich wollte nur sagen, daß es mir nichts ausmacht, ernsthaft, wenn sie es nur nicht kaputtmacht ...«

»Ja, Amelia ist dicker als du, und sie ist auch nicht so hübsch wie du ...« Sie sprach im Flüsterton. »Sieh mich an, mein Kind, leg das Buch weg.«

Ich sah sie an. Ihre letzten Worte hatten mich neugierig gemacht. An meinen geröteten Augen hätte sie sehen müssen, daß ich geweint hatte. Sie saß auf Marcelos Bett. Sie war gerade einundfünfzig geworden, wirkte aber beinahe um fünfzehn Jahre älter. Sie trug ein wollenes Hauskleid mit marineblauen und schwarzen Mustern und dicke, hellbraune Stützstrümpfe, solche speziellen gegen Krampfadern, die man in der Apotheke bekommt. Ihre Beine waren übersät von erweiterten und zerplatzten Venen, ein verzweigtes Netz von rötlichen und violetten Adern unter ihrer weißlichen, durchsichtigen Haut. Neun Kinder und elf Schwangerschaften in sechzehn Jahren. Jetzt hatte sie keine Figur mehr, es war nur noch eine unförmige Masse, in der ihre ausgelaugten und entkräfteten Eingeweide steckten. Und immer noch weinte sie um die Kinder, die sie verloren hatte, um jenes, das zwischen Vicente und Amelia tot zur Welt gekommen war, und die zwei Fehlgeburten, zwei Fehlgeburten innerhalb von vier Jahren, zwischen den Zwillingen und mir. Sie tat mir leid, aber in äußerst lichten Momenten, in Momenten wie diesem, an jenem Nachmittag, als ich sie aufmerksam ansah, empfand ich auch so etwas wie Ekel. Vor Jahren hatte ich geglaubt, sie zu hassen. Jetzt nicht, jetzt merkte ich, daß ich nie aufgehört hatte, sie zu lieben, aber ich ertrug sie einfach nicht.

»Natürlich hat dich das mit dem Kleid geärgert!« Sie schenkte mir ein mitleidiges Lächeln. »Du bist fünfzehn, da ist es nur zu natürlich, wenn du dich ärgerst ... Ich denke viel an dich, auch wenn du es nicht wahrhaben willst, ich habe dich sehr gern, Marisa, komm her zu mir.«

»Nein, wenn es dir nichts ausmacht, würde ich lieber hier sitzen bleiben.« Ungefähr fünf Monate, so dachte ich, sind seit ihrer letzten mütterlichen Anwandlung vergangen.

»Du kannst Gott für vieles danken, mein Kind«, flüsterte sie. »Du bist hübsch, bist klug, du lernst gern, hast gute Noten, hast Charakter und einen starken Willen, du kommst mit Problemen und unangenehmen Dingen zurecht ... Du bereitest mir keine Sorgen, was aber nicht heißen soll, daß ich dich nicht liebe.«

Sie verstummte einen Augenblick. Den nutzte ich und versuchte, ihr vertrauliches Bekenntnis zum Ende zu bringen.

»Ja und …« Es war offensichtlich, daß ich ihr keine Sorgen bereitete.

»Ich will nur sagen, daß du mich nicht brauchst, du kommst ohne die Hilfe anderer voran. Du wirst auf die Universität gehen, dein Studium mit guten Abschlüssen beenden und Erfolg haben, du wirst einen gut aussehenden, reichen Mann heiraten, einen Haufen gesunder Kinder haben und nicht dick werden. Du wirst mir eine große Stütze sein, wenn ich alt bin …«

Sie lächelte mich an. Ich lächelte nicht zurück, das letzte schien mir der Gipfel der Unverschämtheit.

»Amelia dagegen hat so viele Komplexe, sie braucht mich, sie braucht immer noch meine Hilfe, genau wie Vicente, der so wenig charakterfest ist, und José, immer so impulsiv, und natürlich die Kleinen. Marcelo nicht, Marcelo ist wie du, stark und intelligent, obwohl er ein Roter geworden ist. Ich begreife das bis heute nicht, ich weiß nicht, was er an seinem Zuhause so schlecht findet«, an dieser Stelle stand sie kurz davor, in Tränen auszubrechen, »ein Flegel, ein Nachtschwärmer und ein Herumtreiber …« Sie hatte sich schnell wieder in der Gewalt. Sicherlich befürchtete sie, ich könnte nachfragen, was sie mit ihren letzten Worten gemeint hatte. »Das mit der Politik bereitet mir viele Sorgen. Isabel war immer so artig, und jetzt verkehrt sie mit all diesen Taugenichtsen … Gott hat mir neun Kinder geschenkt, und jeden Tag danke ich ihm dafür, aber ich kann mich nicht um euch alle gleichermaßen kümmern. Und du bist so intelligent, so verantwortlich und auch so hart, damit will ich nicht sagen, daß du nicht auch sensibel bist, aber du wirkst so selbstsicher, du läßt dich von nichts erschüttern, bereitest mir so wenig Probleme … Marisa, mein Kind, verstehst du, was ich dir sagen will?«

Ich nickte. Ich hätte ihr gern geantwortet, sie angeschrien, daß mein Aussehen und meine guten Noten nicht bedeuteten, daß ich keine Mutter brauchte. Ich hätte sie am liebsten geschüttelt und sie angebrüllt, daß ich so nicht mein ganzes Leben weitermachen konnte, mit nur einem Bruder als Familienersatz. Ich hätte sie gern umarmt, mich in ihre Arme geflüchtet und geweint wie Amelia vorhin, ihr gesagt, daß ich sie liebte, sie brauchte, ihre Liebe brauchte, mir ihrer Liebe sicher sein wollte, aber ich nickte nur mit dem Kopf, weil es zwecklos war und außerdem viel zu spät.

Sie kam zu mir, küßte mich und sagte, sie müsse nun in die Küche gehen und grüne Bohnen brechen. Bevor sie aus der Tür ging, fragte ich sie, was der Grund für Amelias Geflenne gewesen sei.

Sie blickte mich an. Sie zögerte.

»Versprichst du mir, daß du nicht über sie lachen wirst?«

»Ja, Mama.«

»Amelia ist in Pablo verliebt, schon seit vielen Jahren. Er hat sie nie beachtet, aber die Arme kann ihn sich nicht aus dem Kopf schlagen.«

Großartig, dachte ich, in diesem Haus kann man nicht einmal allein um jemanden weinen.

Die Internatsdirektorin hatte verschiedenste Wandlungen durchgemacht, bis sie auf eine Frau von ungefähr fünfunddreißig Jahren festgelegt wurde, ansehnlich, mit Brille, nordischer Typ, das Klischeebild der nymphomanischen Bibliothekarin, wie ich es manchmal in Marcelos Zeitschriften gesehen hatte. Damals durchforstete ich systematisch seine Regale und verschlang all die eingeschlagenen Bücher. Vermutlich hat er es bemerkt, aber er hat nie ein Wort darüber verloren.

Das Haar streng zurückgekämmt, zu einem hohen Dutt aufgesteckt, weiße Bluse und dunkler Rock, strenge Miene, so saß die Direktorin steif hinter einem riesigen, mit Papieren übersäten Tisch und ergriff wie immer als erste das Wort.

»Ich bedaure es sehr, aber Sie müssen sich jetzt selbst ihrer annehmen, wir können sie hier nicht länger behalten.«

Pablo schaute sie an. Er war nicht verärgert, die Geschichte belustigte ihn eher, und das irritierte die Internatsdirektorin um so mehr. Er war vierzig Jahre alt, aber merkwürdigerweise sah er noch genauso aus wie mit siebenundzwanzig. Auch seine Person war häufigen Wandlungen unterworfen. Anfangs war er mein Vormund, der Testamentsvollstrecker meiner Eltern oder so etwas. Später dann hatte er mich an irgendeinem Ort gekauft und investierte aus unerforschlichen Gründen sein Geld in meine Ausbildung. Am Schluß war er einfach mein Vater, und diese Rolle behielt er über weite Strecken meiner Jugend bei.

»Würde es Ihnen etwas ausmachen, wenn Sie mir den Vorfall noch einmal genauer schildern? Ich habe nicht richtig verstanden, worin genau das Problem liegt. Ich habe meine Tochter seit langem nicht gesehen ...«

»Also, Lulú ... ist ein sehr verdorbenes Mädchen.« Die Direktorin beugte sich vor und blickte meinen Vater über den Rand ihrer Brille an. Sie war ziemlich erregt, sie erregte sich immer, wenn sie über mich sprach. »Verstehen Sie, was ich damit sagen will?«

»Nein.« Pablo lächelte sie an.

»Nun ... sie ist ein frühreifes Mädchen, sie ist sexbesessen, sie trägt nichts unter ihrem Rock, verstehen Sie? Sie behauptet, der Stoff störe sie, und im Unterricht setzt sie sich immer sehr breitbeinig hin, sie berührt sich unentwegt, zwingt die anderen Mädchen, sie anzufassen, kurz und gut, sie verbreitet Unruhe unter ihren Mitschülerinnen. Ich schäme mich, es sagen zu müssen, aber sie ließ sich mit der Mathematiklehrerin ein, ich selbst habe die beiden dabei überrascht, und Sie werden es nicht glauben, aber es war Lulú, die den Ton angab ...«

»Haben Sie den beiden denn zugeguckt?« unterbrach Pablo sie. Um seinen Mund spielte ein maliziöses Lächeln.

»Ja, ich ... mußte ja sicher sein, bevor ich eine Entscheidung treffen konnte. Ich sah sie, Ihre Tochter war nackt. Sie lag auf dem Bett und kniff sich mit den Fingernägeln in die Brustwarzen, sie hat so lange Fingernägel, wissen Sie, und dazu noch rot lackiert, das ist verboten. Aber es ist hoffnungslos, Ihre Tochter dazu bringen zu wollen, daß sie sich an die Hausregeln hält. Pilar, die Lehrerin, hatte ihren Kopf zwischen Lulús Schenkeln verborgen und leckte sie, dann hörte sie auf, hob den Kopf und sagte so etwas wie, ich kann nicht mehr, meine Liebe, wirklich, meine Zunge tut schon weh, dreimal ist es dir nun schon gekommen. Lulú richtete sich auf und verpaßte ihr eine Ohrfeige. Da bin ich dazwischengegangen.«

Hier verstummte die Direktorin. Sie war ziemlich erregt und rieb sich mit der Hand. An dieser Stelle gab es eine Variante. In der klassischen Version passierte nichts. In der schnellen Version, wenn ich spürte, daß es mir gleich kommen würde, noch bevor ich überhaupt die Szene betreten hatte, spielte Pablo auf den letzten Satz der Direktorin an:

»Soll das heißen, daß Sie sich zu den beiden gesellt haben?«

Sie bejahte das und erzählte ihm die Geschichte, wobei sie langsam ihren Rock hochhob, damit mein Vater die schrecklichen Striemen sehen konnte, die ich ihr zugefügt hatte.

Aber diese Szene kam fast nie vor.

Die Direktorin telefonierte nach mir, und kurz darauf stand ich in der Tür. Pablo drehte sich um und betrachtete mich. Meine Person unterlag ebenfalls beträchtlichen Schwankungen, vor allem, was das Alter betraf. Am Anfang war ich sehr viel älter, fünfzehn, so alt, wie ich in Wirklichkeit war. Das paßte aber nicht so gut zu einigen Aspekten meiner Geschichte, also zog ich ein Jahr ab, vierzehn. Ich hatte Angst, mich noch jünger zu machen, bis ich eines Tages dachte, was für ein Quatsch, ist doch sowieso alles nur Phantasie, und beschloß, bei zwölf zu bleiben, wobei ich allerdings einen ziemlich entwickelten Körper für ein Mädchen dieses Alters hatte. Auch die Uniform unterschied sich beträchtlich von meiner wirklichen Uniform, ich trug einen superkurzen Faltenrock, marineblau, mit Trägern in H-Form.

Pablo musterte mich eingehend.

»Wie groß du geworden bist, Lulú!«

Ich ging auf ihn zu, küßte ihn aufs Gesicht und setzte mich auf die Armlehne seines Stuhls. Diskret ließ er eine Hand unter meinen Rock gleiten, um festzustellen, ob ich auch wirklich nichts darunter anhatte.

Die Direktorin fragte ihn, was er zu tun gedenke.

»Ich habe vor, dich eine Zeitlang mit zu mir nach Hause zu nehmen.« Pablo kam mir herrlich vor. »Wir sind so lange getrennt gewesen ... was meinst du?«

Ich antwortete, daß ich mit ihm kommen wollte.

Wir verabschiedeten uns von der Direktorin und stiegen in eine dunkle Luxuslimousine, die manchmal ein schwarzer, manchmal ein blonder, aber immer ein gut aussehender Chauffeur steuerte.

»Deine kleine Möse läßt dir also keine Ruhe, hm?«

Da wußte ich, daß er mich begehrte, auch wenn er mein Vater war, und ich begehrte ihn ebenfalls, und vor allem wollte ich nicht lernen, wollte auf keinen Fall in ein Internat zurück. Ich war eine durch und durch ungezogene Göre, und außerdem hatte ich ständig Lust, das erklärte ich ihm mit meinem unschuldigsten Stimmchen, wobei ich ein Stück von meinem Rock zwischen den Fingern zwirbelte und den Taillenbund lüpfte, damit er meinen nackten Bauch begutachten konnte.

»Es ist nicht meine Schuld, Papa, sie waren es, immer, nie haben sie mich in Ruhe gelassen, die Direktorin auch, die war eine von den schlimmsten, sie hat mich mit einem Stock geschlagen, wenn ich mich geweigert habe, sie zu lecken. Die Alte ist eine Hure, aber es war immer wunderschön, wenn sie heiß auf mich war, ich kann nicht anders, weil es mich doch so juckt, hier.« Ich faßte nach seiner Hand und führte sie an mein Geschlecht, nahm einen seiner Finger und rieb mich an ihm. »Ich bin schon erwachsen, ich brauche es, Papa ...«

»Hm, das sehe ich.« Pablo sah mich mit glänzenden Augen an, beugte sich über mich und küßte mich. Er scherzte mit dem Chauffeur. »Wie findest du meine Tochter?« Er hatte mir die Bluse aufgeknöpft und liebkoste meine Brüste, die zwischen den beiden Trägern eingequetscht waren.

»Sie ist wunderschön, Señor, es wird herrlich mit uns dreien werden, sie wird uns sehr glücklich machen.«

Dann fuhren wir durch ein hohes, schwarzes Gitter, das mit vergoldeten Kugeln verziert war, und gelangten zu einem großen Haus. Pablo legte einen Arm um mich und zeigte mir das Haus. Die Zimmer waren leer, es gab kaum Möbel, alles war sehr geräumig. Dort lebte ich, ich hatte weder Brüder noch Schwestern, nur meinen Vater und die Bediensteten, viele Bedienstete, und immer gab es Muscheln zum Abendessen, und ich konnte eine Schüssel davon essen, ohne daß jemand etwas sagte, ich allein.

Alle wußten, daß ich mit meinem Vater schlief, und sie fanden es nur natürlich. Er fuhr mich ab und an in die Stadt und kaufte mir Kleider, viele Kleider, die mir gefielen, und Schokolade. Er verwöhnte mich, und ich war ein durch und durch ungezogenes Kind. Ihm machte das Spaß, er liebte es, mich zu verwöhnen, und ich war glücklich. Halbnackt lief ich im Haus herum, ich mochte ihn sehr, und die ganze Zeit vögelte ich mit ihm.

An diesem Punkt, fast immer kurz vorm Orgasmus, entfalteten sich unendlich viele Variationen.

Wir saßen an einer Festtafel, drei oder vier ältere Herren, er und ich. Ich trug ein weißes luftiges Kleid. Manchmal hob ich meinen Rock hoch und kauerte mich mit weit gespreizten Beinen auf den Stuhl, damit Pablo jeden Bissen an meinem Geschlecht befeuchten konnte, bevor er ihn an den Mund führte. Andere Male setzte er mich auf seine Knie, schob mir den Rock hoch und zeigte mich seinen Freunden, alle stimmten darin überein: Sie ist ein Juwel, deine Tochter. Er küßte mich auf die Wange: Ohne sie könnte ich nicht leben. Ich streichelte mich langsam mit einem Fingerchen, damit mich die Herren sehen konnten. Pablo hob mich auf den Tisch, fegte mit einer Hand Teller, Gläser und Blumenvasen vom Tisch, warf mich nach hinten und drang vor den anderen in mich ein, mir kam es, und als er fertig war, lud er seine Freunde ein: Ihr könnt weitermachen, wenn ihr wollt, ich bin nicht eifersüchtig. Und sie kamen, alle drangen in mich ein, einer nach dem anderen, aber keiner verschaffte mir soviel Lust wie er.

Andere Male war er böse. Ich hatte etwas Schlechtes getan, was, spielte keine Rolle, und er bestrafte mich, er legte mich über seine Knie, hob mir den Rock hoch und schlug mich auf den Hintern. Seine Schläge waren erniedrigend, er gab es mir ordentlich, ich heulte und wand mich, versprach ihm, es nie wieder zu tun, aber er zeigte sich unerbittlich, fesselte mich und ging, ließ mich stundenlang, sogar tagelang allein. Manchmal kam einer der Bediensteten, brachte mir Essen, aber ich konnte nichts essen, weil meine Hände gefesselt waren, manchmal schlugen auch sie mich, andere Male zwangen sie mich, es ihnen zu machen, oder sie machten es mir. Dann kehrte Pablo zurück, immer kam er zurück, er steckte mir seinen Schwanz in den Mund, und ich blies ihn, ohne zu mucksen, bis er wieder erschlaffte, er löste die Fesseln und vögelte mich auf dem Steinboden, unsere Versöhnungen waren herrlich.

Wir wachten zusammen auf, in einem riesengroßen Bett, er streichelte mich ein wenig, dann nahm er mir die Decke weg. Mach du allein weiter, ich will dich sehen. Wir gingen eine breite Freitreppe hinunter zum Frühstück. Ich habe eine Überraschung für dich, ich bin sehr zufrieden mit dir, ich habe dir ein Spielzeug gekauft, gleich bekommst du es, frühstücke erst zu Ende. Und er faßte mich an der Hand und führte mich in die Bibliothek. Ein Jüngling in blauem Overall erwartete uns. Der gehört dir, du kannst mit ihm machen, was du willst. Ich ging auf den Gärtnerlehrling zu, zog seinen Reißverschluß auf, er hatte eine prachtvolle Rute. Ich war nackt, er umarmte mich täppisch wie ein Bär, saugte an meinen Brustwarzen und biß mich. Er war unerfahren, er tat mir weh, wir wälzten uns auf dem Boden, er bewegte sich wie ein Tier auf mir, er war hungrig, anfangs hatte das noch einen Reiz, aber dann wurde es mir langweilig. Laß mich. Pablo saß in seinem Sessel und sah uns zu. Ich mag ihn nicht, Papa, ich mag ihn nicht. Ich umfaßte Pablos Geschlecht und setzte mich auf ihn, verspürte augenblicklich Lust, er konnte sich so schön langsam bewegen. Du bist zauberhaft, Lulú, flüsterte er, zauberhaft, ich liebe dich sehr …

Mein Griechischprofessor lehnte an einer der mächtigen Säulen im Foyer und musterte mich mit ironischem Blick.

»Wohin willst du denn, in dieser Aufmachung?«

Ich grinste und suchte nach einer glaubwürdig klingenden Erklärung, die mein Äußeres gerechtfertigt hätte, aber mir fiel nichts ein. Ich merkte, wie mir die Hände zitterten. Darum steckte ich sie in die Manteltaschen. Meine Lippen zitterten ebenfalls, also beschloß ich, etwas zu sagen.

»Komm, Félix, lad mich zu einem Kaffee ein …«

»Da bist du auf dem Holzweg, wenn du glaubst, ich setze meinen mühsam erarbeiteten Ruf aufs Spiel und lasse mich mit einem so angezogenen Mädchen sehen.«

»Von was für einem Ruf sprichst du eigentlich? Los komm, lad mich zu einem Kaffee ein.« Ich hakte ihn unter, und wir machten uns auf den Weg zur Bar im Keller.

Félix war ein ausgezeichneter Griechischprofessor, ein äußerst intelligenter Mensch mit feinsinnigem Humor und ein alter Freund von mir. Ich war drei- oder viermal mit ihm ins Bett gegangen, es hatte mir durchaus gefallen. Aber er besaß einen Fehler. Er war ein schreckliches Klatschmaul und deshalb die letzte Person, die ich an jenem Nachmittag treffen wollte.

Die Sache entwickelte sich nicht gerade günstig.

Das Warten zu Hause hatte mich so nervös gemacht, daß ich schließlich beschlossen hatte, eine halbe Stunde eher als vorgesehen aufzubrechen. Da ich mir vorgenommen hatte, eine halbe Stunde früher an der Fakultät zu sein, damit ich mich in die Mitte der ersten Reihe setzen konnte, hatte ich in dem Augenblick, als ich Félix traf, noch eine ganze Stunde

Zeit. Zu lange, um vor der verschlossenen Hörsaaltür auf und ab zu gehen.

Ich hatte natürlich nicht daran gedacht, daß die Tür möglicherweise verschlossen sein könnte. Ich war auch nicht auf den Gedanken gekommen, das zu überprüfen, obwohl ich doch jeden verdammten Vormittag daran vorbeikam.

Das beste war, in die Bar hinunterzugehen, sich ein wenig abseits an einen Tisch zu setzen und ein Weilchen zu klatschen.

Ich war in der Stimmung, in allem günstige Vorzeichen zu entdecken. Also beschloß ich, auch meine Begegnung mit Félix als ein gutes Omen zu betrachten.

»Trägst du etwas unter dem Mantel?« Er starrte mich mit unverhohlener Neugier an.

»Natürlich habe ich etwas an! Kleidung. Ich bin komplett angezogen.« Ich versuchte, beleidigt zu erscheinen. »Aber ich verstehe nicht, warum du so viel Aufhebens um meine Aufmachung machst, nicht einmal, wenn ich mich verkleidet hätte.«

»Du bist verkleidet. Unglückseligerweise weiß ich nur nicht als was, aber selbstverständlich bist du verkleidet.«

Ich würde ihm nichts vormachen können, deshalb wechselte ich lieber das Thema.

Als ich zum Tresen ging, um Kaffee zu bestellen, kicherten an den vorderen Tischen ein paar Erstsemesterstudenten und stießen sich mit den Ellbogen an.

Ich fragte mich ernsthaft, ob ich nicht doch zu dick aufgetragen hatte.

Der Mantel machte mir weiter keine Sorgen. Ein weißer Wollmantel ist ohnehin schon auffallend. Genau aus diesem Grund hatte ich ihn mir ja ausgeliehen, ich wollte ja um jeden Preis Aufmerksamkeit auf mich ziehen.

Das Schlimmste waren die Kniestrümpfe in undefinierbarem Beige. Sie rutschten mir ständig auf die Knöchel runter. Die Gummibänder hatten sich als äußerst widerstandsfähig erwiesen. Erst nachdem ich sie dreimal gekocht und anschließend einige Tage auf dickbauchige Sektflaschen gespannt hatte, rutschten sie mit überzeugender Natürlichkeit die Beine runter, obwohl ich sie gerade erst gekauft hatte und zum ersten Mal trug.

Selbst wenn vielleicht die Strümpfe allein noch nicht so lächerlich wirkten, sahen sie natürlich zusammen mit den Schuhen schauderhaft aus. Ich mußte an den Kreis von Verkäuferinnen denken, der sich im Schuhgeschäft um mich gebildet hatte. Ich hatte gebeten, man möge mir das braune Modell mit dem höchsten Absatz in Größe neununddreißig bringen. Dann holte ich einen Strumpf aus der Tasche, zog ihn mir über den Fuß und probierte reihenweise Schuhe, wobei ich gründlich die Wirkung in den kleinen, an Säulen gelehnten Spiegeln studierte. Ich entschied mich für ein paar sehr schlichte Pumps, die mich neun Zentimeter größer machten.

Aber an dem Tag im Schuhgeschäft hatte ich normale Nylonstrümpfe getragen. An diesem Nachmittag im Februar hatte ich keine an, meine Beine waren nackt, den Mantel dagegen hatte ich bis unters Kinn zugeknöpft.

Wahrscheinlich hatte ich zu dick aufgetragen, aber jetzt gab es kein Zurück mehr. Ich setzte mich neben Félix und wartete ab. Der Pedell hatte mir gesagt, daß die Türen gewöhnlich ungefähr zehn Minuten vor Beginn der Veranstaltung geöffnet wurden.

Ich verdrückte mich fünf Minuten früher, indem ich vorgab, ich müßte mal zur Toilette. Langsam stieg ich die Treppe hoch, gelangte ins Foyer und schlich mich durch die offene Tür. Ich setzte mich genau in die Mitte der ersten Reihe.

Eine ganze Weile war ich die einzige Person in dem großen Hörsaal.

Rein zufällig hatte ich von der Veranstaltung erfahren. Die Fakultät für Spanische Philologie organisierte andauernd solchen Zauber. Die Zettel und Plakate am Schwarzen Brett hatten mich nie besonders interessiert. Jetzt aber suchte ich Nachhilfeschüler, ich brauchte Geld, weil ich im Sommer auf jeden Fall nach Sizilien fahren wollte, und man hatte mir erzählt, daß dort ein paar neue Zettel aushingen, zwei dumme Erstsemester, die höchstwahrscheinlich Probleme mit dem Gebrauch des Dativs hatten.

Und so entdeckte ich seinen Namen, winzig klein gedruckt, inmitten vieler anderer Namen.

Angst, Horror vor der Wirklichkeit, vor der endgültigen Enttäuschung, denn danach würde ich ihn nie zurückgewinnen, ihn mir nicht mehr in das große, leere Haus hineinphantasieren können, wo wir uns geliebt hatten. Angst, ihn für immer zu verlieren.

So viel Zeit war vergangen.

Ihn in meinem Gedächtnis zu bewahren war für mich einfach gewesen. Ich lebte ein langweiliges, arbeitsames Leben. Ich war allein, vor allem nachdem Marcelo ausgezogen war. Meine Tage verliefen alle gleich, grau, der ewige Kampf, um mir einen eigenen Raum in dem überfüllten Haus zu erobern, die ständige Einsamkeit inmitten all der Menschen, die ständigen Diskussionen – ich denke nicht daran, Jura zu studieren, Papa, da kannst du dich auf den Kopf stellen –, die ständige Fragerei, die darauf abzielte zu testen, wie gefestigt mein Glaube war. Ich war in die Partei eingetreten, mehr aus Sentimentalität denn aus anderen Motiven, und das, obwohl die beiden bereits wieder ausgetreten waren. Marcelo hatte mich merkwürdig angegrinst, als ich ihm davon erzählte. Das ständige Drängen, meine jeweiligen Freunde zum Abendessen einzuladen – meine Mutter verstieg sich zu dem Glauben, daß all die Typen, mit denen ich im Lauf der Jahre ins Bett ging, auch meine festen Freunde waren. Und ständig das einsame Praktizieren einer tristen und ernüchternden Liebe, jeden Tag das gleiche.

Vielleicht wäre ich glücklich gewesen, wenn es ihn in meinem Leben nie gegeben hätte, aber es hatte ihn gegeben. Dreiundzwanzig Tage bevor er nach Philadelphia ging, hatte er mich an sich gebunden. All die seitdem verstrichenen Jahre zählten nicht, sie waren nichts weiter als eine Überbrückung, unbedeutend, ein Ersatz der wirklichen Zeit, des Lebens, das erst beginnen würde, wenn er zurückkäme.

Und er war zurückgekommen.

Ich entdeckte seinen Namen am Schwarzen Brett, kleingedruckt, und seitdem war mein Körper wie ausgebrannt.

Ich verzehrte mich vor Begehren.

An dem, was ich mir eigentlich gewünscht hatte, machte ich von Tag zu Tag alarmierende Abstriche. Indessen bereitete ich meinen Auftritt gründlich vor. Ich ging zu Chelo, um die Plastiktüte zurückzuholen, die sie in den letzten drei Jahren für mich in ihrem Kleiderschrank aufbewahrt hatte, und zwar seit jenem Nachmittag, an dem meine Mutter mir erzählt hatte, daß das gelbe Kleid, das Patricia gerade trug , jenes war, das Amelia erstmalig ausgeführt hatte, jenes, das meine Großmutter mir einst geschenkt hatte. Wie das Kind doch gewachsen ist, sie ist nun fast schon so groß wie du. Ich wartete nicht darauf, daß Patricia auch noch die Uniform in Besitz nahm, ich brachte sie einfach in Sicherheit und lief den ganzen Sommer mit Unschuldsmiene herum, betonte immer wieder, das mit der verschwundenen Uniform sei ja wie verhext.

Ich beging den Fehler, Chelo zu fragen, ob sie mir einen großen Gefallen erweisen könne. Aber natürlich, weißt du doch. Rasier mir die Möse. Was? Ich trau mich nicht so recht, es allein zu machen. Was? Ob du mich rasierst, zu zweit ist es einfacher. Sie weigerte sich, natürlich weigerte sie sich. Das hatte ich schon erwartet, weil ich ihr die Geschichte mit Pablo erzählt hatte. Sie wußte, daß es für ihn war, und meine Bitte beleidigte sie ziemlich. Nie, niemals würde sie ihm seine Fahrlässigkeit in puncto Verhütung verzeihen, sie warf sie ihm in zweifacher Hinsicht vor. Zu jener Zeit hatte Chelo noch nicht die Wonnen des geschundenen Fleisches entdeckt, ihr gefielen nur die ganz, ganz fortschrittlichen Jungen, sie schätzte den *Koitus interruptus* als eine Mischung aus höflicher Geste und Durchsetzung von Gleichheitsprinzipien. Am Ende mußte ich es in aller Heimlichkeit, im Badezimmer, allein hinkriegen. Vorsichtig nahm ich den Spiegel von der Wand, um drei Uhr morgens, damit nur ja niemand an die Tür klopfte. Ich brauchte fast zwei Stunden, ich machte sehr langsam, weil ich doch so tolpatschig bin, aber schließlich war ich mit dem Ergebnis einigermaßen zufrieden. Als ich dort saß, in der Mitte der ersten Reihe, fühlte ich meine nackte, glatte Haut. Inständig flehte ich zu den Göttern, sie mögen sich meiner erbarmen, er sollte mich nehmen, mich nicht zurückweisen. Ich wagte nicht, um mehr zu bitten, er sollte mich nur nicht abweisen, mich wenigstens einmal nehmen, bevor er wieder verschwand.

Nach und nach begann sich der Saal mit Menschen zu füllen.

Ein kleingewachsener Mann mit Glatze und Backenbart war der erste, der auf dem Podium Platz nahm. Pablo kam mit einem Mann herein, der einen Bart nach der Mode des vorherigen Jahrhunderts trug. Sie unterhielten sich, und am Fuß der kleinen Treppe umarmte ihn der Bärtige stürmisch. Pablo nahm als letzter ganz außen auf dem Podium Platz.

Fünf Jahre, zwei Monate und elf Tage waren vergangen, seit ich ihn das letzte Mal gesehen hatte. Sein Gesicht, die ziemlich große Nase und der kantige Kiefer, hatte sich kaum verändert. Wesentlich mehr weiße Strähnen hatte er auch nicht bekommen, sein Haar war immer noch überwiegend schwarz. Seine Figur dagegen war um einiges schlanker geworden. Das wunderte mich, denn Marcelo erzählte immer, daß in Philadelphia gut und viel gegessen wurde. Pablo aber hatte abgenommen, und dadurch wirkte er noch größer und schlaksiger. Das hatte mir schon immer am meisten an ihm gefallen, ständig wirkte er, als würde er gleich auseinanderfallen, zu viele Knochen für so wenig Fleisch.

Sein Alter stand ihm gut.

Während der Typ mit dem Backenbart die Teilnehmer mit schier unerträglicher Langsamkeit vorstellte, zündete Pablo sich eine Zigarre an und ließ seinen Blick durch den Saal schweifen. Er blickte in alle Richtungen, nur nicht in meine.

Ich ertrug es kaum noch.

Ich schwitzte. Und ich hatte Angst.

Ich wagte nicht, ihm direkt ins Gesicht zu sehen, aber ich spürte, daß er stockte.

Er sah mich fest an, mit halb geschlossenen Augen. Ein merkwürdiger Gesichtsausdruck. Dann lächelte er mich an, und erst danach bewegte er stumm seine Lippen, zwei Silben, so als sage er meinen Namen.

Er hatte mich erkannt.

Ich handelte genau nach Plan. Unendlich langsam knöpfte ich meinen Mantel auf. Darunter kam die entsetzliche braune Schuluniform zum Vorschein. Ich versuchte, sicher zu wirken, aber innerlich fühlte ich mich wie ein alter und schlechter Gaukler, der mit äußerster Mühe den Schein wahrt, während er nur noch darauf wartet, daß die acht Holzflaschen, mit denen er jongliert, ihm gleichzeitig auf den Kopf fallen.

Pablo bedeckte sich mit einer Hand das Gesicht. So saß er ein paar Sekunden lang, dann blickte er mich wieder an. Er lächelte noch immer.

Er sprach wenig an jenem Nachmittag, und er sprach schlecht, ein paarmal verlor er den Faden, stotterte und vermittelte den Eindruck, als könne er nur mit Müh und Not Sätze von mehr als drei Worten bilden. Unverwandt starrte er mich an, meine Nachbarn sahen neugierig zu mir hin.

Als der Alte mit dem Backenbart die Diskussionsrunde eröffnete, erhob ich mich von meinem Sitz.

Erstaunlicherweise trugen mich meine Beine.

Ohne zu stolpern, stolzierte ich gemächlich aus dem Saal. Ich durchquerte das Foyer, sah mich nicht um und ging durch die Glastüren nach draußen. Ich war höchstens acht oder neun Schritte auf und ab gegangen, da hatte er mich bereits eingeholt. Er legte seinen Arm auf meinen, faßte mich am Ellbogen und drehte mich zu sich herum. Nachdem er mich eingehend von Kopf bis Fuß gemustert hatte, berührte er mich mit seinem Zauberstab.

»Wie schön, Lulú! Du bist gar nicht erwachsen geworden …«

Er nahm mein Geschenk mit vornehmer Zurückhaltung an. Er hatte meine Aufmachung verstanden und enthielt sich jeglichen Kommentars. Er sprach wenig, nur das Notwendigste. Freiwillig lief er in meine Fallen. So ließ er mich wissen, was ich wissen wollte.

Er nahm mich mit zu sich nach Hause, in ein geräumiges Studio, vollgestellt mit Sachen, mitten im Stadtzentrum.

»Was ist mit Moreto passiert?«

»Meine Mutter hat das Haus vor ein paar Jahren verkauft.« Er schien das zu bedauern. »Sie hat sich ein protziges Landhaus in Majadahonda gekauft.«

Dann ließ er schweigend seinen Blick über mich hingleiten, musterte mich von Kopf bis Fuß. Er hob meine Arme hoch und hielt sie so, während er mir den Pullover über den Kopf zog. Er knöpfte mir die Bluse auf, zog sie mir aus, blickte mir ins Gesicht und lächelte. Ich trug keinen Büstenhalter. Er erinnerte sich noch an alles. Er bückte sich, packte mich an den Knöcheln und hob mich brüsk hoch, so daß ich das Gleichgewicht verlor. Er zog meine Beine zu sich heran, bis er sie über seine gelegt hatte. Ich lag quer auf dem Sofa. Er hakte mir die Ösen am Rock auf. Bevor er ihn mir auszog, nahm er meine Hände, führte sie an sein Gesicht und betrachtete sie aufmerksam, besonders meine kurzen und stumpfen Fingernägel. Dieses Detail hatte ich vollkommen übersehen. Auch wenn ich nur zu gut wußte, daß ich es besser nicht tun sollte, brach ich das Schweigen.

»Magst du lange rotlackierte Fingernägel?«

Er ließ meine Finger nicht los und grinste mich ironisch an.

»Ist das so wichtig?«

Ich konnte ihm nicht antworten, ja, es ist wichtig, ziemlich wichtig, deshalb zuckte ich nur gleichgültig mit den Achseln.

»Nein, mag ich nicht«, sagte er schließlich. Zum Glück, dachte ich.

Langsam kleidete er mich aus, streifte mir die Schuhe ab, zog mir die Strümpfe aus und streifte mir die Schuhe wieder über. Er sah mich einen Augenblick an, ohne etwas zu tun. Dann streckte er eine Hand aus und ließ sie mehrmals sanft über mich gleiten, vom Spann bis zum Hals. Er wirkte so ruhig, so gelassen, so gleichgültig, daß ich einen Moment lang fürchtete, er begehre mich in Wirklichkeit gar nicht, sein Verhalten sei nur ein Reflex einer alten, unwiederbringlichen Lust. Vielleicht war ich ihm in all den Jahren doch zu groß geworden.

Er faßte mich unter den Achseln und richtete mich auf. Nun saß ich aufrecht auf seinen Knien. Dann schlang er seine Arme um mich und küßte mich. Allein schon bei dem Kontakt mit seiner Zunge durchströmte es meinen Körper. Mein Rücken streckte sich. Er ist der Sinn meines Lebens, dachte ich. Ein altbekannter und abgedroschener Gedanke, Hunderte von Malen während seiner Abwesenheit gedacht, in der letzten Zeit dann heftig verworfen, weil es so erbärmlich, so armselig und so pathetisch klang. Es gab und gibt nach wie vor so vielerlei Wichtiges auf der Welt, aber als er mich küßte und ich mich in seinen Armen wiegte, war das die Wahrheit, die reine und einfache Wahrheit, er war der Sinn meines Lebens.

Ich faßte nach seiner Hand und führte sie an mein Gesicht, bedeckte es mit ihr, hielt sie einen Moment lang still. Ich spürte den Druck seiner Fingerkuppen, ich gab ihm einen langen und feuchten Kuß auf die Handfläche, dann bog ich seine Finger, einen nach dem anderen, schob den Daumen unter die anderen vier Finger, umfaßte seine Faust mit meiner Hand und preßte meine Wangen und Lippen an seine Fingerknöchel.

Ich wollte ihm zu verstehen geben, daß ich ihn liebte.

»Ich habe etwas für dich ...«

Sanft schob er mich beiseite, stand auf und ging durchs Zimmer. Aus einer der Schreibtischschubladen zog er eine lange, schmale Schachtel hervor.

»Das habe ich vor ungefähr drei Jahren in einem Anfall von Schwäche für dich gekauft …« Er grinste mich an. »Erzähl aber keinem davon, jetzt schäme ich mich fast schon, aber damals hatte ich manchmal so verrückte Einfälle, vor allem, wenn ich mich allein fühlte. In solchen Situationen habe ich den Wagen genommen und bin nach New York gefahren, zur Vierzehnten Straße, Ecke Achte, ein ziemlich irrer Ort. Wie soll ich ihn dir beschreiben, damit du eine Vorstellung hast?« Er verstummte nachdenklich, dann erhellte sich sein Gesicht. »Ja, so, die Vierzehnte Straße ist in etwa so wie Bravo Murillo, aber noch viel verrückter, es wimmelt da nur so von Leuten, Bars und Läden. Ich brauchte über zwei Stunden für eine Strecke, nur um Thunfischempanadas zu essen und ›Asturias, patria querida‹ zu singen in einer Bar, die einem Typen aus Langreo gehörte. Ich habe getrunken bis zum Umfallen, und dann ging es mir besser. Bei einem dieser blödsinnigen nostalgischen Anfälle habe ich dir das hier gekauft.« Er setzte sich neben mich und überreichte mir die Schachtel. »Auch wenn man so etwas vielleicht nicht sagt, es hat mich eine Stange Geld gekostet, und damals hatte ich nicht viel. Ich habe es dir trotzdem gekauft, weil ich es versprochen hatte. Auf eine merkwürdige Weise habe ich mich all die Jahre über für dich verantwortlich gefühlt. Aber ich traute mich nie, dir das hier zu schicken. Um die Wahrheit zu sagen, ich fürchtete, aus dir wäre inzwischen eine erwachsene Frau geworden, und Frauen wissen solche Spielsachen nicht immer zu schätzen …«

Die sorgfältig in durchsichtiges Zellophan eingewickelte Schachtel enthielt ein Dutzend Objekte aus weißem, beigem und rotem Plastik, einen elektrischen Vibrator mit gerillter Oberfläche, dazu eine Reihe von Überzügen und anderem passenden Zubehör. In einer Tüte steckten zwei kleine Batterien.

Es kostete mich nicht die geringste Mühe, mich erfreut zu zeigen. Ich war überaus zufrieden, und das nicht nur, weil er an mich gedacht hatte.

»Vielen Dank, das gefällt mir sehr.« Ich grinste ihn breit an. »Aber du hättest es mir schicken sollen, ich hätte es gut brauchen können. Es ist doch meine Größe ...«

Er sah mich an und lachte.

»Wenn du möchtest, kann ich es ja mal ausprobieren ..., jetzt.«

Ich riß das Zellophan ab und studierte den Inhalt eingehend. Ohne größere Schwierigkeiten fand ich den Speicher für die Batterien und lud den Vibrator auf. Ich drehte an einem winzigen Rädchen, und er begann zu zittern. Dann drehte ich stärker auf, bis er in meiner Handfläche tanzte. Es war lustig. Es war genauso wie früher am Morgen des Dreikönigstages. Da fing auch eine ganz normale, leblose Puppe an, zu sprechen und den Kopf zu bewegen, nachdem ich zwei Batterien in ihren Rücken gesteckt hatte. Ich merkte, daß ich lächelte. Ich sah Pablo an, er lächelte ebenfalls.

»Welcher, glaubst du, ist der beste von allen?«

Er antwortete nicht, er stand einfach auf und setzte sich in einen Sessel an der gegenüberliegenden Wand, ungefähr dreieinhalb Meter von mir entfernt, mir direkt gegenüber.

Jetzt wirst du sehen, dachte ich, jetzt wirst du sehen, ob ich erwachsen geworden bin oder nicht. Ich fühlte mich gut, sicher, ich ahnte, daß dies mein einziger Trumpf war, denn daran hatte ich in den letzten Tagen oft gedacht. Eine Strategie, eine genaue Taktik hatte ich mir nicht zurechtgelegt. Aber er hatte mir alles sehr einfach gemacht. Ich gefiel ihm, er dachte immer noch an mich, und er stand auf verdorbene kleine Mädchen. Also gut, ich würde ihm zeigen, wie verdorben ich sein konnte. Mir fielen wieder die Worte der Internatsdirektorin ein, ich machte mir selber Mut. Das einzige, was mir Sorgen bereitete, war, daß mein Auftreten übertrieben theatralisch anmuten könnte oder auch leicht hysterisch, wenig überzeugend jedenfalls. Alles andere war mir egal. Mein Schamgefühl ist anders geartet. Eine Dame, die vor dem Stühlchen eines behinderten Kindes ›oh, wie reizend er doch ist!‹ ausruft, ein Neureicher, der dem fünfzehnjährigen Kellner am Fischimbiß einen Skandal vom Zaun bricht, nur weil er kein dunkles Brot hat, ein wohlbeleibtes und gut gekleidetes Ehepaar, das Pfennige als Almosen verteilt, das sind die Dinge, die mein Schamgefühl hervorrufen; das andere Schamgefühl, diese konventionelle Scham, habe ich nie besessen.

Langsam spreizte ich meine Beine und strich mit einem Finger über mein Geschlecht, nur einmal, dann fing ich zu plaudern an.

»Ich glaube, ich werde mit diesem hier anfangen.« Ich zog eine Art fleischfarbenen Vibrator hervor, eine ziemlich getreue Nachbildung des Originals, mit Nerven und allem. »Weißt du was? Jetzt finde ich es nicht mehr so gut, daß ich so groß bin. Früher war ich darauf stolz, aber jetzt wäre ich gern zwanzig Zentimeter kleiner, wie Susana, erinnerst du dich noch an Susana …?«

»Die mit der Flöte?« So wie er mich jetzt anblickte, weise und heiter zugleich, genauso hatte ich ihn mir all die Jahre über im Gedächtnis zu bewahren versucht.

»Ja, die mit der Flöte, du hast ein gutes Gedächtnis …« Ich sah ihm unentwegt in die Augen, ich versuchte kaltblütig zu wirken, so wie eine laszive und erfahrene Frau, aber mein Geschlecht, noch unausgefüllt, wuchs und wurde unaufhaltsam nasser. Und dieses Gefühl hat bei mir noch nie mit Untätigkeit harmoniert. »So, oh, wie riesig der jetzt ist! … Ich hoffe, es beschämt dich nicht, wenn ich ihn mir jetzt reinstecke, oder?«

Er schüttelte den Kopf.

Ich rieb das neue Spielzeug ein paarmal an mir, bevor ich es mir langsam einführte. Obwohl ich Pablo auf keinen Fall aus den Augen lassen wollte, nahm mich dieser Vibrator dermaßen gefangen, daß ich seine Reaktion nicht mehr beobachten konnte. Es war das erste Mal, daß ich so ein Gerät benutzte, und meine eigenen Reaktionen darauf absorbierten meine Aufmerksamkeit voll und ganz.

»Gefällt es dir?«

Seine Frage störte mich in meiner Konzentration.

»Ja, es gefällt mir ...« Ich schwieg und blickte ihn an, dann redete ich weiter. »Aber es fühlt sich doch nicht an wie ein richtiger Schwanz, wie ich zuerst gedacht hatte. Zum einen ist er nicht heiß, und da ich ihn selbst bewegen muß, gibt es auch keinen Überraschungsfaktor, verstehst du? Es gibt keine Wechsel im Rhythmus, kein Anhalten, und auch keine schnellen Stöße. Das gefällt mir immer am besten, dieses schnelle Stoßen ...«

»Du hast in diesen Jahren wohl viel gevögelt, oder?«

»Naja, ich hab mich so durchgeschlagen ...« Jetzt bewegte ich meine Hand schneller, stieß gewaltsam dieses Trugbild eines Mannes gegen meine Wände. Es gefiel mir immer besser, es begann mir außerordentlich gut zu gefallen, deshalb hörte ich abrupt auf und beschloß, einen anderen Überzug zu nehmen, ich wollte die Sache nicht überstürzen. »Dieser mit den Stacheln, ist der zum Wehtun?«

»Keine Ahnung, aber ich glaube nicht.«

»Na gut, schauen wir mal ..., aber ich hatte dir gerade was erzählt, ach ja, das von Susana, die mißt ja nur eineinhalb Meter, und darum kommen ihr alle Typen riesig vor. Das ist richtig verrückt, immer wenn ich sie frage, antwortet sie das gleiche, der hatte so einen.« Ich hielt meine Hände übertrieben weit auseinander. »Tierisch groß, aber sie – immer am Klagen, ich verstehe das nicht, ständig jammert sie rum. Mir würde das gefallen, aber da ich nun mal selbst so groß bin, naja, da füllen die mich nie ganz aus. Es ist von Nachteil, so groß zu sein, alles ist viel zu lang ...«

»Aha ...«, er lachte schallend und betrachtete mich. All das gefiel ihm, ich war sicher, daß es ihm gefiel. Und dann beschloß ich, eine Geschichte ganz anderer Herkunft einzuflechten. Nie hätte ich es für möglich gehalten, daß ich ihm das einmal erzählen würde, aber in dieser Situation spielte es keine Rolle.

»Hör mal, bist du sicher, daß die Stacheln nicht weh tun? Ich stülpe die jetzt drüber, mal sehen, was dann passiert.« Ich nahm so eine Art kurze, rote Mütze, die von kleinen Knubbeln überzogen war, und zog sie über den Vibrator. »Oh, das sieht lustig aus. Wo wir gerade von Susana reden, vor ein paar Monaten habe ich eines Nachts von dir geträumt, und die Tröster hier haben eine Menge mit dem Traum zu tun.« Ich hielt einen Moment inne, ich wollte erstmal seinen Gesichtsausdruck deuten, konnte aber nichts Besonderes darin lesen. »Die Sache ist die, Susana ist so richtig brav und bieder geworden, früher war sie die Schweinischste unserer Klasse, aber vor ein paar Jahren hat sie sich einen stinklangweiligen, korrekten Freund zugelegt, einen total verknöcherten Typ von neunundzwanzig Jahren ...«

»Ich bin zweiunddreißig ...« Erst sah Pablo mich mit demselben Lächeln an, das meine Mutter mir zu schenken pflegte, wenn sie mich beim Schnüffeln in der Vorratskammer erwischt hatte, dann ging sein Lächeln in schallendes Gelächter über.

»Ja, aber du bist nicht verknöchert.«

»Warum?«

»Darum, genauso wie Marcelo, der ist auch nicht verknöchert, auch wenn er jetzt ein Kind hat und so, ist ja auch egal. Susanas Freund besitzt viel Geld, er hat eine Agentur, aber nicht ein Fünkchen Sinn für Humor. Neulich gingen wir abends zum Essen aus, die beiden, Chelo kam mit einem sehr witzigen Typen und ich, ich hatte keinen zum Mitbringen, ehrlich, sieh mal, wenn ich so was gehabt hätte, wäre ich womöglich mit dem hier drin gekommen ...« Ich zog den Tröster aus mir heraus und nahm ihm das rote Mützchen ab. Ich wollte ihn ohne etwas drumherum ausprobieren, bestimmt war das nicht so wirkungsvoll, die Stacheln begannen nämlich langsam, mich zu heftig zu erregen. »Wir haben uns ziemlich besoffen, Susana auch, und wir haben ihrem Typ die Geschichte mit der Flöte erzählt. Chelos Freund hat viel gelacht, er fand das köstlich, aber der Typ von Susana reagierte richtig säuerlich. Er meinte, er verstünde gar nicht, was daran so witzig wäre, ihn würden solche Albernheiten überhaupt nicht heiß machen. Ich sagte dann, ich fände das merkwürdig, als du es erfahren hättest, wärst du ziemlich geil geworden, stimmt doch, oder?«

Er bestätigte das mit einem Nicken.

»Hast du mir aus New York auch eine Flöte mitgebracht?«

»Nein.«

»Wie schade!« An dieser Stelle konnte ich ein Lachen nicht unterdrücken, aber gleich darauf fing ich mich wieder und sprach weiter. »Jedenfalls habe ich in der Nacht geträumt, daß wir beide in einer Luxuslimousine fuhren, mit einem schwarzen, gut aussehenden Chauffeur, der dich mit Señor anredete und einen ziemlich großen hatte. Ich weiß nicht warum, aber ich wußte, daß er einen großen hatte.«

Der Ausdruck seines Lächelns hatte sich unmerklich verändert. Ich fürchtete, er könnte bereits ahnen, zu welcher Kategorie mein Traum wirklich gehörte. Also begann ich drauflloszuquatschen und versuchte dem Ganzen einen Anstrich von Glaubwürdigkeit zu geben.

»Ich trug ein langes perlgraues Kleid, im Stil des sechzehnten Jahrhunderts, mit riesigem Ausschnitt, weißer Halskrause und einem Reifrock mit einem Wulst aus Tüll über dem Hintern und eine Menge Juwelen überall. Du hattest Hosen und einen dicken, roten, ganz normalen Pullover an. Wir hielten in der Fuencarral-Straße, die war in Berlin, auch wenn alle Plakate spanisch beschriftet waren, genauso wie jetzt, alles war wie in Wirklichkeit. Wir betraten ein Schuhgeschäft mit Schaufenstern voller Schuhe, logisch ... Sag mal, macht es dir was aus, wenn ich mit dem Finger weitermache, nur einen Augenblick? Ich brauche eine Pause.«

»Wie du möchtest ...«

»Danke, sehr freundlich, wo war ich stehengeblieben? Ach ja, in dem Schuhgeschäft war ein Verkäufer, der wie ein

Page angezogen war, so wie früher. Aber seine Kleidung paßte nicht so gut zu meiner, er trug einen Anzug, der so französisch aussah, wie Louis XIV, mit viel Spitzenbesatz und gepuderter Perücke, du weißt schon. Ich setzte mich also ganz gesittet auf eine Bank, du standest neben mir, und der Verkäufer kam auf dich zu und sagte, Sie wünschen? Denn am lustigsten von allem war, du wirst nicht darauf kommen, in welchem Verhältnis wir zueinander standen, darauf kommst du nie ...«

»Vater und Tochter?«

»Ja ...«, stotterte ich. »Wie bist du darauf gekommen?«

»Bah, ich hab nur gesagt, was mir als erstes in den Sinn kam.«

»Kommt dir das nicht sehr unglaubhaft vor?« Entsetzen, Erstarren, in das sich Anzeichen von Scham mischten, wirkliche Scham, trotz meines sprichwörtlichen Mangels an Schamgefühl. Es drohte, mich augenblicklich zu lähmen.

»Nein. Das hat was.« Seine Worte zerstreuten meine Zweifel. »Und, wie ging es weiter? Ich nehme mal an, ich habe dich da nicht gerade für das kommende Schuljahr ausgestattet.«

»Nein, was denkst du denn.« Ich lachte, das unangenehme Gefühl hatte sich aufgelöst, ich fühlte mich zunehmend besser, überzeugender, und ich streichelte mich wieder, damit er mich sah. Ich rekelte mich genüßlich auf der Auslegeware, machte ihn aus der Entfernung heiß, das erregte mich sehr. Aber ich verspürte auch ein schreckliches Verlangen, zu ihm zu gehen, ihn anzufassen.

»Du sagtest dem Verkäufer, daß du für einige Wochen nach Philadelphia gehen würdest, um eine Veranstaltung über San Juan de la Cruz für diese armen Wilden, die Indianer, meine ich, abzuhalten und daß du Angst hättest, mich so ohne weiteres allein zurückzulassen, weil ich so läufig und zu jeder Sache fähig sei. Deshalb hättest du daran gedacht, mir eine Prothese einsetzen zu lassen, die mich während deiner Abwesenheit trösten und mir Gesellschaft leisten sollte.

Der Verkäufer bestärkte dich darin. Diese Mädchen heutzutage, das kennt man ja, sagte er, Ihre Bedenken scheinen mir nur allzu berechtigt. Dann begab sich dieser Mensch in den Hinterraum und kam mit zwei Kleiderständern wieder, naja, es waren nicht direkt Kleiderständer, ich weiß nicht, wie ich sie dir beschreiben soll, so eine Art Metallstangen, die an den Enden abgerundet waren. Er stellte sie vor mich hin, und ich, ich wußte, was ich zu tun hatte. Ich hob meinen Rock, spreizte die Beine und steckte meine Absätze in die Öffnungen der Stangen. Ich lag in einer ähnlichen Stellung, wie sie normalerweise dem Blick der Frauenärzte vorbehalten ist. Ich trug weiße Pluderhosen, die mir bis zu den Knien reichten, aber im Schritt offen waren und einen mit kleinen Blumen umstickten Schlitz hatten. Der Verkäufer steckte mir einen Finger rein, sah dich an und sagte: So kann ich nichts anprobieren, sie ist vollkommen trocken, wenn Sie einverstanden sind, kann ich dem Abhilfe schaffen. Du hast genickt, und dann hat er sich vor mich hingekniet und angefangen, meine Möse zu lecken. Er machte das ausgesprochen gut, es war wahnsinnig, aber als ich gerade am Kommen war, sagtest du ihm, es sei gut jetzt, und er hörte auf ...«

»Wie gemein von mir!« Er lächelte und trommelte mit den Fingern auf seinem Hosenschlitz.

»Ja, das stimmt«, antwortete ich. »Du warst gemein. Jedenfalls fing der Typ an, mir große, vergoldete Tröster reinzustecken, immer dickere, und weil ich schon ziemlich heiß war, kam es mir mitten bei der Anprobe. Dir gefiel das, dem Verkäufer anscheinend nicht, aber er sagte nichts. Am Schluß steckte er mir einen schrecklichen rein, er tat mir ziemlich weh, aber du warst begeistert und sagtest: dieser, dieser. Also stieß er noch ein bißchen mehr, und das Ding blieb in mir stecken, und zwar ganz. Ich konnte es nicht rausziehen, ich heulte und protestierte. Den will ich nicht, sagte ich zu dir, aber du bist einfach zur Kasse gegangen, hast bezahlt, hast mir beim Aufstehen geholfen und mich nach draußen gebracht. Dabei sagtest du, du würdest noch das

Flugzeug verpassen, du wolltest nach Philadelphia fliegen, von Paris aus, uih! ich meine Berlin. Und ich konnte nicht laufen, es ging nicht, ich mußte furchtbar breitbeinig gehen, ich spürte das Ding bei jedem Schritt. Als wir in den Wagen stiegen, war der Chauffeur neugierig, und du hast mir den Rock hochgeschoben, damit er es sehen konnte. Der Chauffeur steckte mir einen Finger rein und rief, Größe sechsundfünfzig, wie herrlich, das ist die beste. Ich heulte nur und sagte: Wie wollen wir uns denn voneinander verabschieden, wenn ich das da drin habe? Und du antwortetest nur: Mach dir keine Sorgen, da gibt es andere Mittel und Wege, zwangst mich, mich auf den Rücksitz zu knien, schobst mir den Rock hoch, stecktest mir einen Finger in den Hintern ... und dann bin ich aufgewacht, ich war tropfnaß und dachte an dich.«

Ich sah ihn eine Weile an, er sagte nichts, lächelte mich an, nur das, dann sprach ich weiter. »Hat dir der Traum gefallen?«

»Ja, sehr, ich wäre überglücklich, wenn ich eine Tochter wie dich hätte.«

»Hör mal, Pablo ...« Seine Worte, seine Augen überzeugten mich davon, daß ich Erfolg gehabt hatte, jetzt wußte er es, wußte, wie verdorben ich sein konnte, und sicherlich wußte er auch noch ein paar Dinge mehr, aber es reichte mir noch immer nicht, ich mußte aufs Ganze gehen. »Ich möchte ihn dir blasen. Kann ich?«

Er zog sich den Reißverschluß herunter, holte sein Geschlecht hervor und begann, es zu streicheln.

»Ich warte auf dich ...«

Auf den Knien rutschte ich zu ihm hin, beugte mich über seinen Schwanz und nahm ihn in den Mund. Nun fing es allmählich an, nach einer wirklichen Wiederbegegnung auszusehen.

»Lulú ...«

»Hmmmm«, mir war nicht nach Sprechen zumute.

»Ich würde dich gern in den Arsch ficken.«

Ich machte die Augen nicht auf und wollte auch nicht wahrhaben, was er gerade gesagt hatte. Dennoch schwirrten seine Worte in meinem Kopf herum.

»Ich würde dich gern in den Arsch ficken«, sagte er noch einmal. »Kann ich?«

Ich löste meine Lippen von ihrer absorbierenden Beschäftigung und blickte zu ihm auf, dabei drückte ich sein Geschlecht sanft gegen meine Hand.

»So war es nun auch wieder nicht gemeint ...« Ich wollte ihn ja nur beeindrucken, dachte ich, das bestimmt, ich wollte ihn beeindrucken, aber so nun auch wieder nicht. »Außerdem sollte man Träume nicht unbedingt für bare Münze nehmen. Aber ich habe dir ja schon gesagt, ich bin daran gewöhnt, daß mich nie einer ganz ausfüllt, du brauchst dir also keine Umstände zu machen ...«

»Das tue ich keineswegs.« Er sah mich an und lachte; er hatte mich ertappt, er hatte mich richtig ertappt. Ich wußte, daß ich niemals eine femme fatale, eine richtige femme fatale sein würde. Meine Strategie hatte sich als Eigentor erwiesen, und jetzt fielen mir keine neuen Schweinereien, keine witzigen Bemerkungen mehr ein.

»Aus dem, was ich gehört und verstanden habe, schließe ich, daß es nicht das erste Mal wäre ...«

»Ja, also, ich glaube doch ...« An dieser Stelle verstummte ich, blickte ihn an und hielt es für das beste, zur Ausgangssituation zurückzukehren. Darum nahm ich sein Geschlecht wieder in meinen Mund und spulte hastig die ganze Bandbreite meiner Kenntnisse ab, eins nach dem anderen. Ich hoffte, er käme so vielleicht auf andere Gedanken, aber nach wenigen Minuten zwang mich der Druck seiner Hand aufzuhören.

»Und was ist jetzt?« fragte er in höflichem, aber beharrlichem Tonfall nach.

»Ich weiß nicht, Pablo, es ist nur ...« Ich versuchte, an sein Mitleid zu appellieren und sah ihn mit dem Blick eines Opferlamms an, was mich nicht einmal besondere Anstrengung kostete, denn ich war durcheinander. Ich konnte ja nun schlecht nein sagen, bei ihm konnte ich nicht nein sagen, aber ich wollte es nicht, das war mir ziemlich klar, ich wollte das nicht. »Warum fragst du mich so etwas?«

»Wäre es dir lieber, ich hätte dich nicht gefragt?«

»Nein, das ist es nicht, ich will damit nicht sagen, daß mir deine Frage abwegig erscheint, aber ich, ich weiß nicht, ich …«

»Egal, macht nichts, war nur so eine Idee.«

Er schob mir seine Arme unter die Achseln, um mir zu bedeuten, daß ich aufstehen sollte. Als ich wieder auf den Füßen stand, mit dem Gesicht zu ihm, grub er seine Zunge in meinen Nabel, nur kurz, dann erhob er sich ebenfalls, umarmte mich und gab mir einen langen Zungenkuß. Seine Hände glitten langsam von meiner Taille an den Rücken hoch, bis sie auf meinen Schultern lagen. Dann drehte er mich brüsk um, stellte mir mit dem rechten Fuß ein Bein, warf mich auf den Teppich und ließ sich auf mich fallen. Er klemmte meine Schenkel zwischen seine Knie, damit ich mich nicht rühren konnte. Dann stemmte er mit seinem ganzen Körpergewicht die linke Hand zwischen meine Schulterblätter und drückte mich auf den Boden. Ich spürte etwas Weiches und Kaltes, dann einen Finger, erschreckend eindeutig einen Finger, der sich in mich bohrte und wieder herauskam und die Haut um die Öffnung rieb.

»Du Hurensohn …« Ich schnalzte wiederholte Male mit der Zunge gegen die Zähne.

»Komm, Lulú, du weißt, daß ich es nicht mag, wenn du solche Sachen sagst.«

Ich winkelte die Beine an. Ich schaffte es, ihm ein paarmal auf den Rücken zu schlagen. Dasselbe versuchte ich auch mit den Armen zu tun, als ich spürte, wie sein Geschlecht mich abtastete.

»Halt still, Lulú, es nützt dir gar nichts, ernsthaft … Du wirst dir nur ein paar Ohrfeigen einfangen, wenn du dich weiterhin wie eine Verrückte gebärdest.« Er war nicht böse auf mich, seine Stimme klang trotz der Drohung warm, sogar beruhigend. »Sei artig, es geht gleich vorüber, und so schlimm ist es auch nicht.« Er öffnete mich mit der rechten Hand, ich spürte den Druck seines Daumens, der mir das Fleisch auseinanderzog, meine Pobacken teilte ... »Außerdem bist du selbst an allem schuld, du fängst immer an, du guckst mich immer mit diesen hungrigen Augen an, und ich kann nichts dafür, daß du mir so gefällst ...«

Mit seiner rechten Hand – vor meinem inneren Auge sah ich, wie er mit ihr seinen Schwanz umschloß – preßte er gegen das Loch, das mir unendlich winzig und zart vorkam.

»Du Hurensohn, du Hurensohn ...«

Dann konnte ich nicht mehr sprechen, der Schmerz machte mich stumm, blind, starr, lähmte mich völlig. Nie zuvor in meinem Leben hatte ich eine vergleichbare Folter erlebt. Ich schrie, schrie wie ein sterbendes Tier auf der Schlachtbank, spitze und tiefe Schreie, bis das Weinen in meiner Kehle erstickte und der Schmerz mich sogar der tröstlichen Schreie beraubte, ich nur noch erstickte, schwache Seufzer von mir geben konnte, die mich noch mehr erniedrigten, noch deutlicher meine Schwäche bekundeten, meine vollkommene Ohnmacht gegenüber diesem Ungeheuer, das sich auf mir streckte, an meinem Hals keuchte und stöhnte, sich einer schnöden, beleidigenden Lust hingab, mich benutzte, genauso wie ich vorher jenes Spielzeug aus weißem Plastik benutzt hatte. Er benutzte mich. Gewaltsam verschaffte er sich eine Lust, an der ich keinen Anteil hatte.

Obwohl ich schon glaubte, es sei unmöglich, verstärkte sich auf einmal der Schmerz. Seine Stöße wurden immer heftiger, er ließ sich auf mich fallen, penetrierte mich mit aller Macht, um gleich darauf wieder aus mir herauszukommen und mit ihm die Hälfte meiner Eingeweide. Mein Kopf begann, von selbst hin und her zu zucken. Als ich glaubte, ich würde gleich ohnmächtig werden, und nicht mehr die Kraft hatte, das auch nur noch eine Minute länger zu ertragen, fing er an zu stöhnen. Wahrscheinlich kam es ihm, ich dagegen konnte nichts mehr fühlen. Der Schmerz hatte mich betäubt.

Dann blieb er regungslos auf mir liegen, immer noch in mir. Er knabberte an meinem Ohrläppchen und sagte meinen Namen. Ich weinte stumm in mich hinein.

Ich fühlte, wie er sich vorsichtig von mir löste, aber gleichzeitig war er immer noch in mir, das Loch, das er sich gewaltsam geöffnet hatte, weigerte sich, sich zu schließen.

Er drehte mich sanft um. Ich half ihm nicht, mein Körper fühlte sich wie ein schwerer, lebloser Stein an. Ich rührte mich nicht, blieb still liegen und weinte mit geschlossenen Augen.

Er wischte mir die Tränen aus den Augen und streichelte mein Gesicht. Er beugte sich über mich und küßte mich auf den Mund. Ich erwiderte seinen Kuß nicht. Er küßte mich wieder.

»Ich liebe dich.«

Seine Lippen fuhren über mein Kinn, glitten hinunter zu meinem Hals, schlossen sich um meine Brustwarzen, seine Zunge glitt weiter hinab, glitt über meinen Körper, streifte den Nabel und leckte über meinen Bauch. Seine Hände legten meine Beine übereinander und spreizten sie gleich darauf wieder.

Ich schämte mich und war unglücklich. Mein Geschlecht war naß.

Seine Finger legten sich auf meine Schamlippen und preßten sie zusammen, linderten den Druck ein wenig, um sie erneut gegeneinander zu drücken. Wie eine Pinzette, die sich immer weiter vortastete und ein leises, gurgelndes Geräusch produzierte. Als er oben angekommen war, zog er die Lippen auseinander und entblößte mein Geschlecht, legte die pralle rosa Haut frei, die sich nun wie eine halb verheilte Wunde rötete.

Er behandelte sie mit der Zunge, leckte von oben nach unten und vertiefte sich dann in die winzig kleine Fleischknospe, auf die sich nun mein ganzer Körper reduzierte.

Seine Zungenspitze glitt in mich, stieß und liebkoste mich, mein Fleisch schwoll an, schwoll unanständig an und zuckte. Dann umschloß er meinen Kitzler mit seinem Mund und saugte, immer wieder, saugte kräftig, behielt ihn in seinem Mund und leckte mich weiter. Ich konnte nicht anders, ich mußte mich bewegen, mich krümmen, meinen Körper ihm entgegenrecken, mich anbieten, um mir nicht die kleinste Nuance entgehen zu lassen.

Er führte mir zwei Finger ein und begann, in demselben Ryhthmus zu stoßen, mit dem ich mich an seiner Zunge bewegte. Kurz darauf ließ er zwei weitere Finger den Damm entlanggleiten, bis zu dem Loch, das er sich kurz zuvor geöffnet hatte.

Die Erinnerung an die Gewalt verlieh meiner Lust eine unwiderstehliche Nuance, die mich überwältigte und ein furioses Ende auslöste.

Seine Zunge blieb dort ruhen, bis auch die letzten kleinen Erschütterungen abklangen. Seine Finger steckten immer noch in mir, als er seinen Kopf auf meinen Bauch legte.

Jetzt sind wir quitt, dachte ich, wir haben individuelle Lüste ausgetauscht. Er hat mir zurückgegeben, was er mir zuvor geraubt hatte.

Dieser Gedanke gab mir neue Kraft.

So konnte man es betrachten, es war zwar durchaus fragwürdig, aber trotzdem konnte man es so betrachten.

»Ich liebe dich.«

Da fiel mir ein, daß er das schon einmal gesagt hatte, ich liebe dich, und ich fragte mich, was genau das zu bedeuten hatte.

Er legte sich neben mich, küßte mich und drehte sich auf den Bauch. Umständlich kletterte ich auf ihn hinauf, mein ganzer Körper schmerzte. Ich legte meine Beine auf seine, bedeckte seine Arme mit meinen und drückte meinen Kopf in seinen Nacken.

Er grunzte lustvoll.

»Weißt du, Pablo, allmählich wirst du ein gefährliches Wesen.« Ich grinste in mich hinein. »Immer wenn ich mit dir zusammen war, kann ich mich eine Woche lang nicht hinsetzen ...«

Sein Körper bewegte sich unter mir. Es war schön. Er lachte immer noch, als er meinen Namen sagte.

»Lulú ...«

Ich gab einen vagen Laut von mir. Meine Gefühle nahmen mich viel zu sehr gefangen. Das hatte ich noch nie gemacht, mich so auf einen Mann gelegt, aber es fühlte sich herrlich an, seine Haut war kühl, und seinen Körper unter dem meinen zu spüren, die Kehrseite zu dem Gewohnten, war ein vollkommen neues Gefühl.

»Lulú ...« Ich begriff, daß er es jetzt ernst meinte. Es überraschte mich nicht, ich hatte es sogar erwartet, trotz meiner anfänglichen Schau, ich war darauf gefaßt, einen neuen Abschied verkraften zu müssen, es war wohl unvermeidlich.

Trotzdem schob ich meinen Mund an sein Ohr. Ich war nicht sicher, ob meine Stimme mich nicht doch im Stich lassen würde.

»Ja?«

»Willst du mich heiraten?«

Wir hatten vor vielen Jahren oft zusammen Muß gespielt. Er war der beste Lügner, den ich jemals kennengelernt hatte. Ich war sicher, fast sicher, daß er auch jetzt bluffte, aber ich nahm sein Angebot für alle Fälle an.

Ich fand auf Anhieb einen Parkplatz, was an einem Freitag wirklich erstaunlich war. Als ich die Wagentür abschloß, stieß einer von ihnen mich an.

»Pardon.« Der Tonfall, zuckersüß und geziert, war eindeutig.

Ich blickte ihnen neugierig nach, als sie die abschüssige Straße hinuntergingen.

Sie waren zu zweit. Der, der sich entschuldigt hatte, hatte braunes, extrem kurzes Haar, über den Ohren ein Stück abrasiert. Eine lange, glatte, blond eingefärbte Strähne hing ihm über einem Auge. Der andere, dessen Gesicht ich nicht sehen konnte, war dunkel. Er hatte sich das lockige Haar im Nacken zu einem kleinen Schwanz zusammengebunden.

Mit wiegendem Schritt stolzierten sie mitten auf der gepflasterten Straße. Der Kleinere strich sich ständig die Strähne aus dem Gesicht. Er trug ein hübsches, changierendes Hemd und eine dunkle, sehr eng anliegende Hose. Sein Freund, den ich sehr viel interessanter fand, zumindest von hinten, war ziemlich dunkel. Ein orangefarbenes Tuch, das er sich wie einen Gürtel umgebunden hatte, bildete den auffälligen Blickfang in seiner schlichten Aufmachung. Er trug ein schwarzes, tief ausgeschnittenes T-Shirt mit Spaghettiträgern und dazu eine ebenfalls schwarze, weite Hose mit Gummizug an den Knöcheln.

Ich folgte ihnen mit einigem Abstand. Zeit hatte ich zur Genüge.

Zwei Ecken weiter winkte ihnen ein Typ zu, der unter einer Straßenlaterne an einem Auto lehnte. Von den Leinenschuhen bis zum Haarschmuck war er ganz in Weiß gekleidet. Er war sehr schön und sehr jung.

Er strahlte noch die typische Unsicherheit eines pubertierenden Jugendlichen aus.

Ich blieb vor einem Schaufenster stehen und beobachtete sie in der Scheibe. Der mit der blonden Strähne ging als erster auf den Jüngling zu und drückte ihm einen flüchtigen Kuß auf die Lippen. Dieser richtete sich auf und ging auf den Schwarzgekleideten zu, der mit verschränkten Armen mitten auf dem Bürgersteig stehengeblieben war. Der Knabe hängte sich an seinen Hals und küßte ihn auf den Mund. Ich konnte sehen, wie sich ihre Zungen ineinander verschlangen, während sie sich leidenschaftlich umarmten.

Zu dritt gingen sie die Straße weiter hinunter, der mit der Strähne hielt sich ein wenig abseits. Die anderen beiden hatten einander an der Taille umfaßt. Der Dunkle tätschelte ab und zu das Hinterteil des Weißgekleideten und versetzte ihm ein paar leichte Klapse darauf.

Ich folgte ihnen ohne bestimmte Absicht. Ich freute mich nur, daß ich sie getroffen hatte, ich hatte Glück gehabt.

Sie bogen in eine Gasse ein. Ich spähte um die Ecke und sah, wie sie eine Bar betraten, in der ich während meiner Studienzeit häufig verkehrt hatte. Die Vorstellung, daß aus diesem roten Nest jetzt ein Treffpunkt von Schwulen geworden war, fand ich absolut komisch.

Ich ging an der Tür vorbei, konnte sie aber nicht sehen. Ein paar Vierzigjährige, Typ progressive Lehrerin, die man noch vor ein paar Jahren wohl eher als aufgeklärte Jungfern bezeichnet hätte, hockten auf den Stühlen an der Bar. Neben ihnen ein junges Pärchen, Junge und Mädchen, das andächtig miteinander flirtete.

Ich ging hinein, um zu telefonieren.

Sie standen in einer Ecke. Ich ließ meinen Blick kurz über das Lokal schweifen. Hier war alles vertreten, alle möglichen Leute, so daß ich mich zum Bleiben entschloß. Ich stützte mich auf die Theke und bestellte etwas zu trinken.

»Ja?« hörte ich die Stimme meines Bruders am anderen Ende der Leitung.

»Marcelo? Ich bin's, hör mal, es tut mir leid, aber ich kann nicht zum Essen kommen.« Ich versuchte, möglichst schleppend zu sprechen. »Ich habe den ganzen Nachmittag gebechert, mit einer Freundin, die sich gerade von ihrem Typen getrennt hat, und jetzt bin ich reichlich breit. Weißt du, ich würde lieber nach Hause gehen und schlafen, sag Mercedes, daß es mir schrecklich leid tut, nächste Woche ...«

»Ente«, er schien besorgt. Ich wußte, was er mich jetzt fragen würde. »Ente, bist du in Ordnung?«

»Ja, natürlich, betrunken, aber in Ordnung.« Seitdem ich Pablo verlassen hatte, schien Marcelo außerordentlich um mein Befinden besorgt.

»Sicher?« Er glaubte mir nicht.

»Aber ja doch, Marcelo, mir geht's gut, ich hab nur zuviel getrunken, weiter nichts.«

»Soll ich dich abholen?«

»Komm, Alter, ich bin dreißig Jahre alt, da werde ich wohl allein nach Hause gehen können ...«

»Stimmt, ich vergesse das immer, entschuldige.«

Er hatte nie aufgehört, mich wie ein kleines Mädchen zu behandeln. In der Hinsicht war er genauso wie Pablo, aber mich hatte das nie gestört, ich hatte meinen Bruder ja auch immer bewundert.

»Ruf mich morgen an, okay?«

»Okay.«

Während ich einen Schluck trank, fragte ich mich, warum ich eigentlich hier hereingekommen war und das Essen bei Marcelo abgesagt hatte, was ich mir von all dem hier versprach. Gleich darauf sagte ich mir, daß ich gar nichts Besonderes erwartete. Ich war hereingekommen, um sie zu betrachten, und genau darauf konzentrierte ich mich jetzt.

Sie standen immer noch in der anderen Ecke der Bar. Ich konnte sie nach Herzenslust beobachten. Sie sahen mich mit Sicherheit nicht, denn ich saß halb verborgen am Ende der Theke.

Der schöne Jüngling und der Dunkle waren ein Paar, dessen war ich mir ziemlich sicher. Ein schönes Paar. Ungefähr gleich groß, etwas über ein Meter achtzig beide, und beide strahlten sie eine selbstbewußte Lässigkeit aus. Der Dunkle hatte einen wunderschönen Körper, griechisch, breite Schultern, gestählten Brustkorb, lange, kräftige Arme und Beine, nicht ein Tropfen Schweiß, und seine Muskeln waren genauso, wie sie sein sollten. An denen arbeitet er gewissenhaft, dachte ich, wie meine kalifornischen Jungen. Sein Gesicht war breit und kantig, die Augen dunkel, sehr groß, er war nicht häßlich, das nicht, aber insgesamt wirkte sein Gesicht hart, paßte nicht zu dem Zöpfchen und genauso wenig zu seiner schwulen Veranlagung. Ob er wollte oder nicht, er sah aus wie ein südländischer Macho, einer von denen, die ihre Frauen mit dem Riemen schlagen, und an diesem Eindruck würde auch seine ganze Gymnastik nichts ändern.

Sein Liebhaber war ein Beau, ein absolut androgyner Typ. Sehr schlank, und er hatte etwas Schmachtendes an sich, das an den Liebreiz der klassischen Epheben erinnerte, obwohl er zu groß und zu kräftig, insgesamt zu maskulin war, um vollkommen in dieses Bild zu passen. Aber genau das war es, was mir am meisten an ihm gefiel. Diese kindlichen, weibischen Epheben ertrage ich nicht, die lassen mich kalt. Er hatte einen perfekten Hintern, fest und rund, die Linien zeichneten sich deutlich ab unter dem dünnen Stoff seiner bauschigen weißen Hose. Das Oval seines Gesichts war ebenfalls perfekt geformt. Rosige Wangen, sanft blickende, mandelförmige braune Augen, von langen, gebogenen Wimpern umrahmt, die Lippen dagegen waren schmal und hart, die Nase klein und der Hals dünn und lang. Der macht sie verrückt, dachte ich.

Sie redeten miteinander und sahen sich unentwegt an. Anfänglich lächelten sie sich zärtlich an, dann aber schien ihre Unterhaltung eine andere Wendung zu nehmen. Der mit der gefärbten Strähne, der mir überhaupt nicht gefiel, weil er so nach gewöhnlichem Schwulen aussah, obwohl er auf die klassischen Accessoires wie lange Fingernägel, Rouge und so weiter verzichtet hatte, warf sich zwischen die beiden. Augenblicklich nahm der Jüngling eine devote Haltung ein. Er streichelte die Arme seines Freundes, ließ seine Hände über dessen Muskeln gleiten, lehnte seinen Kopf an dessen Schulter, küßte ihn auf den Hals; es sah so aus, als beteuere er, daß er ihn selbstverständlich liebe. Aber der Dunkle kehrte den Macker raus. Seine Gesten wurden heftiger, sogar brüsk, vor allem in dem Maße, wie sich das, was ich für einen Streit hielt, entwickelte. Der Jüngling schien zu allem bereit, nur um sich bei ihm einzuschmeicheln. Mit seinem Gesichtsausdruck, seinen Händen, mit all seinen Gesten bat er um Entschuldigung. Es nützte ihm nichts, er wurde abgewiesen. Die Athletenarme stießen ihn zurück, und der mit der Strähne grinste fröhlich, er war zufrieden, aber auch er bekam seinen Teil ab. Der Dunkle schrie ihn an und schüttelte ihn erbarmungslos. Er schien genug von den beiden zu haben. Der Jüngling wandte sich ab, lehnte sich an eine Konsole an der Wand und verbarg seinen Kopf zwischen den Armen, als sei er wirklich verzweifelt. Das erweichte den Macker, der schließlich auf ihn zuging, ihn von hinten umarmte und sein naturblondes Haar streichelte. Der Jüngling drehte sich wieder um, und sie küßten sich so leidenschaftlich wie vorhin, als sie sich trafen. Jetzt taten sie so, als sei nichts passiert.

Ich hatte meinen Spaß. Ich bestellte noch einen Drink, ohne dabei den Blick von ihnen zu wenden.

»Wie andere sind die Homosexuellen genauso Menschen wie du und ich.«

Vollkommen überrascht fuhr ich herum, nicht so sehr wegen der eigentümlichen Satzbildung, sondern wegen der mysteriösen Identität meines Gesprächspartners.

Hinter der Theke funkelte mich ein Jüngling von ähnlichem Aussehen wie der Typ mit der Strähne böse an.

»Zweifelsohne«, antwortete ich und drehte mich zu ihm.

»Dann begreife ich nicht, warum du Jimmy so anstarrst.« Dieser hier war entschieden häßlich, der Arme.

»Ich weiß nicht, wer Jimmy ist.«

»Meinst du das ernst?« Meine Antwort hatte ihn augenscheinlich vollends aus der Fassung gebracht.

»Das meine ich ernst.«

»Das ist der Dunkle, aber ich verstehe nicht, wenn du ihn nicht kennst ... warum glotzt du ihn dann so an?«

»Weil er mir gefällt.«

»Er gefällt dir?« Er brach in Lachen aus. »Nur damit du klar siehst, Alte, der ist schwul, verstehst du, absolut schwul, der kleine Blonde da ist sein Freund.«

»Das habe ich bereits mitbekommen.« Ich sah ihn mit ernstem Blick an und legte eine Pause ein. »Ich bin zwar eine Frau, aber nicht blöd, ist das klar?« Ich ließ ihm nicht mal Zeit zum Nicken. »Und mir gefällt er, weil er schwul ist, nur deshalb, kapierst du?«

»Nein.« Er war dermaßen verblüfft, daß ich lachen mußte.

»Mir gefallen Homosexuelle, schlicht und einfach. Sie gefallen mir, sie machen mich an.«

»Sexuell ... meinst du?«

»Ja.«

Er stockte, stand da wie vom Donner gerührt, erstarrt, das Glas in der Hand.

»Ich kann mir nicht vorstellen, was daran so ungewöhnlich ist. Die Männer, ich meine heterosexuelle Männer, stehen doch auch auf Lesben, zumindest hübsche Lesben, und niemand findet das unnormal.«

»Also, das ist das erste Mal in meinem Leben, daß ich so was höre ...«

»Dann bist du noch verdammt jung.« Auch wenn ich darüber nichts Genaueres wußte, wollte ich einfach nicht glauben, daß mein Begehren so ungewöhnlich war.

Ungewöhnliches Begehren gibt es einfach nicht.

»Das erste Mal ...«, wiederholte er verwirrt und schüttelte den Kopf, während er mir nachschenkte.

Ein paar Minuten später kam er auf das Thema zurück.

»Willst du damit sagen, du hättest Lust, mit denen ins Bett zu gehen ... auch wenn sie nichts mit dir machen, ich meine, nur so dabeisein, ihnen zugucken, zum Beispiel?« Auf seinem Gesicht spiegelte sich immer noch Verwirrung, er sah mich an, als habe er ein exotisches Tier vor sich.

»Zum Beispiel«, antwortete ich, »das würde mir gefallen.«

»Soll ich mit ihnen reden?« Ich musterte ihn mißtrauisch von der Seite. Er machte einen durchaus hilfsbereiten Eindruck, bar jeglichen Geschäftsinteresses, zumindest im Augenblick.

»Bitte«, erwiderte ich, und erst dann wurde ich mir der verzwickten Situation bewußt, in die ich mich ganz allein, ohne das Zutun anderer, hineinmanövriert hatte.

Er verschwand durch eine offene Tür hinter der Theke. Kurz darauf sah ich ihn mit Jimmy und dessen Liebhaber, oder was der auch immer sein mochte, sprechen.

Der Kellner schien ihnen den Sachverhalt zu schildern, als handle es sich um einen Witz, die ganze Zeit lachte er lauthals. Der kleine Blonde schien es ebenfalls komisch zu finden. Jimmy nicht. Der starrte mich nur an. Ich hielt seinem Blick stand und fragte mich, was ich wohl tun würde, wenn sie Geld forderten. Es war beschämend, dafür zu zahlen, daß man mit einem Mann ins Bett ging, sehr viel beschämender als zu kassieren, andererseits waren sie keine Männer, das heißt, nicht in diesem Sinne.

Die beiden berieten sich eine Weile. Der Kellner hielt sich solange im Hintergrund. Dann rief Jimmy diesen Menschen mit der Strähne dazu, und der klinkte sich in die Diskussion ein, wobei er mich fortwährend mit riesengroßen Augen anstarrte. Sie brauchten ziemlich lange, um zu einer Einigung zu kommen. Anschließend wechselte der kleine Blonde ein paar Worte mit dem Kellner, und die beiden kamen auf mich zu.

Der Liebhaber von Jimmy näherte sich mir und drückte mir zwei Küsse auf die Wangen.

»Hallo, ich heiße Pablo.«

»Ach, wie reizend …«

»Warum sagst du das?« Meine Bemerkung war wohl unhöflich gewesen, ich hatte ihn beleidigt.

»Ach, aus keinem speziellen Grund, ist nur so eine Manie, wirklich … es hat nichts zu bedeuten.« Aber sein Gesicht blieb unverändert starr, nicht ein Muskel zuckte. Deshalb fühlte ich mich genötigt, es ihm zu erklären. »Mein Mann heißt auch Pablo, und da ich ihn gerade verlassen habe …«

»Ach so«, er grinste mich an. »Was für ein Zufall!«

»Ja …«, ich wußte nicht, was ich sagen sollte.

»Kannst du mal aufstehen?« fragte er mich. »Mein Freund möchte dich ansehen.«

Damit hatte ich nicht gerechnet.

Ich stand auf und drehte mich einmal langsam um die eigene Achse. Dann setzte ich mich wieder und sah Jimmy an. Sein Liebhaber sah ihn ebenfalls an und hob eine Hand mit emporgestrecktem Daumen. Der Typ mit der Strähne stand schweigend daneben.

»In Ordnung.« Der Blonde sah mich an. »Und wie steht's mit Knete?«

»Könnte schon sein …« Nie zuvor, so glaube ich, hatte ich einen Satz mit so wenig Überzeugung ausgesprochen.

»Dreißig Riesen für jeden.«

»Aber klar doch! Sonst noch was?« Ich wußte nur allzu gut, wie unerfahren ich war. Ich konnte sogar verstehen, wenn sie die Gelegenheit nutzten, um mich gründlich auszunehmen. Aber ganz so dumm war ich nun auch wieder nicht.

»Zwanzig. Das ist mehr als genug.«

»Fünfundzwanzig …«

»Zwanzig.« Ich sah ihm ins Gesicht, konnte aber darin nichts lesen. »Zwanzig Riesen. Das ist mein letztes Angebot; ich will ja nur zugucken …«

»Einverstanden«, antwortete er schnell. Er schien nicht im geringsten unzufrieden.

Bravo, Lulú, dachte ich, da bist du mal wieder schön reingelegt worden.

»Zwanzig für jeden«, wiederholte er.

Er hätte auch Fünfzehn oder Zwölf akzeptiert, dachte ich.

»Vierzig ...« Nachdenklich wiederholte ich das zwei- oder dreimal, als könnte ich mir unter der Zahl überhaupt etwas vorstellen. Es kam mir reichlich teuer vor, eine schöne Stange Geld, aber schließlich konnte ich mir eine solche Laune mal erlauben, natürlich nicht so oft, aber gut, einmal im Leben ... In Wahrheit hatte ich nicht einmal eine Vorstellung, was eine Nutte kostete, und die mußten teurer sein. Vielleicht auch nicht. Aber wenn eine Frau Kunde war, waren sie dann teurer oder nicht? Wie sollte ich das auch wissen. Pablo hätte sicher gewußt, wie er sich zu verhalten hätte, aber er hatte mir nicht einmal sagen wollen, wieviel er Ely in jener Nacht gegeben hatte. Ely war ein Transvestit, aber die hier schienen nicht mal Professionelle zu sein. Ich war heillos verunsichert.

»Nein. Sechzig.« Der überraschende Einwurf des kleinen Blonden unterbrach abrupt meine mühsame Gedankenarbeit.

»Wieso Sechzig?« Ich sah ihn entrüstet an. »Wir hatten Zwanzig für jeden ausgemacht. Zwanzig und Zwanzig macht Vierzig.«

»Aber wir sind zu dritt.«

»Und wer ist der Dritte?«

»Mario, dieser da, der bei Jimmy steht ...«

»Der mit der Strähne?«

Er nickte.

»Auf keinen Fall, der nicht, den mag ich nicht.«

»Es ist nur ...« Er warf mir einen bittenden Blick zu, es schien ihm unangenehm zu sein. »Es ist nur, wenn er nicht dabei ist, wird Jimmy es auch nicht machen.«

»Und warum nicht?«

»Naja, es ist ...«, er wurde rot. »Mario ist sein Freund.«

»Ach, Jimmy ist nicht mit dir zusammen?«

»Doch ...«, bestätigte er. »Aber auch mit Mario.«

»Ihr seid ein Trio?« Das war durchaus denkbar, aber er schüttelte schnell den Kopf. »Ach ...« Auf einmal begriff ich, nun war mir ihr Streit von vorhin klar. »Ihr seid zwei Paare mit einem austauschbaren Dritten, im wahrsten Sinne des Wortes ...«, ich blickte ihn aufmerksam an. Von nahem war er noch hübscher. »Was ich nur nicht verstehe ... ich verstehe nicht, wie du so blöd sein kannst. Du hast es doch nicht nötig, dir mit jemandem einen Typen zu teilen, niemals, du könntest Hunderte haben, die nur auf dich warten ...«

»Das geht dich nichts an.«

»Stimmt«, gab ich zu. »Also, den mit der Strähne will ich nicht. Wenn er unbedingt mitkommen muß, soll er, aber ich gebe euch nur Vierzig ... nicht eine Pesete mehr, wenn ihr wollt, teilt das unter euch, das geht mich nichts an.«

Er blickte mich einen Augenblick schweigend an. Dann drehte er sich um und informierte mit gesenktem Kopf das Komittee. Die beiden diskutierten mit ihm, sie schienen mit dem Handel nicht einverstanden, der kleine Blonde zuckte nur die Achseln, schließlich einigten sie sich, und er kam zu mir zurück.

»Gut, geht in Ordnung, aber ich habe ihnen gesagt, es würden Fünfundvierzig, Fünfzehn für jeden.« Er sah mich entschuldigend an. »Es ging nicht anders, wirklich ... du bezahlst mich später, ich nehm dann nur Zehn, und fertig.«

»Du bist doch verrückt, Kleiner!« Ich war wirklich empört; was mit diesem Jungen passierte, kam mir wie die reinste Vergeudung vor.

Er stand nur stumm da. Aber ich wollte noch ein paar Dinge klarstellen.

»Wo machen wir es?«

»Bei dir ...«, er sah mich erstaunt an. »Oder nicht?«

Darüber mußte ich kurz nachdenken. Inés war übers Wochenende bei Pablo, das war also kein Problem. Ich war mir nur nicht sicher, ob ich sie in meine Wohnung lassen wollte. Klar, wenn wir in ein einigermaßen anständiges Hotel gingen, würde es mich noch teurer zu stehen kommen. Ich müßte ja zahlen, und mit den vierzigtausend Eiern, die mich der Spaß kostete, war es eigentlich genug. Aber ich konnte die Wahl des Hotels auch nicht ihnen überlassen. Ich konnte der Kaschemme, in die sie mich abschleppen würden, unmöglich trauen. Also, dachte ich schließlich, am besten gehen wir doch zu mir.

»In Ordnung«, sagte ich. »Ihr habt kein Auto, oder?«

»Nein, aber Jimmy hat ein Motorrad. Er kann damit fahren. Ich fahre mit dir, wenn es dir nichts ausmacht, und bitte, fang nicht wieder an, mich zu beleidigen.«

Ich schrieb ihm die Adresse auf eine Papierserviette, und er brachte sie seinem Freund. Zum Abschied küßten sie sich lange auf den Mund. Auf einmal ekelten sie mich an, Jimmy ekelte mich an. Ich war kurz davor, alles zu bereuen und einfach rauszurennen. Aber da kam der kleine Blonde zurück und hängte sich an meinen Arm.

Wir traten auf die Straße und gingen zu meinem Wagen, anfangs schweigend, dann griff ich ein abgedroschenes Thema auf, der Zauber des alten Madrid oder so ähnlich. Er taute richtig auf.

Auf dem Weg plauderten wir, und, wie sie es alle tun, erzählte er mir sein Leben.

»Ich bin ein merkwürdiger Typ, du glaubst es gar nicht«, bekannte er. »Zum Beispiel mag ich meine Alte nicht.«

»Ich mag meine Mutter auch nicht«, erwiderte ich. »Du siehst, da haben wir etwas gemein.«

Er erzählte, er sei vierundzwanzig, aber das nahm ich ihm nicht ab, höchstwahrscheinlich war er noch nicht einmal zwanzig. Er war bis über beide Ohren in Jimmy verliebt, er war sein erster Mann. Er erzählte mir die Geschichte, und seine Schilderung bestätigte nur meinen ersten Eindruck, daß sein Liebhaber nämlich nichts weiter als ein ekelhafter Kuppler war.

»Manchmal würde ich alles dafür geben, daß mir Frauen gefallen, wirklich, alles.«

Er war ein Kind, ein dummes und reizendes Kind. Er erinnerte mich stark an Ely.

Aber er war hart im Nehmen und schlug sich ganz gut durch.

Vor dem erleuchteten Eingang einer Bank hielt ich an und holte Dreißigtausend aus dem Automaten. Ich wollte Zehn davon für den Einkauf am nächsten Tag zurückbehalten, und zu Hause hatte ich nur noch Fünftausend.

Ich erinnere Bruchstücke, Fragmente, unvermutet intensive Details.

Ungeachtet der ständigen Erniedrigungen war er der Favorit, da war ich mir sicher.

Sie ließen ihn nicht mitmachen, zumindest zu Anfang. Er saß neben mir und mußte alles mitansehen. Jimmy geilte Mario langsam und genüßlich auf. Sein Mund flüsterte ihm zärtliche Sätze, Worte der Liebe und des Begehrens zu, seine Arme legten sich sanft um ihn, verstärkten ihren Druck, drehten ihn schließlich brüsk um und zwangen ihn, mehr fliegend als gehend ein paar Schritte zu machen. Dann bauten die beiden sich vor uns auf. Mit einer Hand preßte Jimmy fest gegen das Geschlecht seines Freundes, der seine Beine spreizte, mit der anderen Hand strich er ihm einmal über den Hintern. Beide Hände fingen an, sich zu bewegen, rieben das Fleisch unter dem Stoff, die Fingerspitzen berührten sich zwischen den Schenkeln und kehrten wieder zum Ausgangspunkt zurück. Die Handflächen rieben so heftig auf der dunklen Hose, als wollten sie den Stoff zum Glänzen bringen, immer schneller, das Geschlecht wuchs, wurde hart, zeichnete sich eindeutig unter dem Stoff ab, war nun steif, drohte jeden Moment die prallgefüllte Hose zu sprengen, seine Schenkel zitterten, die Zunge schob sich zwischen seinen Lippen hervor, sein Gesicht verzerrte sich, bis es einen viehischen Ausdruck hatte, zum Gesicht eines geistig Zurückgebliebenen wurde, der grunzt und keucht, nicht sprechen kann, die Augen nicht offen halten kann. Nicht einmal den Kopf konnte er ruhig halten.

Sie sind wie Tiere, dachte ich, kleine, schöne Tiere, mit Haut und Haaren von dem Strudel einer unmittelbaren, absoluten, sich selbst genügenden Lust fortgerissen.

Blitzschnell hatte Jimmy seinen Freund aus der hinderlichen Kleidung befreit. Dann umschloß er mit einer Hand fest das Geschlecht seines Geliebten, tauchte den Zeigefinger in die Spalte seiner Pobacken, ließ den Finger langsam tiefer gleiten und drang in ihn ein, während er ihn gleichzeitig mit der anderen Hand wichste. Dabei sah er mir in die Augen.

Einem unkontrollierten Impuls folgend krümmte Mario sich nach vorn, ich schloß kurz die Augen und sah dann Pablito an. Auch er schaute ihnen mit geröteten Augen zu. Er biß sich unentwegt auf die Unterlippe, die schon dunkelrot angelaufen war. Zweifelsohne war er der Favorit, aber dessen war er sich nicht bewußt. Er war zu jung, um es zu begreifen. Ich hätte ihm gern etwas gesagt, zum Beispiel, daß die älteren Männer manchmal auf seltsame Art und Weise liebten. Ich weiß, wie dir zumute ist, ich habe so etwas auch schon erlebt. Aber meine Geilheit war stärker als das Mitleid, so daß ich ihm nur die Hand gab. Er drückte sie, ohne mich anzublicken. Jimmy hatte das alles mitbekommen, rief ihn zu sich und sah mich mit herausforderndem Blick an. Ich hielt seinem Blick stand, ich hatte begriffen, ich würde mich nicht wieder in sein komplexes Gefühlsleben einmischen. Er würde die Anweisungen erteilen, ich nur zusehen. Und dann setzte die von Anfang an geplante Zeremonie der Erniedrigung Pablitos ein, er wurde eine gelenkige Puppe, das Objekt unter den Objekten. Ich erinnere Bruchstücke, Fragmente, unvermutet intensive Details. Die anderen beiden sahen sich in die Augen, streichelten sich begierig, während er sie gleichzeitig befriedigte, seine schmalen, brutalen Lippen waren zu einer grotesken Grimasse verzerrt, bis ein Fuß ihn zurückstieß, ihn mit Gewalt zu Boden warf, und er mir zu Füßen fiel. Er jammerte und wartete darauf, nochmals bestraft zu werden, er gehorchte, verschaffte ihnen wieder Lust und nahm im Austausch dafür Schläge und Beschimpfungen hin. Jimmy bedrohte ihn und spreizte gleichzeitig mit seinen Händen die Hinterbacken von Mario, der nun auf allen vieren auf dem Sofa kauerte. Pablito rückte mit seinem Kopf zu Mario heran, streckte die Zunge heraus und tauchte sie gehorsam in das verabscheute Fleisch, leckte seinen Rivalen, der wie ein quengeliges Baby wimmerte. Jimmys Hände ließen nicht los, sie krallten sich immer noch in Marios Hintern, was ihn aber nicht daran hinderte, seine Stellung zu wechseln. Er beugte sich über Mario und krümmte sich, um mit seinem Mund an das aufgerichtete, steife und dunkelrote Geschlecht zu gelangen. Er stöhnte, um sich anzukündigen, und dann blies er ihn, langsam, lange und laut, damit Pablito, der ihn nicht sehen, aber sehr wohl hören konnte, genau mitbekam, warum der Dritte unter ihnen vor Wollust verging, der Gipfel der Demütigung für Pablito, während ich mich kaum noch zurückhalten konnte. Ich hatte beschlossen, es mir erst zu machen, wenn sie weggegangen waren. Es kam mir unwürdig vor, mich dort, vor ihren Augen, zu krümmen, so allein und so ganz anders als sie, ich wäre mir furchtbar lächerlich und erbärmlich vorgekommen. Mit den Fingerspitzen berührte ich meine Brustwarzen, streichelte meine Schenkel. Ich war immer noch bekleidet. Ich spürte, wie mein Körper sich anspannte. In diesem Moment fragte Jimmy, ob ich mich nicht ausziehen wolle. Der Tonfall, in dem er mich fragte, klang wie eine Einladung. Ich tat es, ich zog mich vollständig aus und hörte ihn sagen: Sieh mal, das hier ist eine Frau, sieht verdammt gut aus. Pablito sah mich an, er wirkte beunruhigt, Mario lachte lauthals. Gefällt sie dir nicht? Pablito antwortete nicht. Ich fühlte mich unendlich verkommen und schmutzig, denn dieser Jimmy war nichts anderes als ein widerlicher Zuhälter, ein Loddel der allerschlimmsten Sorte. Aber in jenem Augenblick hätte ich ihm sogar die Schuhsohlen abgeleckt, wenn er es mir befohlen hätte. Ich ging auf ihn zu und legte mich auf den niedrigen Tisch. Ich legte mich auf den

Rücken und befolgte seine Anweisungen. Er sprach weiter: Du hast doch noch nie eine Frau gevögelt, stimmt's? Pablito protestierte, behauptete, doch, natürlich hätte er das schon gemacht, aber er log, sogar ich merkte es. Na, dann wird es mal Zeit, du bist nun alt genug, um es auszuprobieren. Mario erstickte fast vor Lachen. Keine Sorge, ich werde dir helfen. Ich stützte mich auf die Ellbogen, um sie beobachten zu können. Pablito weinte, bettelte und flehte, er wollte nicht. Jimmy hielt ihn fest und lächelte finster. Ich fragte mich, wie er ihn dazu zwingen wollte, mich zu vögeln, mit diesem schlaffen Geschlecht, das ihm zwischen den Schenkeln hing. Knie dich auf den Tisch. Pablito kam auf mich zu und kniete sich mit eingezogenen Schultern auf den Tisch, die Arme schlackerten kraftlos an seinem Körper, er hielt den Kopf gesenkt, weinte und sah mich an. Ich empfand kein Mitleid mehr mit ihm, jetzt nicht, jetzt war er nur noch ein Tier, ein geprügelter, mißbrauchter Hund und unendlich begehrenswert. Und nun reiße ich dir den Arsch auf, mein Liebling. Jimmy näherte sich ihm von hinten, streichelte seine Brust und kniff ihn mit den Fingernägeln in die Brustwarzen. Ich werde ihn dir in den Arsch stecken, und du wirst vor Lust sterben. Seine beiden Hände legten sich um Pablitos Geschlecht und begannen, es mit erfahrenen Handgriffen zu streicheln und zu massieren, aber es wollte einfach nicht wachsen. Jimmy hatte eine zu seinem Körper passende Stimme, eine herrliche Männerstimme. Du weißt ganz genau, daß er steif wird, du wirst gar nicht umhin können, wenn ich ihn dir reinstecke, und dann mußt du deinen Schwanz nur dem Mädchen da in die Möse, dieses kleine Loch da, stekken, komm schon, es wird dir vielleicht sogar gefallen. Mario lachte wieder, Pablito schloß die Augen, nun weinte er nicht mehr, aber er litt. Und dennoch konnte er sich nicht dagegen wehren, daß sein Geschlecht allmählich anschwoll. Jimmy beugte sich über ihn und flüsterte ihm etwas ins Ohr, ich konnte seine Worte nicht verstehen, wohl aber die Wirkung beobachten: eine blitzartige Erektion. Da stieß Jimmy ihn nach vorn, zwang ihn über mir auf alle viere und drang in ihn ein, entriß ihm einen Schrei, der nichts Menschliches mehr an sich hatte. Seine Hand ließ das Geschlecht seines Freundes nicht los, er wichste und durchbohrte ihn gleichzeitig, bis er beschloß, daß es genug sei. Du, streck deinen Arsch hoch. Ich schob meine geschlossenen Fäuste unter die Nieren und reckte mich so hoch ich konnte, meine Beine zitterten, mein Geschlecht bebte. Er selbst führte seinen Liebsten, es war seine Hand, die Pablitos Schwanz hielt, während dieser in mich eindrang. Fast gleichzeitig fühlte ich, wie etwas gegen meinen Kopf preßte, ich blickte hoch und sah, daß es Marios Schenkel waren. Von der anderen Seite war er an den Tisch herangekommen und hielt sein Geschlecht in der Hand, streichelte es vor Pablitos Nase, der es kurz mit einem resignierten Seufzer anblickte und dann in den Mund nahm. So ging es eine Weile, man hatte ihn bis zur letzten Ritze ausgefüllt, ausgenutzt. Er befriedigte uns alle drei, vermittelte mir notgedrungen, gegen seinen Willen, die Stöße, die er von seinem Geliebten erhielt. Das Wissen, daß er in mir keine Lust verspürte, minderte nicht im geringsten die Intensität meiner eigenen, im Gegenteil, ich war befriedigt, alle meine Erwartungen hatten sich erfüllt. Sie waren wie Tiere, herrlich, brutal, ehrlich, gewalttätig, Sklaven ihrer Begierde, launisch wie kleine Kinder, unfähig, ihre Lust zu zügeln. Auch ich hielt mich nicht länger zurück, ich verging unter Pablito, während ich zusah, wie er sein letztes Pfand einlöste, Marios Schwanz, der in seinen Mund hinein und wieder heraus glitt. Und schließlich die endgültige Erschütterung, die ich auslöste, ich konnte nicht mehr, ich verlor mich in einem gewaltigen Orgasmus. Ein stöhnender Chor fiel in mein Stöhnen ein. Alles um mich herum erbebte, alles war in Bewegung, ein Samentropfen fiel auf meine Wange, und da endlich schaffte es Pablito, seine verspätete und gewaltsame Initiation zu einem befriedigenden Abschluß zu bringen, indem er sich in mir ergoß.

Morgen werde ich an all das denken.

Ich knabberte gerade an einem Blätterteiggebäck – die mit Pinienkernen waren schon alle –, als ich die Klingel hörte.

Morgen werde ich an all das denken, an den entsetzlichen Katzenjammer, der mich überfallen hat, das Gefühl von Ernüchterung und Scham am Schluß, als sie mich allein zurückließen, nackt, auf dem Tisch. Ich konnte nur noch daran denken, daß ich sie bezahlen mußte. Ich fühlte mich so elend, so schutzlos. Sie redeten untereinander, sie hatten keinerlei Bedeutung für mich, ich kannte sie nicht, und sie mich auch nicht, aber ich mußte sie bezahlen und tat es auch. Danach verabschiedete ich mich linkisch, ließ Pablito stehen, der die Scheine zählte, und begab mich ins Badezimmer. Dabei dachte ich nur, daß ich immerhin noch Glück gehabt hatte, sie hätten mich auch ausrauben können, was weiß ich. Nur mir hatte das passieren können, daß ich sie mit in meine Wohnung genommen hatte. Ich drehte die Dusche auf und wartete ab, bis ich die Tür zuschlagen hörte. Ich sah nach, um mich zu vergewissern, ob ich nun auch tatsächlich allein war, dann stellte ich mich unter den heißen, dampfenden Strahl, um die lauwarmen Tropfen abzuwaschen, die möglicherweise noch auf meiner Haut klebten. Morgen werde ich an all das denken. Ich sagte es mir immer wieder, morgen, während ich mich anschickte, die Tür zu öffnen.

Pablito heulte, er lehnte am Türrahmen und hielt sich einen Arm vor das Gesicht.

Nach einigen Minuten des Schweigens, unterbrochen nur von den unkontrollierten Schluchzern, die drohten, seinen Brustkorb zu sprengen, suchte ich nach Worten. Mir fiel nichts Gescheiteres als die blödsinnige Frage »Hast du was vergessen?« ein.

Er nahm den Arm von seinem Gesicht, sah mich an und schüttelte den Kopf. Als ich schon glaubte, er habe sich allmählich beruhigt, brach er wieder in Geschluchze aus, das zu einer ohrenbetäubenden Lautstärke anschwoll. Da bedeutete ich ihm, er solle hereinkommen. Wenn er so weiterheulte, würde er noch alle Nachbarn aufwecken.

Ich legte ihm einen Arm um die Schultern. Ich war gerührt, noch nie hatte ich jemanden so weinen, noch nie so eine Hilflosigkeit gesehen. Er ist unglücklich, sehr unglücklich, dachte ich, und deshalb legte ich ihm einen Arm um die Schultern, aber er schlang mir sofort die Arme um den Hals, ließ sich vollkommen fallen und heulte weiter. Da er weitaus mehr wog als ich, vor allem in diesem Zustand, mußten wir unweigerlich hinfallen. Mir wäre es aber unhöflich vorgekommen, ihm zu sagen, er solle mich loslassen, darum steuerte ich uns so, daß wir wenigstens auf das Sofa fielen.

Ich strich ihm übers Haar. Auch er trug es zu einem kleinen Zopf zusammengebunden. Zwanzig Minuten vergingen, bis er in der Lage war zu sprechen.

»Kann ich hier schlafen?« Seine Bitte überraschte mich beinahe mehr als sein Weinkrampf. »Es ist nur, ich weiß nämlich nicht, wohin ich gehen soll ...«

»Natürlich kannst du hierbleiben, obwohl ich es nicht verstehe.« Ich betrachtete ihn eine Weile, suchte nach Wunden, Prellungen, Einstichen, nach irgend etwas, was mir vorhin entgangen sein könnte, aber ich entdeckte nichts Neues, nichts, was seinen Zustand hätte erklären können. Er sah nach allem möglichen aus, nur nicht wie jemand, der auf der Straße sitzt. »Hast du kein Zuhause?«

»Doch, ich wohne mit Jimmy zusammen, aber wir hatten Streit ... er hat mir gesagt, er denke nicht daran, meine Eifersuchtsanfälle zu ertragen, ich sei eine Hysterikerin ... Mario schläft bei ihm ... heute ... und das nach dem, wozu er mich gezwungen hat ... jetzt darf ich nicht einmal mehr bei ihm übernachten ...« Eine einigermaßen verständliche Schilderung konnte man es kaum nennen, es war eher eine konfuse Folge von zusammenhanglosen, erstickten Worten, verzerrt von dem Geschluchze. »Ich kann da nicht hingehen, ich würde sterben ... wenn ich nach Hause ginge, würde ich sterben, ich kann das nicht ertragen, und außerdem hat er mir das ganze Geld abgenommen, deins, ehrlich, übrigens ...« Er blickte zu mir auf und strengte sich an, deutlicher zu sprechen. »Vielen Dank jedenfalls für die Fünftausend mehr, die hat er mir auch weggenommen, und die letzten Dreitausend, die ich bei mir hatte, ich habe keine Pesete mehr, bitte, laß mich hierbleiben ...«

»Da hast du ja einen schönen Freund, mein Sohn ...« Ich wußte, daß meine Worte ihn noch mehr verletzen würden, aber ich konnte einfach nicht an mich halten. »Natürlich kannst du bleiben.«

Er bedankte sich und heulte solange weiter, bis die letzten Tränen versiegten.

Als ich glaubte, er habe sich ausreichend beruhigt, um wieder einigermaßen verständliche Laute von sich zu geben, fragte ich ihn, wo er lieber schlafen wolle.

»Du kannst bei mir im großen Bett schlafen oder im Zimmer meiner Tochter, sie ist nicht da, ganz wie du möchtest ...«

»Du hast ein Kind?« Er war überaus erstaunt.

»Ja, ich habe eine viereinhalbjährige Tochter, Inés.«

Seine Miene drückte noch mehr Erstaunen aus.

»Überrascht dich das?«

»Ja, ich hätte nie gedacht, daß du Mutter bist, das paßt gar nicht zu dir ...«

»Vielen Dank, das freut mich zu hören.«

»Warum?« Nun lächelte er. »Ich verstehe das nicht, man ist doch immer gleich alt, ob mit oder ohne Kinder.«

»Ich nehme mal an, du wirst es nicht verstehen können, du lebst in einer anderen Welt.« Damit war das Thema für mich erledigt. »Gut, wo willst du nun schlafen?«

»Ich weiß nicht ... wahrscheinlich ist es besser, wenn ich bei dir schlafe, mich in das Bett eines vierjährigen Mädchens zu legen, ich weiß nicht, das kommt mir ...«, er beendete den Satz mit einem Lachanfall.

»Also gut, dann laß uns ins Bett gehen, ich bin sehr müde, und ich nehme an, du auch, heute war schließlich ein besonderer Tag.« Ich versuchte, meinem Lächeln einen Hauch von Komplizentum zu verleihen. »Das erste Mal ist immer anstrengend ...«

Er brach wieder in Gelächter aus. Sein Lachen tat mir gut, es hatte etwas Tröstliches, ich fühlte mich ihm sehr nah. Letzten Endes, so dachte ich, sind wir beide kleine Lämmchen aus derselben Herde, mit weißem Kräuselfell und einer kleinen Schleife um den Hals, meine rosa und unendlich behaglich, die seine, vermute ich, auch rosa, aber sehr viel schmerzhafter.

Als ich vom Zähneputzen zurückkam, lag er zusammengekauert auf meiner Bettseite.

»Würde es dir etwas ausmachen, nach rechts zu rutschen?« Ich streifte den Bademantel und die Latschen ab. »Dies ist meine Seite ...«

»Ziehst du dir nichts über?«

»Nein, ich habe schon immer nackt geschlafen.« Das stimmte nicht. Bis ich zwanzig war, schlief ich immer mit etwas an, in Nachthemden, die mir bis eine Handbreit übers Knie reichten, aber Pablo hatte keine Nachthemden geduldet, er hatte überhaupt nur so viel Bekleidung akzeptiert, wie unbedingt notwendig war, und zum Schlafen brauchte man keine. Das war eines der ersten Dinge, die ich gelernt hatte. »Warum ...? Ekelst du dich vor mir?«

»Nein, das ist es nicht ...« Er machte den Eindruck, als sei er sogar ein wenig verängstigt. »Ich habe nur noch nie mit einer Frau in einem Bett geschlafen ...«

»Mach dir keine Sorgen.« Ich versuchte, ihn zu beruhigen, konnte mir aber ein Lachen nicht verkneifen. »Ich werde dich nicht hinterrücks anfallen, das verspreche ich dir.«

Ich stieg ins Bett, er sah mich an und lächelte. Er küßte mich sanft auf die Lippen, rollte sich dann aber so weit wie nur möglich von mir weg auf die andere Seite.

Als ich aufwachte, war er es, der mich von hinten anfiel.

Ich spürte seine Arme um meine Taille. Sie zogen mich an sich, und sein aufgerichtetes Geschlecht pochte gegen meine Hinterbacken, sein ganzer Körper bewegte sich rhythmisch an dem meinen. Er schlief tief und fest.

Ich nahm seine Hand und legte sie auf eine meiner Brüste. Sie rutschte herunter, sobald ich den Griff lockerte, obwohl der Kontakt mit einer so eindeutig weiblichen Zone meines Körpers ihm nicht unangenehm zu sein schien. Sieh mal einer an, dachte ich, er hält mich für einen Transvestiten. Ich probierte es nochmal, dasselbe Resultat. Mir entschlüpfte ein Kichern. Das Ergebnis meines Experiments freute mich, denn bis dahin war es so unerschütterlich wie ein physikalisches Gesetz gewesen: Das erste, was ein Typ macht, wenn er neben einer Frau aufwacht, ist, die Hand auszustrecken, um sie auf ihre Brüste zu legen. Bisher war es unweigerlich so abgelaufen, aber dieser hier verweigerte sich einfach. Und das fand ich lustig.

Als ich gerade eine seiner Hände zwischen meine Schenkel legen wollte, um herauszufinden, ob er dann erschlaffte oder genauso steif blieb, klingelte es an der Tür.

Auf einmal wurde mir bewußt, daß ich es schon vorher gehört hatte, davon war ich aufgewacht. Nun wurde zum zweiten Mal geklingelt. Ich sah auf die Uhr, viertel vor zwölf, in höchster Eile warf ich mir den Bademantel über. Ich dachte, es sei Marcelo, meine telefonische Entschuldigung am Vorabend hatte ihn nicht besonders überzeugt, aber das Dauerklingeln, eine ohrenbetäubende Folge von schrillen, abgehackten Tönen klang ganz nach Inés.

Es war Inés.

Pablo trug sie, eingewickelt in einen feuchten Mantel, auf dem Arm. Er selbst war vollkommen durchnäßt, Wasser lief ihm übers Gesicht.

»Hallo.« Sein Ton hätte jeden glauben machen können, wir hätten uns erst vor ein paar Stunden gesehen. »Haben wir dich aufgeweckt?« Ich nickte. »Tut mir leid, aber auf einmal ist die Kälte über uns hereingebrochen. Es hat angefangen zu regnen, und in Inés' Tasche war nur Sommerkleidung, wir wollten nur eine Regenjacke und ein paar Pullover holen ...«

Ich hoffte auf einen Kuß, aber es gab keinen.

»Hallo, mein Liebling.«

Inés warf sich in meine Arme, um mich zu küssen. Pablo nahm ihr den Regenmantel ab und reichte sie mir herüber. Dann betrat er meine Wohnung, als sei es seine eigene.

»Das ist Cristina.« Er fixierte mich kurz mit strengem Blick. »Cristina, ich möchte dir meine Frau vorstellen ...«

Erst da bemerkte ich, daß sie zu dritt waren. Sie, die Rothaarige, nicht ganz so farblos, wie Chelo sie beschrieben hatte, stand halbverborgen hinter der Tür. Sie kam ein paar Schritte auf mich zu und drohte, noch näher zu kommen, ich reichte ihr schnell die Hand, bevor sie noch Anstalten machte, mich zu küssen. Verwirrt drückte sie mir die Hand. Pablo kam ihr zu Hilfe.

»Marisa erträgt es nicht, wenn jeder sie küßt ...«

»Bitte nenn mich nicht Marisa.«

In der letzten Zeit kultivierte er mit gezielter Grausamkeit diese kleine Technik persönlicher, höchst wirkungsvoller Rache. Jedesmal, wenn ich es hörte, zerbrach etwas in mir.

»Warum nicht? Das ist eine zärtliche Verkleinerungsform«, er wandte sich zu seiner Freundin. »Also, sie läßt sich nicht von jedem küssen, da ist sie sehr eigen, sie ist diejenige, die wählt, verstehst du? Sie ist nicht sonderlich gut erzogen, natürlich ist das eher meine als ihre Schuld ...«

Inés fing an, wie eine Blöde zu lachen. Sie hatte nun einmal diesen Fehler. Ohne ersichtlichen Grund konnte sie unvermutet in Lachen ausbrechen. Diesmal war ihr Lachanfall allerdings berechtigt.

Das Wohnzimmer zeigte noch die Spuren der nächtlichen Schlacht. Ein Strahl angetrockneten Spermas zeichnete eine bizarre Schlangenlinie auf den Glastisch. Man enthielt sich jeglichen Kommentars.

»Ich mache mir einen Kaffee.«

Ich stellte Inés auf dem Boden ab. Pablo setzte sich aufs Sofa, die Rothaarige ließ sich neben ihn fallen und wollte ihren Arm um ihn legen, aber er wehrte sie ab.

»Wollt ihr auch etwas trinken?«

Sie wollten Kaffee, beide.

Sie war hübsch, selbstverständlich war sie sehr hübsch und sehr jung, zwanzig oder einundzwanzig, sie hätte seine Tochter sein können. Ich wäre nie als seine Tochter durchgegangen, nicht einmal, wenn ich es ausprobiert hätte, was ich nie getan habe. Sie war schlank, biegsam und beweglich, sie hatte häßliche Beine, zu dünn, was mir wiederum Mut machte, aber ihre grünlichen Augen waren riesig, und dann ihr volles, rotglänzendes Haar. Sie war sehr hübsch und hatte spitze Brüste, die Brustwarzen konnte man durch den Pullover durchschimmern sehen, die Brüste einer Jugendlichen.

Inés zerrte Pablo in ihr Zimmer, um ihm die Mappe zu zeigen, in der wir die Arbeiten aus dem Kindergarten aufbewahrten. Die Rothaarige kam mir in die Küche nach, blieb im Türrahmen stehen und musterte mich.

»Weißt du, ich bewundere dich sehr.« Sie wirkte gelassen und selbstbewußt.

»Oh, bitte, hör auf ...« Das würde ich nicht ertragen, mit Sicherheit nicht. »Meine Manieren sind nicht die besten, das weißt du auch, und wenn mir etwas schlechte Laune macht, dann sind es Vertraulichkeiten von Frau zu Frau. Ich wäre dir also dankbar, wenn du mir das ersparen würdest.«

»Das habe ich überhaupt nicht gemeint.« Ihre Stimme klang immer noch fest. »Ich habe dein Buch gelesen.«

»Das bezweifle ich«, entgegnete ich. »Ich habe gar kein Buch geschrieben.«

»Aber klar doch«, beharrte sie, sie schien überrascht. »Pablo hat es mir gegeben, das Buch über die Epigraphen. Es hat mir sehr gefallen.«

»Epigramme.«

»Wie bitte?« Sie machte den Eindruck, als sei das für sie einerlei.

»Epigramme, nicht Epigraphen.«

»Ach so«, sie kicherte, »ist doch dasselbe.«

»Nein«, kreischte ich los, »ist es nicht, das ist ganz und gar nicht dasselbe.«

Sie schwieg und blickte zu Boden. Jetzt bot sie mir eine perfekte Angriffsfläche.

»Das Buch ist nicht von mir.« Der Kaffee lief über, diese Espressokanne kostete mich den letzten Nerv. »Ich habe es nur übersetzt und die Fußnoten und das Vorwort geschrieben, mehr nicht. Der Text stammt von Marcial.« Sie sah mich verwundert an. »Marco Valerio Marcial, so ein Typ aus Calatayud, und es hat dir weder gut noch schlecht gefallen, weil du es nämlich gar nicht gelesen hast. Und ich habe keine Lust, diese Unterhaltung fortzusetzen, du bewunderst mich nicht, du bist nur neugierig auf mich, aber das beruht nicht auf Gegenseitigkeit. Um die Wahrheit zu sagen, du kommst mir wie ein ziemlich vulgäres junges Ding vor, und es hat keinen Sinn weiterzureden, also verschwinde und laß mich verdammt nochmal allein.«

Nun hatte ich die Trümpfe in der Hand.

Sie hatte nur ihre spitzen Brüste.

Ich war dreißig Jahre alt und mit ihm verheiratet.

Sie blickte mich einen Augenblick an, rot wie eine Tomate, dann machte sie kehrt und verschwand.

Marcial. Die goldenen Jahre meines Lebens, diese wunderbare Arbeit, wirtschaftlich zwar ein Ruin, aber über ein Jahr lang kleine persönliche Befriedigungen. Ich war unendlich stolz auf mich gewesen, als das Buch schließlich erschien, und Pablo auch …

Ich schraubte die Espressokanne zu und stellte sie auf den Herd. Sie ist hübsch, sehr hübsch, dachte ich, und blutjung, sie hat noch diese jugendliche Unsicherheit an sich.

Ich dachte kurz nach und versuchte, mich zu erinnern, wer vor gar nicht langer Zeit denselben Eindruck bei mir hervorgerufen hatte.

Der Kaffee war fertig. Ich schaltete den Herd aus und stürzte aus der Küche. Als ich in mein Zimmer kam, war es schon zu spät.

Pablito schlief immer noch, nackt, prachtvoll und vollkommen geil, sein Geschlecht ragte wie der Hauptpfeiler eines Zirkuszeltes empor.

Inés saß am Bettrand und zeigte mit einem Finger darauf.

»Was ist das, Papa?«

Pablo, der neben ihr hockte, lächelte sie an.

»Oh, das ..., er vermißt nur Mama.

»Ist die Ärmste ein Waisenkind?« In ihrer Stimme lag aufrichtiges Mitleid.

»Nein, Inés«, Pablo lachte. »Das ist kein Waisenkind, er vermißt nur Mama, deine Mama, Lulú, verstehst du?«

»Du hast das aber nicht, wenn ich bei dir schlafe, und du sagst auch immer, daß du Mama vermißt ...« Sie wandte sich zu ihm um, sie schien verwirrt.

»Das ist nur, weil ich schon viel älter bin als er.«

»Aber das ist doch ein Mädchen, du Dummkopf!« Sie drehte sich jubelnd um, sie freute sich immer, wenn sie uns bei einer Lüge ertappte. »Sie hat einen Zopf, so wie ich ...« Sie faßte sich ans Haar.

Ich schaute sie so gern an, sie sah mir sehr ähnlich. Pablo hatte immer gesagt: Ich möchte eine Tochter, die so ist wie du. Ich hatte dann auf meinen Bauch geklopft und gelacht, aber am Ende hatte er seinen Willen durchgesetzt. Wir bekamen eine Tochter, die mir aus dem Gesicht geschnitten war.

»Nein, Inés.« Er sprach sehr leise, sehr gelassen, in jenem beruhigenden Ton, den er immer anschlug, wenn er wichtige Dinge erklärte. Sie war fasziniert von dieser Stimme. Ich auch. »Das hat gar nichts zu sagen, ich könnte auch einen Zopf tragen, wenn ich mir das Haar nicht mehr kurz schneiden ließe. Das ist ein Junge, guck mal genau hin, er hat eine kleine Murmel im Hals ...«

»Elisa hat auch eine kleine Murmel, und sie ist ein Mädchen.« Inés hatte Ely immer Elisa genannt, sie mochte ihn sehr, sie fand seine Bewegungen, seine Art, zu sprechen und sich zu bewegen, und vor allem seinen Adamsapfel höchst amüsant.

»Aber Elisa hat Busen und dieser hier nicht, sieh mal hin.«

Pablo zeigte auf Pablitos flache Brust, und Inés betrachtete sie eingehend. Sie nickte, das Argument hatte sie überzeugt.

Ich hatte mich oftmals gefragt, ob dies die angemessene Weise war, ein kleines Mädchen zu erziehen. Diese Frage hatte ich auch Pablo eines Nachts gestellt, als Ely bei uns war. Er war gekommen, um sich *Wie angelt man sich einen Millionär* im Fernsehen anzugucken. »Heute bin ich Marilyn!« hatte er schon in der Tür albern verkündet. Damals hatte ein französischer Freund aus Pablos Zeit in Philadelphia angerufen, er war gerade in Madrid und wollte uns treffen. Wir fanden keinen Babysitter und nahmen schließlich Elys Angebot an, er paßte auf Inés auf. Sie war gerade zwei Jahre alt geworden. In diesem Zusammenhang fragte ich Pablo, ob das wohl die angemessene Art sei, ein Mädchen zu erziehen. Er antwortete, er fände diese Art allemal besser als die, mit der ich erzogen worden sei. Die tauge ja doch nur dafür, daß später ein Typ wie er auftauche und alle gute Erziehung zunichte mache. So wird sie wenigstens später keine kleine Perverse. Ich hatte meine Bedenken, er aber beharrte lächelnd darauf: So sei es auf jeden Fall besser.

»Wie heißt er?« Inés lebte in dem festen Glauben, daß ihr Vater alles wußte, auf meine Kenntnisse vertraute sie sehr viel weniger.

»Pablo.«

Beide fuhren herum und sahen mich an.

»Er heißt Pablo, genauso wie Papa. Er ist sehr müde, und darum wollen wir ihn schlafen lassen. Außerdem«, ich wandte mich an Inés, »sucht dich Cristina, sie hat mir gesagt, daß sie mit dir Verstecken spielen möchte ...«

»Aber dazu hat sie doch nie Lust ...«

Das wundert mich nicht, dachte ich. Es war eine wirkliche Qual, mit Inés Verstecken zu spielen, sie ermüdete nie und mogelte immerzu.

»Aber heute möchte sie gern.«

Pablo lachte auf.

»Ich an deiner Stelle würde die Gelegenheit nutzen ...«

Sie stand auf und rannte los. Er erhob sich ebenfalls, und wir verließen das Zimmer.

»Mensch, Mensch!« Seine Stimme klang schneidend. »Wo hast du denn dieses Stück Frischfleisch aufgegabelt?«

All meine Hoffnungen schwanden schlagartig.

»Ich könnte dich dasselbe fragen ...«, murmelte ich.

»Cristina?« Er blickte mich erstaunt an. »Nein, beim besten Willen nicht, da verhält sich die Sache ein wenig anders, und das weißt du auch.«

»Aber sie ist blutjung, das ist es doch, was dir gefällt, oder?«

Er sah mich kalt an, noch kälter als vorher. Dann schien er sich zu beruhigen. Er sammelte sich, um mir einen Hieb zu versetzen.

»Sie ist siebzehn, aber fast schon erwachsen.«

»Alle jungen Mädchen werden einmal erwachsen.« Ich warf ihm einen triumphierenden Blick zu, hatte aber Angst, ihm direkt in die Augen zu sehen. Seine Augen funkelten, die Flügel seiner Nase, seiner viel zu großen Nase, bebten immer heftiger, seine Lippen waren zu einem Strich zusammengepreßt, diese Symptome kannte ich nur allzu gut, jeden Moment würde er explodieren.

»Du nicht!« Seine Worte dröhnten in meinen Ohren, seine Finger bohrten sich in meine Arme, seine Augen schleuderten kleine Blitze gegen mich. Ich schloß die Augen, machte mich klein und rührte mich nicht, ich stand so schlapp da wie eine Stoffpuppe. Ich wußte, daß er mich durchschütteln und daß ich mich nicht dagegen wehren würde. »Du nicht, Lulú, du bist nie erwachsen geworden und wirst es auch nie werden, verflucht nochmal, du hast nie aufgehört zu spielen und spielst auch jetzt, du spielst die Erwachsene, du versuchst, irgendwelchen merkwürdigen Ansprüchen gerecht zu werden, die du dir selbst gestellt hast, warum, begreife ich nicht. Du bist kein brillantes kleines Mädchen mehr, aus dir ist eine gewöhnliche Frau geworden, ich begreife nicht, warum, das habe ich immer noch nicht begriffen, du hast es mit der Angst bekommen und hast dich mit ganz gewöhnlichem Volk eingelassen, aber du bist gescheitert, weil du nichts verstanden hast, du bist nicht erwachsen geworden, Lulú, du nicht, wir waren und sind kein gewöhnliches Volk. Aber nun hast du alles zunichte gemacht ...«

Er ließ mich los, aber ich wagte nicht, mich zu rühren, er faßte mich am Kinn und hob mein Gesicht hoch. Ich wollte ihn nicht ansehen.

»Das werde ich dir nie verzeihen, nie.«

Er wandte sich halb um und ging weg, kam aber noch einmal zurück. Ich hatte mich an die Wand gelehnt. Ich sah ihn an. Er wirkte zerstört.

»Du hast nicht viel an mich gedacht, stimmt's?«

Da merkte ich, daß er betrunken war, betrunken um halb eins am Mittag. Er hatte sich unter Kontrolle, aber mich täuschte er nicht, mich nicht. Ich fühlte mich schlecht. Und ich fühlte, daß ich ihn nun durch die Rothaarige und schlicht und einfach durch die Zeit, die verstrichen war, verloren hatte. Ich erinnerte mich lieber nicht an all das, was geschehen war, seit ich unsere gemeinsame Wohnung verlassen hatte. Marcelo hatte eine Zeitlang nicht mit mir gesprochen, mein eigener Bruder, alle hatten mit dem Finger auf mich gezeigt, Pablo nicht, das tat er nie. Aber er hatte viel getrunken, sehr viel, er war damals den ganzen Tag betrunken gewesen.

»Mir bleibt nicht mehr viel Zeit, verstehst du? Ich werde langsam alt, ich fühle mich immer lächerlicher mit all diesen kleinen Gänsen, ich weiß nicht einmal, worüber ich mit denen reden soll, und ich verspüre auch keine Lust, ihnen etwas beizubringen, keiner einzigen ... Manchmal denke ich, ich fange an durchzudrehen. Es kostet mich keinerlei Mühe, das nicht, ich erobere sie spielend, Frauen aufreißen und umsonst saufen gehören zu den wenigen Sachen, bei denen es nützlich ist, ein Dichter zu sein, der in diesen Zeiten keine Bücher verkauft, du weißt das, aber ich bin müde, sehr müde ...«

Ich hoffte auf ein Zeichen, irgendein Signal, um mich ihm zu Füßen zu werfen, aber er sagte nichts mehr, er wandte mir den Rücken zu und begab sich ins Wohnzimmer. In diesem Augenblick tauchte Pablito an der Tür auf und sah mich mit entschuldigender Miene an. Er hatte alles mitangehört.

»Möchtest du einen Kaffee?«

Er nickte.

Das Frühstück verlief kurz. Pablo gab keinen Mucks von sich. Cristina flirtete ebenso plump wie vergeblich mit meinem Gast, der sie sich geschickt vom Leibe hielt. Inés nervte. Sie wollte unbedingt Verstecken spielen und beteuerte, mit so vielen würde es mehr Spaß bringen.

Pablo verabschiedete sich nicht von mir, als sie gingen.

»Ist das dein Mann?«

Pablito hatte es sich in einem Sessel bequem gemacht und machte keinerlei Anstalten zu gehen. Ich bejahte die Frage.

»Mensch, der sieht verdammt gut aus mit seinen weißen Strähnen, der gefällt mir, ältere Männer besitzen eben einen ganz besonderen Reiz ...«

Zuerst wußte ich nicht, ob ich lachen oder ihn rausschmeißen sollte, aber ich wollte nicht allein sein.

Vielleicht kann ich nun nicht mehr umkehren, kann nie mehr zurückgehen, dachte ich.

»Da täuschst du dich.« Ich bemühte mich nach Kräften, diese Hypothese augenblicklich zu verwerfen. »Dein Liebhaber hat einen viel größeren.«

»Ach, das ist nur psychologisch.«

»Ach«, gab ich zurück. »Wie wahr, genauso wie die Heiligen Drei Könige.

Er sah mich verwundert an, er begriff nicht, was ich meinte.

»Als du klein warst, hast du dir doch Spielzeug von den Heiligen Drei Königen gewünscht, nicht?« Er bestätigte das mit einem Nicken, und ich lächelte ihn an. »Und du hast dir doch auch dann noch Spielzeug von deinen Eltern gewünscht, als du dahintergekommen warst, daß das mit den Königen eine Lüge war, nicht?« Wieder nickte er. »Und wann hast du dich mehr über das Spielzeug gefreut, bevor du es erfahren hattest oder hinterher?«

»Vorher, aber das hat doch nichts mit der Größe von dem Schwanz deines Mannes zu tun?«

Ich lachte, ich amüsierte mich prächtig.

»Mit seinem im besonderen nicht, aber mit der Größe der Schwänze im allgemeinen, denn beides, die großen Schwänze und die Heiligen Drei Könige sind ein und dieselbe Sache, das sind Mythen, verstehst du?« Nein, er verstand nicht, das konnte ich an seinen Augen ablesen. »Sieh mal, diese ganze Lügerei mit den Kamelen, mit den Schuhen am Fenster, die Reiterprozession zum Erscheinungsfest, das hat doch weder was an der Qualität noch an der Quantität des Spielzeugs geändert, aber es verlieh ihm das gewisse Etwas, du hast dich einfach mehr gefreut, stimmt's? Dasselbe ist es mit der Größe von Pablos Schwanz. Sie ändert nichts an der Qualität oder Quantität der Ficks, und trotzdem hat Jimmy einen größeren, verstehst du jetzt? Wir leben in einer Welt voller Mythen, alles ist auf ihnen errichtet, und jetzt kommst du mir damit, daß es nur psychologisch ist ... Warum ausgerechnet bei dem Mythos von den großen Schwänzen anfangen, warum diesen vor allen anderen zerstören? Wir brauchen die Mythen, sie erleichtern unser Leben ungeheuer ...«

»Und weißt du, was ich dazu sage?«

Ich sah schon, daß ich ihn nicht überzeugt hatte.

»Ich würde gern mit deinem Mann ins Bett gehen, auch wenn er nicht so einen großen hat wie meiner.«

»Ich würde auch gern mit ihm ins Bett gehen.« Das war ernst gemeint, ich hatte keine Lust, noch länger zu spielen. »Aber in letzter Zeit gestaltet sich das immer schwieriger ...«

Das zweite Mal wandte ich mich an Sergio, Chelos neuen Freund, der als Kellner in einer Szenebar arbeitete.

Ich wollte mich nicht mit dem niedersten Gesindel einlassen. Ich wollte in Malasaña bleiben, denn dort, in jenem Viertel, fühlte ich mich wohl und sicher. Dort hatte ich das Leben kennengelernt, hatte stundenlang auf häßlichen, trotz der dünnen Schaumgummikissen harten Holzbänken gesessen und Wodka mit Limettensaft getrunken, was widerlich schmeckte, uns aber unendlich weiblich vorkam. Damals, vor so vielen Jahren, als ich meine ersten Kicheranfälle hatte, meine ersten Besäufnisse überstand und mich zum ersten Mal heftig erbrechen mußte. Dort hatte ich all die Jahre mit Pablo in einer riesigen Mansarde mit freiliegenden Dachbalken gewohnt, und er wohnte immer noch dort, einer der letzten Überlebenden. In diesem Viertel war ich bekannt wie ein bunter Hund, darum konnte ich meinen Absichten vollkommen unbemerkt nachgehen. Immer noch kannte ich dort viele Leute, fast alle von früher, wir waren immer noch viele, obwohl auch viele inzwischen nicht mehr dort verkehrten. Und alle sagten wir dasselbe: wie sich das Viertel doch verändert habe, es sei nicht mehr das, was es mal war. Dabei waren vielleicht die einzigen, die sich in Wahrheit verändert hatten, wir selbst, wir alle, zehn, zwölf, fünfzehn Jahre später. Leute, an denen die Zeit nicht spurlos vorübergegangen war, Glatzen, Bäuche, graue Haare, Büstenhalter unter den Blusen, Falten im Gesicht, jede Nacht ein wenig ausgeprägter, unaufhaltsam erschlaffendes Fleisch, jede Nacht ein wenig mehr, aber trotzdem dieselben Leute, weitgehend dieselben. Immer noch lachten wir viel, und in Wirklichkeit war der Platz gleich geblieben, waren die Straßen und die Bars gleich geblieben, mehr oder weniger jedenfalls.

Ich wollte mich nicht mit dem niedersten Gesindel einlassen. Denn der bloße Gedanke, Pablo könne dahinterkommen, daß ich dort des Nachts allein herumstreunte und Zaster herausrückte, um mit zwei oder drei oder vier Schwulen ins Bett zu gehen, versetzte mich in Panik. Die Möglichkeit, daß er davon erfuhr, erschreckte mich. Und er verfügte über vielfältige Kontakte zu dem Pöbel, hatte seltsame Freunde, Gewohnheitsverbrecher, Leute, die er im Gefängnis oder auch draußen kennengelernt hatte, Leute, die ihn bewunderten und die mich kannten, Leute, die ihm bei erstbester Gelegenheit alles erzählen würden.

Ich wollte in Malasaña bleiben. Dort hatte ich Jimmy und Pablito kennengelernt und ein paar andere, gierige und gutsituierte Bisexuelle. Nicht alle waren sie schön, aber immerhin bereit, aus reinem Zeitvertreib ihren Freund mit mir zu teilen. Aber die Quelle versiegte schnell, sehr schnell, und ich kannte nicht genügend Leute. Ich hielt mich schon lange nicht mehr an die eiserne Regel, von jeder Sache nur eine einzige Dosis zu nehmen, aber ich kannte nicht genügend Leute. Und dann geschah das Schlimmste, was geschehen konnte. Ich verzichtete auf die Mittelspersonen. Ich begann, sie mir allein zu suchen, was verheerende Konsequenzen hatte. Einige lachten mir ins Gesicht, sie wollten nur etwas trinken, mein Körper interessierte sie nicht, mein Geld interessierte sie nicht, meine Neugier weckte nicht ihre Neugier. Andere wiederum verachteten mich und zeigten mir ihre Verachtung deutlich. Mein Treiben sprach sich schnell herum; das war das Schlimmste. Einige meiner Freunde hörten auf, mich zu grüßen, es kursierten Gerüchte: Marisa verhält sich von Tag zu Tag seltsamer. Schließlich sagte mir eine frühere Kommilitonin, die vor vielen Jahren der Masseninnung der Pensionswirte beigetreten war, deutlich die Meinung: Wenn du solche Typen willst, kauf sie dir, die gibt es zuhauf, du wirst alle möglichen Sorten finden, aber nicht hier, verdammt nochmal, hier verschreckst du nur meine Kundschaft …

»Keine Tunte, das ist das Wichtigste, groß, mindestens ein Meter siebzig oder achtzig, kräftig, im konventionellen Sinne gut aussehend, du weißt schon, der Typ von Jungen, auf den die höheren Töchter fliegen, schlank und muskulös, aber auch nicht zu muskulös, keine Bodybuilder, zwischen fünfundzwanzig und fünfunddreißig Jahren, einer von ihnen kann auch jünger sein, aber nur einer, und keiner älter, vorzugsweise dunklere Typen, die Haare möglichst auch dunkel, lange Beine und bitte wenig behaart, so wenig wie möglich. Besser wäre es, wenn sie nicht ineinander verliebt wären, und ideal wäre es, wenn sie sich kennen und aufeinander stehen würden, aber ich weiß, man kann nicht alles haben. Die Rasse ist mir egal, Hauptsache, es ist keine Preiserhöhung damit verbunden, die einzige Voraussetzung ist, daß keiner Orientale ist, die Orientalen mag ich nämlich nicht. Ach ja, und wenn es geht, sollte zumindest einer von ihnen bisexuell sein, und wenn nicht, dann sollte er wenigstens bereit sein, es einer Frau zu machen, ich meine, mir, also, ich meine damit, auch wenn ich ihm nicht gefalle, das ist mir egal, ich kann schließlich nicht erwarten, daß ich ihm auch noch gefalle, dann, also, je … je mehr sie dem entsprechen, naja … kurz und gut, du hast schon verstanden, sieh mal zu, was du machen kannst, die Knete ist nicht das Problem, hoffe ich …«

Wie die für eine mündliche Prüfung auswendig gelernte Lektion spulte ich es so schnell ich konnte ab, verhaspelte mich und hörte nicht einmal auf das, was er sagte.

Ich wollte das schnell hinter mich bringen.

Ich schämte mich, so weit war es mit mir gekommen.

Jeden meiner Wünsche begleitete er mit einem Nicken. Damit gab er mir zu verstehen, daß er meine Ansprüche bis ins kleinste begriffen hatte, aber für alle Fälle wiederholte ich noch ein letztes Mal:

»Ich will männliche Typen, keine Tunten. Klar?«

»Klar.«

Er war ein finsterer Typ. Pablito hatte mich schon darauf vorbereitet, finster, aber er war eben einer der Herren der Straße, er kontrollierte viele Leute, viele bedürftige, versprengte, schöne und rührende Schäfchen.

Ich hatte mir vorgenommen, mich nicht mit dem niederen Gesindel einzulassen, ich wollte die Grenze nicht überschreiten. Ich versuchte es, aber es gelang mir nicht.

Als mir klar war, daß mir kein anderer Ausweg mehr blieb, ergriff ich bestimmte Vorsichtsmaßnahmen. Ich bediente mich nicht mehr meiner eigenen Freunde, und ich wies Ely ab, das von Anfang an, denn, dessen war ich mir sicher, er hätte es mir nie verziehen. Schließlich und endlich verkörperte ich all das, was er zu sein versuchte. Ich hatte alles, was er gern gehabt hätte, und ihn kostete es so unendlich viel, so viel Scham, so viele Operationen, so viele Tränen ... Für ihn teilte sich die Menschheit in zwei säuberlich voneinander getrennte Hälften, und ich gehörte auf die Seite der Glücklichen, niemals hätte er mir so viel Selbstzerstörung verziehen.

Ich versuchte, mich diskret zu verhalten, meine Verabredungen fernab der klassischen Kreise zu treffen, alle vorhersehbaren Risiken auszuschalten. Aber ich brauchte lange, um die richtigen Leute an den richtigen Orten kennenzulernen. Monate vergingen, bis ich soweit war, daß ein Telefongespräch ausreichte.

Das Gefühl, er könnte alles erfahren, versetzte mich in Panik, und ich ergriff Vorsichtsmaßnahmen, die sich aber allesamt als zwecklos erwiesen. Meine Ungeschicklichkeit hat schon immer wie ein Fluch auf mir gelastet.

Am Anfang traf ich Ely einmal zufällig.

Ich prostituierte mich, wenn auch im umgekehrten Sinne, denn anstatt mich anzubieten, war ich auf der Suche nach Angeboten, auf der Suche nach etwas, was ich in mein Bett abschleppen konnte. und dabei traf ich immer wieder Gus, einen Dealer und alten Freund von Pablo. Ich begann zu vermuten, daß diese vielen Zufälle keine Zufälle waren, aber am Ende verwarf ich die Hypothese doch wieder. Schließlich gab es genügend Hinweise darauf, daß einige meiner besten Kontakte auch zu seinen Klienten gehören könnten. Das mußte die Erklärung für die Zufälle sein.

Eines Tages dann erzählte mir Pablito von Remi, diesem alten Zuhälter.

Im Vergleich zu ihm wirkte Jimmy wie die Ordensvorsteherin der Mercedarierinnen mit Haube und allem, was mich allerdings nicht daran hinderte, mit Remi eine lange und einträgliche Geschäftsbeziehung einzugehen. Das erste Mal beschaffte er mir ein Paar wirklich guter und wirklich hübscher, aber auch teurer Typen. Mit denen genoß ich es außerordentlich. Dann beschaffte er mir einen, den bislang ältesten, wenn auch nicht viel älter als ich, der mich höflich über das, was auch er als extravagante Leidenschaft betrachtete, ausfragte. Was hast du nun von all dem, so fragte er wörtlich.

Das hatte ich mich schon viele Male gefragt, und ich würde mir die Frage noch häufiger stellen, im Verlauf all der dunklen und fieberhaften Nächte, die auf jene erste Nacht folgten: Was hatte ich von all dem, was verschafften sie mir außer einem Gefühl der Sättigung?

Sicherheit.

Das Recht zu sagen, wie, wann, wo, wieviel und mit wem.

Auf der anderen Seite der Straße zu sein, auf der Seite der Starken.

Das Trugbild meiner Reife.

Es gab andere Wege, intuitiv erkannte ich viele andere Wege, weniger überspannte, weniger intensive, weniger erschöpfende Wege, um an denselben Ort zu gelangen, aber keiner war so bequem für mich, denn ich wußte nicht einmal genau, bis wohin ich eigentlich gelangen wollte. Zufällig war ich auf sie gestoßen und hatte mich treiben lassen, so dachte ich, weiter nichts, ich könnte jeden Moment umkehren, ohne Trauma und Wehklagen, es war ein unschuldiger Zeitvertreib, nichts als ein unschuldiger Zeitvertreib, und ich fühlte mich gut, so erwachsen, so überlegen, so eins mit mir, während ich mit ihnen spielte …

Dennoch hatte ich Angst, immer stärkere Angst, nicht nur wegen des Geldes, das sich mit der Zeit noch zu einem ernsthaften Problem gestalten würde, wenn Inés' Konto erst einmal leer wäre, wenn das Geld, das Pablo jeden Monat auf dieses Konto überwies, erst einmal aufgebraucht wäre. Ich hatte ihn nie um Geld gebeten, ich wollte nicht mehr Geld als unbedingt notwendig, nur so viel, daß die Kosten für das Kind zur Hälfte gedeckt wären, aber er überwies mehr, weit mehr. Anfangs widerstand ich der Versuchung, es auszugeben, aber in jener Zeit weichten all meine guten Vorsätze allmählich auf, und das Geld war so greifbar nah … Am Ende gab ich alles aus, bis auf die letzte Pesete, und von diesem Moment an begann das Geld zu einem Problem zu werden, auch wenn es nie das größte Problem werden sollte …

Ich hatte Angst, Angst, die Situation nicht mehr im Griff zu haben, nicht rechtzeitig aufhören zu können. Zeitweise gelang es mir nicht einmal mehr, die Grenze zwischen Phantasie und Realität zu erkennen, derart bedrohten mich die Schatten einer schmutzigen und fremden Welt, der anzugehören ich nie für möglich gehalten hatte, die sich jetzt aber auf grausame Weise immer enger um mich schloß, von mir Besitz ergriff.

Ich hätte es tun sollen, ich merkte, daß ich es hätte tun sollen, aber ich konnte nicht von ihnen lassen. Ich konnte nicht, denn nichts kam ihnen gleich, keine Begierde war der vergleichbar, die sie in mir weckten, kein Fleisch war dem vergleichbar, das sie mir darboten, keine Lust war der vergleichbar, die sie mir verschafften. Sie waren das einzige, was ich hatte, jetzt, wo ich wieder ein arbeitsames, monotones Leben lebte, ein Leben voller grauer Tage, einer wie der andere, und sie, sie waren ein unschuldiger Zeitvertreib, sie waren das einzige, das ich besaß, und zugleich mein einziges Vergnügen.

Die Grenze, eine zusehends klarere Linie, faßbarer, wahrnehmbarer, war nahe, sehr nahe und machte mir Angst.

Damals dachte ich viel an Pablo, denn mit ihm war immer alles so einfach gewesen.

Ihre Augen leuchteten, und sie lachten über alles und jedes. Sie waren so hübsch, die beiden, und wirkten so jung, daß sie mich wieder an damals erinnerten, an jenen Frühlingsmorgen im Retiro-Park vor zwanzig Jahren. Mit den Nonnen waren wir in den Park gegangen, um uns den Zoo anzusehen. Ausflug nannten sie das, vier Stationen mit dem Autobus, und schon nannten sie es Ausflug. Aber im Vergleich zu dem üblichen Schultrott war ein solcher Tag ein wahres Fest. Die Käfige stanken, die wilden Tiere waren keineswegs wild, eher arme, gedemütigte und magere Viecher, deren Fell stumpf und von kahlen Stellen durchsetzt war. Fliegen umschwirrten ihre müden Köpfe. Der Elefant gehörte schon beinahe zur Familie, den hatte ich mein Leben lang angestarrt und seinem Wärter ein paar Peseten in die Hand gedrückt, damit er ihn weiterhin mit ein paar Stücken harten Brotes und den ewigen Erdnüssen denkbar schlecht ernährte. Ich war ehrlich betrübt, als der Arme in hohem Alter starb. Auch diese zoologische Katastrophe, die schon immer kurz vor dem endgültigen Verfall gestanden hatte, war schließlich eingegangen. Jedenfalls war der Zoo ganz hübsch, obwohl er stank und winzig klein war. Wir waren viel zu früh fertig. In einer Dreiviertelstunde hatten wir uns alles angesehen, und danach gaben sie uns frei. Die beiden saßen in der Sonne, auf einer Bank neben dem Teich. Wie ich sie beneidete. An jenem Morgen hätten sie eigentlich in der Vorlesung sitzen müssen, aber an der Universität zählte nicht einmal Schwänzen als Schwänzen. Wie gern wäre ich wie sie gewesen. Ich entfernte mich von der Gruppe und sagte Chelo Bescheid: Ich gehe zu meinem Bruder. Pablo hatte ein Buch bei sich. Er stieg auf die Bank. Marcelo warf mir eine Kußhand zu und machte mir ein Zeichen, ich sollte nicht näher herankommen. Also hockte ich mich auf den Boden und schaute ihnen zu. Pablo räusperte sich, verkündete mit lauter und deutlicher Stimme – *Les fleurs du mal* – und begann, auf Französisch zu deklamieren und zu brüllen. Dabei beschrieb er mit dem freien Arm weite Kreise, duckte sich zusammen und richtete sich wieder auf, ab und an verbarg er sein Gesicht an der Schulter, dramatische Geste seines tief empfundenen Schmerzes. Mich, seine einzige Zuschauerin, wies er mit theatralischen Gebärden zurecht. Nach und nach bildete sich ein kleiner Kreis um die beiden, acht oder zehn Personen. Einige waren verwirrt, andere lachten. Ich fiel in ihr Lachen ein, um ja nichts falsch zu machen, obwohl ich absolut nichts begriff. Marcelo hatte sich zu Pablo umgedreht und sah ihn bewundernd an. Er schien jedes Wort in sich aufzusaugen. Auf seinem Gesicht spiegelten sich nacheinander Leid, Freude, Panik, Traurigkeit, Unsicherheit, Angst und Verzweiflung ... Zunächst dachte ich, sie seien verrückt geworden, aber als sie dann anfingen, sich zu schütteln, und ihr Lachen nicht mehr unterdrücken konnten, wußte ich erst recht nicht, was ich davon halten sollte. Ihre Körper krümmten sich vor Lachanfällen. Schließlich brach Pablo seinen Vortrag jäh ab und verbeugte sich vor dem Publikum. Marcelo stieg zu ihm auf die Bank, zeigte mit dem Finger auf ihn und schrie: Genossen, das ist der Sozialismus! Beifall flammte auf, anhaltender Beifall. Ich weiß nicht, ob er tatsächlich ernst gemeint war. Von weitem vernahm ich die immer hysterischer klingende Stimme meiner Lehrerin: María Luisa Ruiz-Poveda y García de la Casa, kommen Sie sofort her! Ich beachtete sie nicht, ich gehorchte ihr nicht, ich schrie nur zurück: Ich gehe mit meinem großen Bruder nach Hause. Die beiden faßten mich an der Hand. Ein städtischer Aufsichtsbeamter lungerte in der Nähe herum. Diskret brachen wir auf und gingen schnurstracks durch das Gittertor. Sie nahmen mich auf einen Aperitif mit in ein Straßencafé, Coca-Cola und gegrillte Garnelen, ein überwältigender Luxus. In jenem Moment beschloß ich, meine Nachnamen an ihrem vornehmsten Teil zu verstümmeln, seitdem heiße ich Ruiz García, schlicht und einfach Ruiz García. Marcelo unterschrieb schon seit Jahren so, nur um zu provozieren, was er natürlich mit Leichtigkeit erreichte. Mein Vater wurde jedesmal fuchsteufelswild, wenn Marcelo unter diesem Namen am Telefon verlangt wurde oder ein Brief für ihn im Kasten war. Er war mächtig stolz darauf, daß die Nachnamen seiner Sprößlinge einen so aristokratischen Wohlklang besaßen. Dabei verdankten sie ihren edlen Anstrich einem zufälligen Zusammentreffen zweier rein plebejischer Linien. Mein Vater legte besonderen Wert auf das ›y‹, das sie miteinander verband. Er versuchte, den Trugschluß mit allen möglichen Mitteln zu nähren, so zum Beispiel durch die Beigabe diverser Taufnamen, die er für jedes seiner Kinder sorgsam auswählte, wobei das Wichtigste war, daß sie beeindruckend klangen. Ich besaß vier und zwar ganz besonders erlesene: María Luisa Aurora Eugenia Ruiz-Poveda y García de la Casa. Aber seit jenem Tag im Retiro-Park bin ich einfach Lulú Ruiz García. In Paris wurden Polizisten mit Pflastersteinen beworfen, die beiden begnügten sich damit, in einem öffentlichen Park Baudelaire zu deklamieren. Aber sie waren jung und schön, ihre Augen leuchteten, und sie lachten über alles und jedes.

»Was ist los mit dir?« Marcelos Stimme kam von weit her. Als ich mich jedoch umdrehte, wäre ich beinahe mit ihm zusammengestoßen. »Geht es dir immer noch nicht gut?«

»Doch, doch, natürlich geht's mir gut, ich habe kein Fieber mehr ...«, versicherte ich. Ich erholte mich gerade von einer langwierigen, schlecht auskurierten Grippe. Deshalb war ich auch nicht mit ihnen zum Essen ausgegangen. »Ich habe nur gerade einer uralten Geschichte nachgehangen. *Die Blumen des Bösen,* erinnert ihr euch noch an jenen Vormittag im Retiro-Park? Ich weiß nicht, warum, aber heute erinnert ihr mich sehr an damals. Ich bin sicher, ihr führt etwas im Schilde, und das macht euch jünger, ich weiß nicht, warum ...«

Sie lachten über meine Bemerkung und warfen einander vielsagende Blicke zu. Aber sie sagten nichts.

»Wollt ihr es mir nicht erzählen?«

»Nein.« Pablos Antwort wurde von dem Schrillen der Türklingel übertönt, einem ohrenbetäubenden Schrillen. Der Klingelzug hatte annähernd achtzig Jahre auf dem Buckel, und wie durch ein Wunder hatten wir ihn retten können.

Ich wußte nicht, daß wir Besuch erwarteten. Ein Haufen Leute kam herein.

Luis, ein alter und häßlicher Schulfreund der beiden, befand sich im vollen Prozeß der Entgiftung von den schweren sentimentalen Nachwirkungen einer Trennung, bei der ihm obendrein auch noch Hörner aufgesetzt worden waren. Er kam mit zwei Frauen. Die eine war klein, blond und üppig. Nach meinem Geschmack hatte sie zu ausgeprägte weibliche Formen; sein Traumtyp, von dem er nie genug bekommen konnte. Die andere, groß und knochig, hatte einen südamerikanischen Akzent. Sie kam mir etwas eigenartig vor, sie sah verdächtig nach einem Typen aus, obwohl der helle Ton ihrer Stimme diesen Eindruck Lügen strafte. Ich versuchte natürlich, ihr wirkliches Geschlecht herauszufinden, aber Pablo schien nicht bereit, überhaupt auf eine meiner Fragen einzugehen. Und Marcelo hatte wohl beschlossen, seinem Beispiel zu folgen.

Von Zeit zu Zeit blickte Luis Pablo fragend an.

Ich glaubte, seine Rolle richtig zu interpretieren. Offensichtlich, dachte ich, ist er gekommen, um ihnen zur Seite zu stehen, aber er weiß weder bei was noch wann er aktiv werden soll.

»Also gut«, sagte er schließlich. Möglicherweise war es seine Antwort auf ein Zeichen, das mir entgangen war. »Mit wem fangen wir an?«

»Bah, jetzt erzähl mir nicht, daß du immer noch daran denkst.« Marcelo blickte mich verstohlen aus den Augenwinkeln an. Ich täuschte mich nicht, er wollte mich neugierig machen. »Ich verzichte.«

»Auf was?« Natürlich biß ich an. Ich tat ihnen den Gefallen, bei all den Mühen, die sie sich gemacht hatten, indem sie Luis angeschleppt hatten und so weiter.

»Nichts, es ist der letzte Blödsinn«, antwortete mir Marcelo. »Der größte Quatsch, aber halb Madrid ist ganz verrückt danach …«

»Was ist es denn?« Nun fing ich an, neugierig zu werden. »Seit fast zwei Wochen bin ich wegen der Grippe nicht mehr ausgegangen.«

»Es ist ein Spiel.« Pablo grinste mich an. »Ein albernes Spiel, wie das mit dem Piraten mit dem Holzbein, der halben Zitrone und dem Hühnerhals, aber dafür warst du wohl noch zu klein, ich weiß nicht, ob du es jemals gespielt hast.«

»Aber klar doch, das habe ich oft gespielt.« Ich erinnerte mich noch sehr gut an den Schrecken. »Es war sehr lustig.«

»Wie spielt man das?« fragte jemand.

»Oh, das war so eine Art Initiationsspiel, ziemlich kompliziert«, erklärte ich. »Um es zu spielen, brauchte man mindestens drei Personen. In einem dunklen Zimmer wartete eine Person auf einem Stuhl. Die eine Hand hatte man ihr mit Plastilin vollgeschmiert, auf dem Kopf hatte sie eine halbe ausgequetschte Zitrone und zwischen den Beinen einen rohen, möglichst großen Hühnerhals. Und noch andere Sachen, die mir jetzt nicht mehr einfallen, ach doch, man brauchte noch einen Stock für die Beinprothese. Eine zweite Person wählte den Ahnungslosen aus, der gerade dran war, und erklärte ihm, er bringe ihn zu dem Piraten mit dem Holzbein. Man führte ihn in das dunkle Zimmer, faßte nach seiner Hand und strich mit ihr über die Plastilinmasse. Man erzählte ihm, es sei die lepröse Hand des Kapitäns, dann nahm man einen seiner Finger und stippte ihn blitzschnell in die halbe Zitrone. Dazu wurde erklärt, es sei die leere Augenhöhle, sein Auge habe der Freibeuter bei einer Schlacht verloren.«

»Wie ekelhaft!« kreischte die neue, zu weibliche Freundin von Luis.

»Und zum Schluß ließ man die Hand langsam über den vermeintlichen Piratenkörper streichen, damit das Opfer immer wußte, wo es entlangging, Magen, Bauch ... Ein bißchen tiefer legte man dann seine Hand um den Hühnerhals, den der andere genau richtig plaziert hatte. Ich schwöre euch, das Ding fühlte sich genauso, genauso wie ein echter Schwanz an, ein feuchtes Stück Fleisch, innen genauso von Nerven durchzogen.« Ich lachte, als ich an das Gelächter und Gekreische dachte, mit denen jede dieser Vorführungen ihren Höhepunkt erreicht hatte. »In diesem Moment machte eine weitere Person das Licht an, und all die Geheimnisse klärten sich auf, es war absolut komisch ...«

»Oh, das ist genial!« Der/die Südamerikaner/in war richtig begeistert. »Laßt uns das doch spielen, bitte! Erzählt mir nicht, ihr hättet keine Lust dazu ...«

»O ja, laßt uns spielen.« Eine höchst auffällige Dunkle, bleich und sehr schlank, die sich in eine dunkelviolette Lederjacke gehüllt hatte und mit Leuten gekommen war, die ich nur vom Sehen her kannte, schloß sich dem Drängen unserer zwitterhaften Besucherin an. Die anderen stimmten begeistert ein.

»Aber das ist doch der reinste Schwachsinn!« Marcelo wehrte die heftigen Bitten der anderen, die allmählich zu einem Volksgeschrei anschwollen, ab.

»Gut«, beharrte Luis. »Mit wem fangen wir an?«

»Clarita?« Pablo wandte sich an Luis' Freundin.

Ich funkelte ihn wütend an. Er fing meinen Blick auf und lächelte hinterlistig zurück. Er wird es nicht wagen, dachte ich, er wird sich nicht trauen.

»Gut, fangen wir mit Lulú an.« Er traute sich nicht. »Ich brauche fünf große Tücher.«

»Sechs«, korrigierte ihn Marcelo.

»Nein«, Pablo zog eine rote Plastikkugel aus seiner Hosentasche hervor. Sie war ein wenig kleiner als eine Billardkugel und auf ein schwarzes Band oder Gummi aufgezogen. Mein Bruder nickte bestätigend.

»Ich bringe die Tücher ...«

»Nein«, er hielt mich zurück. »Du kannst nicht hierbleiben, du mußt ins andere Zimmer gehen, ich habe dir schon gesagt, es ist ein ähnliches Spiel wie das mit dem Holzbein.«

Er faßte mich am Arm und führte mich durch den Flur. Aus der Kommodenschublade in meinem Zimmer nahm ich fünf Kopftücher, dann gingen wir wieder ein kurzes Stück zurück und betraten das, was ich als Gästezimmer zu bezeichnen pflegte, ein Schlafzimmer mit einem großen Bett, in dem normalerweise Inés' Babysitter schlief.

»Ich werde dir die Augen verbinden.« Pablo hielt alle Tücher gegen das Licht und wählte das dunkelste aus. Er rollte es auf, band es mir um die Augen und knotete es fest zu. »Siehst du etwas?«

»Nein.«

»Sicher?« fragte er noch einmal nach. »Es ist ganz wichtig, daß du nichts siehst, sonst bringt das Spiel keinen Spaß.«

»Ganz sicher«, antwortete ich, »ich kann nichts sehen.«

Einige Sekunden verstrichen, ohne daß einer von uns etwas sagte. Vermutlich bewegte er seine Hand vor mir, um sich von der Wirksamkeit der Binde zu überzeugen.

»In Ordnung, ich glaube dir, du siehst nichts. Leg dich auf den Rücken in die Mitte vom Bett ...«

»Warum?«

»Ich werde dich an den Eisenstangen festbinden.«

»Sag mal.« Allmählich fing das alles doch an, mich zu beunruhigen. »Was für ein Spielchen ist das eigentlich?«

»Wenn du möchtest, lassen wir es und machen es mit Clarita ...«

»Auf keinen Fall.« Ich legte mich in die Mitte des Bettes. »Kommt nicht in Frage, bind mich fest.«

Immer noch lachend nahm er mein rechtes Handgelenk und band es mit einem Tuch an einer der Stangen am Kopfende fest. Dann wiederholte er den Vorgang mit dem linken

Handgelenk. Die Fesseln waren fest, schnürten aber die Haut nicht ein. Sie taten mir nicht weh, ließen mir sogar noch einen gewissen Bewegungsspielraum, wenn ich mich auch nicht aus ihnen befreien konnte.

»Aber sei hinterher nicht böse auf mich.« Mein linker Knöchel war gerade fixiert worden. »Das Spiel ist nämlich der reinste Blödsinn, ernsthaft, du wirst enttäuscht sein ...«

Als er mit meinem rechten Bein fertig war, warf er sich neben mich und küßte mich. Diese Berührung fühlte sich seltsam an, denn ich konnte ihn weder sehen noch anfassen, und ich wußte auch nicht, wo er sich nun genau befand. Auf einmal zog er seinen Mund zurück, ich lag mit ausgestreckter Zunge da und versuchte, ihn zu erhaschen, traf aber nur die Luft. Er lachte und küßte mich wieder.

»Ich liebe dich, Lulú.«

Bei diesen Worten ahnte ich, daß ich geopfert werden sollte. Noch wußte ich nicht, wie, auch nicht, von wem, aber ich würde geopfert werden.

Ich erwiderte nichts. Es war nicht das erste Mal.

Er löste sich von mir, und ich hörte, wie er zur Tür ging. Bevor er das Zimmer verließ, stockte er und ermahnte mich noch ein letztes Mal.

»Werde nicht mißtrauisch, wenn es länger dauert, bis wir kommen ... Wir müssen jetzt eine Menge Dinge vorbereiten.«

Er verschwand. Dem Geräusch nach zu urteilen, zog er die Tür hinter sich zu.

Das ist das einzige, was noch nicht eingetreten ist, dachte ich. Alles andere war, mit kleinen Variationen hauptsächlich ökonomischer Art, in Erfüllung gegangen. Natürlich hat das Geld auch eine nicht abzustreitende lustvolle Komponente, und anfangs war es uns finanziell nicht so gut gegangen. Als dann mein Schwiegervater starb, wurden wir an den Gewinnen aus der Druckerei beteiligt, einem soliden Familienunternehmen. Aber das war niemals besonders wichtig gewesen, ich hatte mich in all den Jahren genug geliebt, genug verwöhnt und verzogen gefühlt.

Wir hatten nie Bedienstete gehabt, nur eine Putzfrau, eine alleinstehende Mutter zweier Kinder, die aus einem Dorf bei Guadalajara kam. Sie war ziemlich dumm und ziemlich häßlich, die Ärmste hatte genug an ihrem Päckchen zu tragen. Aber alles andere war früher oder später in Erfüllung gegangen.

Ich mußte mich erst an alles gewöhnen. Anfangs legte ich überall in der Wohnung kleine Fallen aus, hier ein Paket Tabak, dort ein Buch, und wenn ich am nächsten Morgen aufstand, lagen sie tatsächlich noch an derselben Stelle. Es grenzte an ein Wunder. Wenn ich den Kühlschrank öffnete, waren immer Eis und kaltes Bier da, niemand hatte es getrunken. Wenn ich mir ein Kleid kaufte, es zwei Wochen im Schrank hängen ließ und es dann anziehen wollte, mußte ich selbst noch das Etikett entfernen. Es war unglaublich, nach zwei Wochen hing das Etikett immer noch am Kleid. Und vor allem ein Zimmer für mich allein, zu verkünden – ich lerne jetzt – und mich in mein Zimmer einschließen zu können, ein ganzes Zimmer für mich allein, mein Gott, das war die größte meiner Glückseligkeiten. Ich konnte es einfach nicht glauben, und ich brauchte lange, um mich daran zu gewöhnen.

Die Intimität, ein so gänzlich neues Gefühl, erdrückte mich zunächst.

Pablo amüsierte sich über meine ständige Fassungslosigkeit. Er nährte sie sogar mit unzweideutigen, sehr individuellen Geschenken, mit Dingen, die nur in meinen Augen wundervoll waren: Füllfederhalter, Kämme, eine Spieldose mit Schloß, ein Wörterbuch Griechisch-Esperanto, ein Gummitampon, auf dem spiralförmig mein kompletter Name eingraviert war, eine Brille mit Fenstergläsern. Über die freute ich mich am meisten, gebraucht habe ich sie nie, aber ich hätte gern eine Brille getragen ... Die verschlungenen Mechanismen meiner Glückseligkeit hatte er nie wirklich begriffen. Er hatte nur eine einzige Schwester, und seine Eltern waren immer reich gewesen, sehr viel reicher als meine.

Er hatte niemals Sachen von jemandem geerbt, hatte immer allein geschlafen. Er hatte immer geglaubt, Kinder aus einer großen Familie hätten viel zu lachen und erlebten eine besonders glückliche Kindheit.

Im Alter von fünf Jahren, fünf Jahren nur, hörte ich auf zu existieren.

Mit fünf Jahren hörte ich auf, Lulú zu sein, und wurde zu Marisa. Der Name eines größeren Mädchens.

Mama kam mit den Zwillingen nach Hause, und alles war zu Ende.

Ich gewöhnte mir an, mit einem Korb voller Kram allein durch das Haus zu streifen. Niemand wollte mit mir spielen, niemand nahm mich in die Arme oder hatte Zeit, mit mir in den Park oder ins Kino zu gehen, ständig hieß es: Die Zwillinge machen so viel Arbeit.

Damals war es, als Marcelo sich meiner annahm.

Schon immer hatte er eine Schwäche für hoffnungslose Fälle besessen. Niemals würde ich es ihm genug danken können, niemals.

Seine Liebe, eine bedingungslose und freiwillige Liebe, war der einzige Halt, auf den ich im Laufe meines so atypischen Heranwachsens bauen konnte. Zwischen meinem fünften und zwanzigsten Lebensjahr, in jenem schrecklich grauen Leben, hatte ich nur ihn. Bis dann Pablo zurückkehrte und mit ihm seine Großherzigkeit, mit der er mir all die verlorenen Freuden, jene Kindheit, um die man mich auf so plötzliche und ungerechte Weise gebracht hatte, zurückgab.

Er hat mich nie hintergangen.

Er hat mich nie hintergangen, dachte ich, das ist das einzige, was nicht eingetreten ist, alles andere hat sich erfüllt ...

Und dann kamen sie zurück.

Ich wußte weder wieviele noch wer sie waren. Offenbar gingen sie barfuß. Das Klappern einer Schere, die jemand auf- und zuklappte, schnipp, schnapp, schnipp, überdeckte alle anderen Geräusche. Und die Geräusche waren ja das einzige, woran ich mich hätte orientieren können.

Ich fühlte, wie jemand sich neben mich auf das Bett fallen ließ. Mir wurde eine Zigarette in den Mund gesteckt.

»Willst du rauchen?« Es war Pablo. »Gleich wird es nicht mehr gehen ...«

Ich schnappte mit den Lippen nach dem Filter und genoß gierig die Gnade, die man mir gewährte. Als ich fast aufgeraucht hatte, wurde mir der Stummel aus dem Mund genommen, und gleich darauf spürte ich einen seltsamen Druck hinter meinem linken Ohr.

Das, was meine Zunge als eine glatte, ebenmäßige Kugel wahrnehmen konnte, auch wenn es ihr nicht gelang, irgendeinen Geschmack auszumachen, füllte nun meinen Mund ganz aus. Finger strichen über mein rechtes Ohr, um etwas an ihm zu befestigen. Die Kugel steckte fest in meinem Mund, und über meine beiden Wangen spannten sich zwei Fäden oder Schnüre.

Sogar mit verbundenen Augen war es für mich nicht schwierig, mir die Beschaffenheit meines Knebels vorzustellen.

Die rote Plastikkugel, die ich zuvor kurz in Pablos Hand gesehen hatte, mußte zwei Löcher haben. Da hindurch war ein doppeltes Gummiband gefädelt, sicher ein bezogenes Gummi, wie man es für die Haare benutzt, denn es zwickte nicht auf der Haut. Das Gummi war hinter meinen Ohren befestigt, damit es über dem Mund straff anlag. Ein ziemlich schlichtes, aber wirkungsvolles Machwerk. Ich konnte nicht einen Laut mehr von mir geben.

Gleich darauf vernahm ich wieder, direkt neben mir, das Geräusch der Schere, die auf- und zuschnappte. Am Fußende zog mir jemand die Strümpfe aus und streichelte meine Zehen, was unerträglich kitzelte. Dann spürte ich etwas unangenehm Kaltes unter dem Ärmel meiner Bluse. Schnipp, schnapp, schnipp, die Schere zerschlitzte mit einem Schnitt den Stoff und den Träger des Büstenhalters. Dann, ich vermute, es war Pablo, denn der Druck gegen meine Hüfte war die ganze Zeit über gleich stark geblieben, beugte sich jemand über mich und wiederholte dasselbe auf der anderen Seite. Anschließend glitt die Schere zwischen meine Brüste und schnitt kurzerhand den Büstenhalter in der Mitte durch.

Nun war ich mir sicher, daß es Pablo war. Ihn begeisterte es, mir die Kleidung zu zerreißen. Manchmal war ich darüber sogar ernsthaft böse geworden, denn manche Kleidungsstücke hielten nicht einmal zwei Stunden lang, vor allem Blusen und T-Shirts. Erst suchte ich sie sorgfältig aus, brachte einen Haufen Zeit im Geschäft zu, zögerte lange, betrachtete mich kritisch im Spiegel, und dann kam ich nicht einmal dazu, sie auszuführen. Mein Verbrauch an Slips nahm innerhalb weniger Monate skandalöse Formen an – du ruinierst uns noch, beklagte ich mich, du machst dir keine Vorstellung, wieviel Geld uns diese Manie von dir kostet – er lachte nur – dann trag keine, antwortete er, wenigstens zu Hause, da sind sie vollkommen überflüssig. Ich ließ mich darauf ein, wie immer. Unter dem Rock hatte ich nichts an, Hosen trug ich fast nie, die mochte er nicht. Aber so richtig konnte ich mich nie daran gewöhnen, und wenn Besuch kam, wie in jener Nacht, rannte ich schnell ins Badezimmer. An allen möglichen Stellen in der Wohnung hatte ich strategisch meine Wäsche verteilt, obwohl ich fast immer halbnackt herumlief. Auch das war wahr geworden. Jetzt, in dieser Situation, in der jeder, um die Zerstörung auf ein Minimum zu begrenzen, mir einfach den Büstenhalter aufgehakt hätte, kappte er ihn mit einem Schnitt und entblößte mich in Sekundenschnelle.

Dann rutschte er ein Stück vor.

Meine Füße wurden losgelassen.

Niemand sprach oder gab auch nur einen Laut von sich, anhand dessen ich die Person hätte identifizieren können. Ich wußte weder wieviele noch wer sie waren, aber intuitiv ahnte ich, daß mein Bruder unter ihnen war, und diese Vorstellung behagte mir ganz und gar nicht. Ich hatte nie gewußt, bis zu welchem Grad Marcelo die Details meiner Geschichte mit Pablo kannte. Mir wäre es lieber gewesen, wenn alles so geblieben wäre, wie es war, aber in jener Nacht fühlte ich, daß er auch dabei war und mich betrachtete.

Die riesige versilberte Schnalle meines Gürtels, ein schwarzer Wildledergürtel, der so breit war, daß er einen guten Teil meines Magens bedeckte, wurde auf konventionelle Weise geöffnet.

Die Schere glitt über meinen Nabel, unter den Rock und wanderte weiter nach unten, schnipp, schnapp, schnipp, bis der Stoff genau in der Mitte durchgeschnitten war. Jemand, der sich zu meinen Füßen befand, zog den Rock herunter, ich spürte, wie er blitzschnell unter meinen Nieren entlangglitt.

Ich dachte, er würde seine Arbeit wie gewöhnlich mit den Händen vollenden, aber auch jetzt benutzte er die Schere. Anschließend wurde der Gürtel wieder zugeschnallt.

Danach befand ich mich allein auf dem Bett. Einige Sekunden lang passierte nichts. Ich versuchte, mir vorzustellen, wie ich wohl aussah, festgebunden am Kopf- und Fußende des Bettes, die Beine weit gespreizt, die Augen mit einem schwarzen Tuch verbunden, der Mund mit irgendeinem Machwerk geknebelt, das sich zunehmend schmerzhafter bemerkbar machte und dessen Gummibänder sich in meine Wangen einkerbten und meine Ohren zum Glühen brachten. Ich fühlte mich äußerst unbehaglich und mehr als beschämt über mein blindes Vertrauen.

Ich war in eine plumpe Falle gegangen, was in meinem Alter wirklich kindisch war. Ich schien nicht lernfähig zu sein, vielleicht würde ich es niemals sein. Auch wenn mir dieser Punkt normalerweise nicht sehr zu schaffen machte, fühlte ich mich in jener Nacht schlecht, vielleicht wegen der Anwesenheit meines Bruders.

Mit etwas in der Art hätte ich seit vielen Jahren rechnen müssen, denn Pablo ließ seine Ideen niemals bei bloßen Ideen stehen, aber schließlich und endlich war er seit dem ersten Mal, seit der Nacht in Moreto, nie wieder auf die Sache zu sprechen gekommen.

»Gefällt sie dir?« In seinem Tonfall schwang eine gewisse Befriedigung mit, die mir nur allzu bekannt vorkam. In Momenten wie diesem zeigte er immer seinen Stolz auf mich.

Sein Partner erwiderte nichts.

Die Spitze eines der Scherenflügel begann auf meinem Dekolleté spiralförmige Arabesken zu zeichnen. An einem bestimmten Punkt hielt sie an, und die Bewegungen, die jemand mit dem anderen Scherenflügel ausführte, zogen immer größer werdende Kreise auf meinem Bauch, wie mit einem Zirkel.

Ich versuchte, vollkommen still zu liegen.

Ich war ruhig, weil ich wußte, daß sie mir nicht weh tun würden, aber die Reize des spitzen Metalls auf meiner Haut zeitigten eine beunruhigende Wirkung. Die Schere glitt über meinen Körper, streichelte meinen Hals, tanzte über meine Brüste, fuhr über meinen Bauch, zwickte sogar in meine Haut. Abwartend lag ich da, angespannt, gefangen von ihren gefährlichen Zärtlichkeiten und in der Erwartung eines unerwünschten Ausgangs, zu dem es niemals kommen würde.

Auf einmal hörten diese kalten Berührungen auf. Nun würde ich mich nicht mehr unter ihren spitzen Drohungen zusammenziehen, vielleicht soll es nichts weiter sein als eine simple Ablenkung, dachte ich.

Dann ließ jemand seine Hand auf mich fallen. Ich fragte mich, zu wem sie wohl gehörte, wer wohl diese Hand führte, die nach einem ersten leichten Klaps begann, meine Haut auseinanderzuziehen, zu massieren, mich fest um die Taille zu packen, meine Brüste gegeneinander zu pressen, in meinen Nabel zu tauchen, über meine Schenkel zu gleiten, Finger in den Spalt meines Geschlechts zu bohren und danach fest dagegen zu pressen. Dann nahm ich noch eine, eine zweite Hand wahr, und eine dritte. Es mußten also zwei Personen sein. Ich glaubte sogar, noch eine vierte Hand zu spüren. Es war äußerst schwierig für mich, das herauszufinden, vor allem, weil das Bett sich mit Leuten füllte. Zu beiden

Seiten nahm ich ihre Nähe wahr. Die Matratze ächzte deutlich unter dem Gewicht. Lippen drückten sich auf meinen Hals, küßten ihn mehrmals, und gleichzeitig vertiefte sich eine andere Zunge in meine Achsel, ein Finger drang in mich ein, ein Arm schob sich um meine Taille, eine Hand streichelte meine rechte Hand, ein Bein legte sich auf mein Bein, ein Knie bohrte sich mir in die Hüfte.

Ich versuchte zu denken.

Eine Person war die Südamerikanerin, da war ich mir ganz sicher, eine andere Pablo, denn er hätte mich niemals anderen angeboten, ohne sich selbst an dem Spiel zu beteiligen. Und es mußte noch eine dritte Person dabeisein, ein zweiter Mann, denn ich glaubte, männliche Formen, rauhe und eckige Berührungen zu spüren. Oder die Südamerikanerin war doch ein Mann. Ich war verwirrt, und sie, wer sie auch immer waren, taten alles nur Erdenkliche, um mich noch mehr durcheinanderzubringen. Ihre Hände und Münder glitten mit rasender Geschwindigkeit über meinen Körper, jeden Augenblick waren sie woanders. Es war unmöglich, ihre Spuren zu verfolgen, zu raten, ob die Zunge, die jetzt an meinem gemarterten Ohr leckte, dieselbe war, die kurz zuvor noch zwischen meinen Beinen eingetaucht war. Es war mir unmöglich, die Streicheleien zu identifizieren, die kleinen Bisse. Ich konnte nicht herausfinden, wer sie waren. Etwas für einen Finger zu Dickes legte sich auf meine geschlossenen Lider, auf die Binde, drückte dann abwechselnd auf beide Augen. Ein Penis – ich vermochte es nur so allgemein zu bezeichnen; so, blind, mit gefesselten Händen, wie sollte ich da wissen, ob es ein prachtvoller Schwanz, ein männliches Glied in seiner Vollkommenheit oder nur ein runzliges, jämmerliches Ding war? Er ließ mich seine Eichel an einer Brust spüren, indem er sie zunächst umkreiste, und dann rhythmisch auf die Brustwarze klopfte und mich mit klebriger Flüssigkeit einrieb.

Und Marcelo sah all dem zu.

Eine Zeitlang versuchte ich, mich zurückzuhalten, mich nicht fallenzulassen, ruhig dazuliegen, kein Wohlgefallen zu bekunden, meinen Körper an die Matratze zu pressen und den Kopf gerade zu halten. Ich tat es für ihn, ich wollte nicht, daß er mich so sah, so hingegeben. Aber ich spürte, wie meine Haut begann, sich zu elektrisieren, die verschiedenen Etappen des Vorgangs waren mir nur allzu vertraut. Zunächst öffneten sich alle Poren, danach Hitze, eine Welle durchflutete meinen Bauch, um dann bis in den letzten Winkel meines Körpers zu fließen, ein unmotiviertes Kitzelgefühl in den Kniekehlen, auf den Innenseiten der Schenkel, um den Nabel herum, wie ein kribbelnder Ameisenhaufen, der die nahe bevorstehende Explosion einleitete, dann trieb mich eine nichtexistente innere Feder von ungeheurer Macht nach vorn, und das war der Anfang vom Ende, gegen den ich mich nun nicht mehr wehren konnte, meine Bewegungen reduzierten sich auf eine einzige, ich öffnete mich und wölbte den Körper, bis mir die Knochen weh taten, und diese Spannung hielt ich, während ich gleichzeitig meiner endgültigen Teilung entgegenschwang.

Meine Haut war wie elektrisiert, ich konnte nicht länger dagegen ankämpfen.

»Wenn du möchtest ...« Pablos Stimme, rauh und gebrochen, leitete eine neue Phase ein. Die Hände, alle Hände, und alle Münder ließen augenblicklich von mir ab. Kühle und feuchte Finger, herrlich auf der glühenden Haut, glitten unter eines meiner Ohren und befreiten es von dem schmerzenden Gummi. Die Fingernägel ragten nicht weit über die Fingerkuppen hinaus. Die Südamerikanerin hatte kurze Fingernägel, ich hatte sie mir vorher genau angesehen. Sie hatte schöne Hände, schmal und feingliedrig, die so gar nicht zu dem übrigen Körper paßten. Die Plastikkugel sprang aus meinem Mund, und das war so wohltuend, daß ich ein paarmal meinen Kiefer auf- und zuklappte, um meine untere Gesichtshälfte aus ihrer Erstarrung zu lösen. Ich fühlte mich verpflichtet, meiner Dankbarkeit Ausdruck zu verleihen.

»Danke …«

Jemand, der nicht Pablo war, denn er hätte niemals so darauf reagiert, unterdrückte ein Lachen. Der Klang kam mir entfernt vertraut vor, aber mir blieb keine Zeit, über die mögliche Herkunft nachzudenken, denn gleich darauf wurde mir wieder etwas in den Mund gestopft.

Ein fremdes männliches Geschlecht zwängte sich zwischen meine Lippen.

»Ich bin hier, neben dir.« Es handelte sich um eine absolut überflüssige Erklärung, denn ich wußte sehr wohl, daß es nicht sein Geschlecht war. Ich spürte seinen Atem neben meinem Gesicht, und ich spürte, wie eine seiner Hände sich zwischen meinen Nacken und das Kopfkissen schob, mich an den Haaren packte und meinen Kopf anhob. In gleichmäßigem Takt drückte er meinen Kopf gegen den Fleischkolben, der in meinen Mund hinein- und wieder herausschlüpfte. Ein anonymer Schwanz, unten sehr viel dicker als seiner, aber zur Eichel hin, die mir kürzer und schmaler vorkam, spitzer zulaufend.

Nach einer Weile, nachdem die Bewegungen meines unbekannten Gastes phasenweise unkontrollierter gewesen waren, merkte ich, wie Pablo sich aufrichtete und sich neben mich kniete.

Ich dachte, er wolle sich zu uns gesellen, aber er tat es nicht.

Er begann, an dem Tuch, das mein rechtes Handgelenk fixierte, herumzufingern, bis er es von der vergoldeten Eisenstange losgebunden hatte. Fast gleichzeitig banden andere Hände, die ich nicht mit absoluter Sicherheit als die meines derzeitigen Liebhabers ausmachen konnte, meine linke Hand los. Und dann zog der Unbekannte sein Geschlecht aus meinem Mund.

Jemand machte sich daran, die Fesseln an meinen Knöcheln zu lösen.

Jemand ergriff meine beiden Handgelenke und fesselte sie erneut, auf dem Rücken.

Nun hatte ich das Gefühl, daß es nur zwei waren, zwei Männer. Vielleicht schon von Anfang an. Das mit der Südamerikanerin war sicherlich nur eine Täuschung gewesen. Höchstwahrscheinlich waren es nur zwei Männer gewesen, von Anfang an. Jetzt aber, bei all den schnellen Bewegungen, wußte ich nicht mehr, wer Pablo war und wer der andere, ich hatte vollkommen die Orientierung verloren.

Jemand drehte mich um.

Jemand klammerte sich an meinem Gürtel fest und zog mich hoch, bis ich auf dem Bett kniete.

Jemand, der hinter mir war, drang in mich ein.

Jemand, der vor mir war, nahm meinen Kopf zwischen seine Hände, hielt ihn fest und steckte mir sein Geschlecht in den Mund. Es war Pablos Schwanz.

»Ich liebe dich …«

Das pflegte er mir immer in den entscheidenden Momenten zu sagen. Er beruhigte mich damit und stachelte meine Lust noch mehr an. Er wußte, daß seine Stimme meine letzten Zweifel und Gewissensbisse zerstreute.

Marcelo sah all dem zu. Vielleicht hatte er auch diese letzten Worte vernommen, aber nun war ich schon weit weg von ihm, weit weg von allem, hatte mich vollkommen fallenlassen, war kurz davor zu kommen.

»Laß mich heraus, Lulú.« Seine Bitte, ihn aus mir herauszulassen, hatte durchaus etwas Komisches, wo ich doch nicht einmal ohne fremde Hilfe meinen Mund von seinem Körper wegziehen konnte, meine Hände vollkommen unbeweglich waren und mein Körper genauso unbeweglich gehalten wurde von den wollüstigen Stößen, die mich durchbohrten.

»Jetzt bin ich an der Reihe …«

Sehr behutsam hob er meinen Kopf und legte ihn auf dem Bett ab, meine linke Wange berührte die Matratze. Wie von einer grausamen Intuition angetrieben, kam der Unbekannte aus mir heraus, genau in dem Moment, in dem mein Geschlecht anfing, zu beben, sich von selbst zu bewegen und meinem Willen nicht mehr zu gehorchen.

»Tut mir das jetzt nicht an.« Ich konnte meine eigene Stimme kaum hören, es war eher ein fast lautloses Flüstern. »Nicht jetzt ...«

»Aber, wie kannst du nur so verdorben sein, meine Liebe?« Lachen schwang in Pablos Worten mit. »Wenn du nicht einmal weißt, wer es ist ... Oder kannst du es dir jetzt denken?«

Ich verneinte, nein, ich wußte es nicht. Um die Wahrheit zu sagen, hatte ich keine Ahnung, wer es sein konnte, und es interessierte mich auch nicht, Hauptsache, jemand oder etwas drang endlich wieder in mich ein.

»Lulú, Lulú ... Was für eine Schande! Einer Szene wie dieser, der eigenen Ehefrau bei so was zuschauen zu müssen, das ist schon herbe Kost für einen ehrenhaften Mann ...«

Die beiden waren immer noch da, irgendwo, berührten mich aber nicht. Es kam mir wie eine Ewigkeit vor, nichts geschah mit mir. Ich wurde immer hysterischer, ich mußte eine Entscheidung treffen, etwas unternehmen. Und ich beschloß, es mir allein zu machen, unter großem Bedauern auf sie zu verzichten. Ich streckte meine Beine aus und versuchte, mich an der Matratze zu reiben. Meine hilflosen Versuche waren natürlich zu einem grandiosen Scheitern verurteilt, denn es kostete mich erhebliche Kraft, mit gefesselten Händen meine Bewegungen zu koordinieren. Schließlich aber gelang es mir, einen Rhythmus an dem Stoff zu finden, wenn es auch ziemlich schwierig war. Es nutzte mir nicht viel, das Ergebnis war ehrlich gesagt enttäuschend, mein Reiben verstärkte nur die quälende Begierde meines Geschlechts, anstatt sie zu stillen. Pablo sprach weiter, seine Worte erregten mich mehr als jedes Streicheln.

»Kurz und gut, du bist eine Nutte, meine Tochter, um meinetwillen brauchst du dich nicht zurückzuhalten, mach nur, reib dir weiter deine Möse an der Matratze, aber sag was, kommentier uns das Spiel, gefällt es dir? Was für eine bedauerliche Darbietung, Lulú! Und das vor den Augen unserer Gäste, alle sind sie hier und sehen dir zu. Was werden sie jetzt von uns denken! Aber mach nur weiter, mach dir meinetwegen keine Sorgen, ich werde mir das nicht mehr lange ansehen, ich gehe, ich verschwinde von hier. Wozu hier bleiben und mitansehen, wie die Ehre eines Mannes vernichtet wird ... Jetzt, und daran wirst du dich wohl noch erinnern, jetzt werde ich mich rächen.« Er beugte sich über mich und flüsterte mir ins Ohr, wobei sein Körper für mich unerreichbar blieb. Ich werde dich hier ein paar Tage einsperren, vielleicht werde ich dich auch wieder ans Bett fesseln, diesmal aber mit Klebeband, mal sehen, ob dir dann dein Hochmut vergeht ...«

»Bitte.« Ich drehte meinen Kopf in Richtung seiner Stimme und flehte, den Tränen nahe, ein letztes Mal. »Bitte, Pablo, bitte ...«

Da packten mich ein paar Hände gewaltsam an der Taille und drehten mich um. Finger tauchten wieder in meinen Körper und zogen mich schnell nach vorn. Als er endlich begann, mich zu durchbohren, sagte er mir wieder, daß er mich liebe. Er wiederholte es mehrmals, sehr leise, wie eine Litanei, während er mich geschickt meiner eigenen Vernichtung entgegenführte.

Aber sie hatten immer noch nicht genug.

Sie drangen abwechselnd in mich ein, in regelmäßigen Abständen, einer nach dem anderen, systematisch und geordnet. Der, der nicht Pablo war, faßte mich unter den Achseln und zwang mich aufzustehen. Ich bat ihn, mich festzuhalten. Meine Beine zitterten. Er tat es, er half mir dabei, ein paar Schritte zu gehen, und dann hörte ich Pablos Stimme, der mir befahl stehenzubleiben.

Er war der einzige, der in der ganzen Zeit gesprochen hatte. Der andere hatte nicht einen Mucks von sich gegeben. Ich konnte ihn immer noch nicht sehen, sah nichts, das Tuch war nach wie vor fest um meine Schläfen gebunden. Wenn meine Lust nicht so heftig gewesen wäre, wäre mein Kopf vor Schmerzen geplatzt.

Pablo stellte sich hinter mich und band mir die Hände los.

»Setz dich auf ihn.«

Seine Arme führten mich. Zuerst kniete ich mich auf etwas, was vermutlich die niedrige und uralte, mit dunklem Leder bezogene Chaiselongue war, die aus dem früheren Atelier meiner Schwiegermutter stammte. Der Unbekannte faßte mich um die Taille und setzte mich auf sich drauf. Mit der einen Hand hielt er sein Geschlecht, mit der anderen half er nach, es mir einzuführen. Dann fuhren beide Hände einmal über meinen Körper, blitzschnell, und anschließend widmeten sie sich meinem Hintern, erst massierten sie ihn leicht, dann spreizten sie ihn auseinander, um einen zweiten Eingang in mein Inneres freizulegen.

Na, dieses Fest heute nacht wird in einen gigantischen Höhepunkt münden, dachte ich, während ich wieder diese ruhige Selbstverständlichkeit bewunderte, mit der beide, Pablo und der andere, sich meinen Körper gleichberechtigt teilten, so, als seien sie es gewohnt, alles miteinander zu teilen.

Gleich darauf wurde ich ein zweites Mal penetriert.

Der Körper des Unbekannten spannte sich unter mir an. Mit seinen Händen veränderte er meine Stellung. Er zwang mich, mich auf ihn zu legen. Er nahm meine Arme und legte meine Hände auf die Rückenlehne, damit ich mich an ihr abstützen konnte. Dann lag er ganz ruhig. Erst da begann Pablo, sich zu bewegen, sehr langsam, aber zugleich sehr heftig. Mit seinen Stößen preßte er mich gegen den Körper des anderen Mannes und zog mich wieder von ihm weg. Seine Hände hielten mich fest an der Taille umklammert. Und während seine Stöße immer regelmäßiger wurden, er sich leichter und geschmeidiger in mir bewegte, spürte ich, daß mein anonymer Gast Anstalten machte, seine anfängliche passive Haltung aufzugeben. Auch er bewegte sich nun unter mir, kaum wahrnehmbar zuerst, dann deutlicher, wenn auch sanft, wobei er sich nahezu perfekt dem Rhythmus anpaßte, den Pablo von hinten vorgab. Ihre Geschlechter bewegten sich gleichzeitig in mir. Ich konnte beide deutlich in mir spüren. Die Spitzen ihrer Geschlechter berührten sich, streiften einander an der dünnen Membran, an der zarten Scheidewand, die so hauchdünn schien, daß sie bei jedem Stoß vibrierte und immer dünner wurde, immer dünner. Sie werden mich zerreißen, dachte ich, sie werden mich zerreißen und dann wirklich zusammenstoßen, der eine mit dem anderen. Ich sagte es mir immer wieder, ich hörte mich gern, sie werden mich zerreißen, eine aufregende Vorstellung, die empfindliche Membran für immer zerrissen, und dann ihr maßloses Entsetzen, wenn sie sich der Katastrophe bewußt würden, ihre äußersten Spitzen vereint, und mein Körper für immer ein einziger Hohlraum. Sie werden mich zerreißen, dachte ich noch, als ich ihnen ankündigte: Ich komme gleich. Normalerweise kündige ich das nicht an, aber da platzte die Bemerkung einfach aus mir heraus. Ich komme gleich. Ihre Bewegungen wurden intensiver, durchzuckten mich wie Blitze. Zunächst merkte ich nichts, doch dann spürte ich, wie der Körper des Unbekannten unter mir zitterte und sich krümmte. Er stöhnte, seine Zuckungen verlängerten meine eigenen. Eine Hand riß mir die Augenbinde ab. Ich machte meine Augen aber nicht auf, dazu war ich noch nicht imstande, nicht bis Pablo aufhörte, sich in mir zu bewegen, nicht bis sein Druck sich ganz aufgelöst hatte.

Danach blieben wir drei einen Moment lang regungslos und still liegen.

Vielleicht, dachte ich, wäre es am besten, die Augen nicht aufzumachen, mich mit geschlossenen Augen von ihm zu lösen, mich mit geschlossenen Augen umzudrehen und ins Bett zu gehen, mich in einer Ecke zusammenzukauern und abzuwarten.

Sicherlich wäre das am besten gewesen, aber ich konnte meine Neugier nicht länger bezähmen. Mühsam hob ich meinen Kopf, der bis dahin an seiner Schulter vergraben gewesen war, wartete noch einen Augenblick und sah ihm ins Gesicht.

Mein Bruder, dessen Gesichtszüge noch verzerrt waren von den letzten Spuren der Lust, lächelte mich an.

Dann beugte er sich zu mir und küßte mich leicht auf die Lippen. Es war das Zeichen, das er für die wichtigen Ereignisse reserviert hatte.

Ich schloß die Augen wieder.

Dann kümmerte sich Pablo um mich, das tat er immer.

Er brachte mich ins Bett, deckte mich zu, küßte mich, nahm Marcelo am Arm, und beide verließen das Zimmer. Er leistete Marcelo Gesellschaft, bis er ging, dann brachte er Inés, die aufgewacht war, ein Glas Wasser, kam zu mir, umarmte mich, wiegte mich in seinen Armen, tröstete mich, saß bei mir, bis ich einschlief.

Für Pablo war die Grenze zwischen Licht und Schatten sehr klar. Niemals vermischte er eine Sache mit der anderen, von jeder Sache nur eine Dosis. Das war die behagliche Gelassenheit unseres täglichen Lebens.

Mit ihm war es leicht gewesen, die Grenze zu überschreiten und heil und unversehrt wieder auf die andere Seite zurückzukommen. An der lockeren Leine war es einfach gewesen, solange er da war und mich hielt.

Ich brauchte hinterher nur die Augen zuzumachen. Er kümmerte sich um alles andere.

In diesem Augenblick war seine Stimme diejenige, die zu hören ich am wenigsten Lust hatte. Ich war schon versucht, einfach wieder aufzulegen, aber dann fiel mir ein, daß ich dieses Jahr nur sehr wenige Geschenke bekommen hatte.

»Marisa?«

»Ja, ich bin's.«

»Hallo, hier ist Remi.«

»Ich habe dich schon an der Stimme erkannt.«

»Ich habe dich letzte Woche mehrmals angerufen, aber du warst nie zu Hause ...«

»Stimmt. Montag hatte ich Geburtstag. Ich bin viel unterwegs gewesen.«

»Herzlichen Glückwunsch. Wie alt bist du denn geworden?«

»Achtundzwanzig ...«, log ich, aber dann schämte ich mich und verbesserte mich, »... plus drei, einunddreißig.«

»Oh, das ist ein schönes Alter.«

»Ja, sagt man zumindest.«

Er mußte mindestens fünfundvierzig sein.

»Also, ich rufe dich wegen einer Sache an ...«

»Tut mir leid, Alter, wirklich, ich sage es dir lieber gleich, ehe du weiterredest. Es hat keinen Zweck, ich habe absolut kein Geld. In der letzten Zeit kann ich mir keinen Luxus mehr erlauben.«

»Nein, darum geht es nicht ...«

»Nein?« Das verwirrte mich. Unsere Beziehung hatte sich von Anfang an ausschließlich auf eine einzige, sehr genau definierte Sache beschränkt.

»Nein. Diesmal rufe ich dich aus einem anderen Grund an, oder doch, eigentlich ist es etwas Ähnliches. Aber ganz ruhig, es wird dich nichts kosten ...«

»Ich verstehe dich nicht.«

»Also, ich habe da so einen ... speziellen Kunden, ein Typ aus Alicante. Der macht eine Menge Geld, verkauft Appartements an Rentner aus Deutschland und Belgien, verstehst du ...«

»Ja.«

»Gut, die Sache ist die, dieser Typ kommt ab und an im Winter nach Madrid, um eine Orgie zu veranstalten, verstehst du?«

»Verstehe.«

»Hör mal, wenn du sauer auf mich wirst, lassen wir es lieber bleiben.«

»Nein, nein, ich bin nicht sauer auf dich.« Ich merkte, daß meine letzte Antwort ein wenig zu grob ausgefallen war. »Erzähl weiter.«

»Okay. Die Sache ist die: Dem Typen ist alles recht, weißt du, und, also, er hat mich gebeten, ihm ein kleines Fest zu organisieren. Er möchte auch eine Frau dabei haben, und da habe ich gedacht, du hättest vielleicht Lust dazu. Die anderen kennst du alle, Manolo, Jesús und noch ein paar mehr. Denk mal darüber nach. Es ist übermorgen ...«

»Bei Encarna?«

»Einverstanden, wenn du möchtest, können wir es bei Encarna machen, ab halb zwei ...«

»So spät?«

»Ja, er hat vorher noch was zu tun, ein Essen mit den Kameraden vom Militär, oder was weiß ich, er hat sich nicht so genau darüber ausgelassen, und dann haben wir verabredet ...«

»Nein, weißt du, Remi, ernsthaft, ich möchte nicht.«

»Aber du bräuchtest es nicht mit ihm zu machen! Du nicht, er will nur zusehen. Er bringt sich selbst einen Knaben und eine Hure und alles mit ...«

»Das glaube ich nicht.«

»Ich schwöre dir, das stimmt. Warum sollte ich dich anlügen? Ich habe kein Interesse daran, es mir mit dir zu verscherzen, Mädchen, das weißt du doch.«

»Trotzdem. Ich will nicht, ich werde nicht kommen.«

»Na gut, mach, was du willst, aber wenn es stimmt, daß du in Geldschwierigkeiten bist – du könntest dabei Knete machen ...«

Zur Essenszeit war ich fast entschlossen hinzugehen, auch wenn ich an jenem Nachmittag einfach aufgelegt hatte, sobald er das mit dem Geld erwähnt hatte.

Anfangs fühlte ich mich hundeelend, war fürchterlich entsetzt, entsetzt über mich selbst. Ich fragte mich, welchen Eindruck ich wohl machte, daß Remi es wagen konnte, mir mit einem solchen Vorschlag zu kommen. Ich fühlte mich schlecht, sehr schlecht, elend, aber er blieb hartnäckig. Ein paar Stunden später rief er wieder an und traf mich an meinem schwächsten Punkt. Was macht dir das schon aus? Ist es nicht das gleiche, ob du nun auf der einen oder anderen Seite stehst? Ich hatte ihm einmal erzählt, daß ich mich am Anfang sehr dafür geschämt hatte, zu zahlen statt zu kassieren, dafür, daß ich mit einem Mann ins Bett ging. Daran erinnerte er mich, und, was noch schlimmer war, er nahm dabei den ehrlichen, aber unbeteiligten Tonfall eines älteren Bruders an, warf mir meine Wankelmütigkeit vor, die er auch als schlichte kindliche Vorurteile, als reine Naivität hätte bezeichnen können, wenn er dazu in der Lage gewesen wäre. Er formulierte das natürlich anders. Wenn du erst einmal da drin steckst, steckst du bis zum Schluß drin. Sieh doch auch einmal die nützlichen Seiten, Dummerchen, was macht dir das schon aus, du hast dasselbe schon unzählige Male gemacht, warum sollte es jetzt anders sein ...

Zur Essenszeit war ich fast entschlossen hinzugehen.

Die Grenze lockte mich, ihre Nähe war eine unwiderstehliche Versuchung für mich. Der Abgrund lockte mich, die Vorstellung, mich in die Tiefe zu stürzen und zu fallen, Dutzende, Hunderte, Tausende von Metern zu fallen, zu fallen, bis ich auf dem Grund aufprallte. Danach würde ich niemals wieder, in aller Ewigkeit nicht, denken müssen.

Später, als ich aus der Dusche kam, betrachtete ich mich ausführlich im Spiegel und stellte fest, daß ich anfing, dicker zu werden.

Ich hüllte mich in einen Bademantel, um mich nicht sehen zu müssen.

Die Zweifel kamen später, am Nachmittag, als ich überlegte, was ich zu dieser merkwürdigen Verabredung anziehen, welche Art von Kleidung ich auswählen sollte, etwas Schwarzes, Kurzes, Enges, Ausgeschnittenes oder ein schlichtes Kleid, passend zu einer ganz normalen Frau.

Ich war meinem Schicksal unendlich dankbar, daß Patricia sich angeboten hatte, Inés vom Kindergarten abzuholen und sie zu meinen Eltern zu bringen, wo sie über Nacht bleiben würde.

Ich hätte sie nicht gern gesehen.

Ich zweifelte.

Mein Schwanken war unheilvoll.

Er hatte mich nicht anhören wollen. Ich versuchte, es ihm zu erklären. Ich redete und redete, stundenlang sprach ich auf ihn ein. Aber meine Worte prallten an ihm ab wie Tennisbälle am Boden.

Er hatte mich nicht anhören wollen. Er hatte sich an die letzte meiner Zuckungen geklammert, mehr wollte er nicht wahrhaben. Er weigerte sich, mir zuzuhören, er weigerte sich zu verstehen. Es tut mir leid, sagte er, es tut mir sehr leid. Es war meine Idee, meine ganz allein. Seit Jahren schon spukte sie mir im Kopf herum, schließlich ist Marcelo mein bester Freund. Er hatte damit nichts zu tun, obwohl es nicht schwer war, ihn zu überreden. Wir beide glaubten, es habe keine große Bedeutung. Schließlich seid ihr aus dem Alter heraus, wo man sich von einer verhängnisvollen Leidenschaft hinreißen läßt. Wir haben nicht damit gerechnet, daß es dich so verletzen würde. Ich versichere dir, wenn ich das geahnt hätte, hätte ich rechtzeitig von der Idee abgelassen. Ich schwöre dir, es tut mir leid.

Ich versuchte, es ihm zu erklären. Ich versuchte es, ich redete und redete, stundenlang redete ich. In meinen Phantasien war der Inzest mit Marcelo nie vorgekommen, natürlich nicht. Ich hätte es auch nie für möglich gehalten, daß Marcelo sich nach einer solchen Sache so natürlich verhalten könnte. Keiner der beiden kam auch nur im entferntesten auf das Thema zu sprechen. Hier ist gar nichts passiert. Das las ich in ihren Gesichtern, in ihren Gesten, in der unerschütterlichen Natürlichkeit, mit der sie sich verhielten. Und es war viel passiert, sehr viel. Aber das war es nicht, das war es nicht allein.

Schon damals hatte ich angefangen, mich nach der Qualität der theoretischen Lektionen zu fragen, all der theoretischen Lektionen, angefangen bei der ersten. Ich hegte den schrecklichen Verdacht, daß Liebe und Sex nicht wie zwei vollkommen voneinander getrennte Dinge nebeneinander existieren konnten. Ich überzeugte mich selbst davon, daß es mit der Liebe noch mehr auf sich haben mußte.

Die Hälfte meines Lebens, nicht mehr und nicht weniger als die Hälfte meines Lebens, hatte sich ausschließlich um Pablo gedreht.

Niemals hatte ich jemand anderen geliebt.

Das erschreckte mich. Meine Begrenzung erschreckte mich.

Ich fühlte mich, als wäre all mein Tun, von dem Moment an, in dem ich morgens aus dem Bett sprang, bis in die Nacht hinein, wenn ich mich wieder schlafen legte, von vornherein von ihm vorbestimmt.

Das erdrückte mich. Seine Sicherheit erdrückte mich.

Folglich überzeugte ich mich davon, daß ich niemals, solange ich an seiner Seite lebte, erwachsen werden würde. Ich würde dreißig, fünfunddreißig, dann vierzig, dann fünfundvierzig, schließlich sogar sechsundsechzig werden, so alt wie meine Mutter, und doch würde ich nie erwachsen geworden sein. Immer würde ich ein kleines Mädchen bleiben, aber nicht ein schönes Mädchen von zwölf Jahren, so wie damals, als wir in dem riesigen und leeren Luftschloß lebten, in dem die Zeit stillstand, sondern ein armes Monster von sechsundsechzig Jahren, ein für alle Mal zur ewigen Kindheit verdammt.

Selbstmitleid ist eine harte Droge.

Deshalb ging ich.

Aber niemals konnte ich vergessen, daß ich vorher zumindest glücklich gewesen war.

Schließlich wählte ich ein schwarzes, kurzes, nicht übermäßig ausgeschnittenes, dafür sehr eng anliegendes Kleid aus einem elastischen Stoff, der sich wie ein Badeanzug an meinen Körper schmiegte.

Der Mascarastift, den ich in der rechten Hand hielt, glitt mir aus unerklärlichen Gründen aus den Fingern und hinterließ drei feine Tuschespuren auf meiner Wange.

Ich schnalzte mit der Zunge, um meinem Unmut über mich selbst Ausdruck zu verleihen. Dann tauchte ich den Zipfel eines Papiertuchs in Wasser und beseitigte die Bescherung.

Ich sah mich im Spiegel an.

Ich blickte in das Gesicht einer Frau mittleren Alters, alt, die angespannten Lippen von einem vertrauten Zug umrandet. Aber da war noch etwas anderes, zwei feine Linien, die Alter und Wissen verrieten, die Antithese zu dem einfachen, unkontrollierten Lachen. Sie verzerrte das Lächeln jener extravaganten unschuldigen Herumtreiberin, die ich einmal gewesen war, zu einer Grimasse.

Einige Sekunden lang heftete ich meinen Blick auf diese Frau.

Sie gefiel mir nicht.

Mein Schwanken war unheilvoll.

Ich drehte den Kaltwasserhahn auf und wusch mir das Gesicht mit Seife, schrubbte es gründlich mit einem

Schwamm, bis alles voller Schaum war und meine Haut zu spannen begann.

Ich fühlte mich sehr viel besser.

Ich brauchte etwas, das ich in den Händen halten konnte, irgendein Objekt, das imstande war, mir Gesellschaft zu leisten, mich zu stützen und mir Mut zu machen. Mit leeren Händen, so fühlte ich, konnte ich nicht zurückkehren.

Auf einmal fiel sie mir ein, eine orangefarbene, eingerissene Plastiktüte, der schon immer ein Henkel gefehlt hatte. Drinnen befanden sich fünf Teile aus Porzellan: zwei Arme, zwei Beine, ein Kopf und ein mit Wolle ausgestopfter Körper, das schmutzige Kleidchen und die weiße, winzig kleine, alte und nun schon vergilbte Mütze. Die zerbrochene Holländerpuppe, die Kameradin meiner ewigen Kindheit, die ich, als ich noch in der Wiege lag, von der mir unbekannten Großtante María Luisa geerbt hatte.

Seit zwanzig Jahren nahm ich mir vor, sie am nächsten Tag ganz bestimmt zur Puppenklinik in der Sevilla-Straße zu bringen. Ich hatte es nie getan.

Er würde es verstehen.

Es war immer noch sehr früh.

Am Kiosk an der Ecke kaufte ich ein Stadtmagazin und studierte den Veranstaltungskalender. Begierig suchte ich nach einer magischen Lösung.

In einem Programmkino in Villaverde Alto gab es *Das Wunder von Mailand,* aber Villaverde war zu weit weg.

Nirgendwo sonst konnte ich einen dieser alten, wundervollen Filme entdecken.

Dann entschied ich mich für Fuencarral, meine Lieblingsstraße, und sah mir eine Erstaufführung an, eine amerikanische Komödie. Es war ein alberner und banaler Quatsch mit einer hervorragenden Schauspielerin in der Nebenrolle. Sie spielte die Mutter des Helden.

Am Ende entschloß ich mich, den Schlüssel zu benutzen.

Die Wohnung lag im Dunkeln.

Zunächst tastete ich mich schüchtern vor. Wie einen Schild hielt ich mit beiden Händen die orangefarbene Plastiktüte fest umklammert. Nach und nach gewöhnten sich meine Augen an die Dunkelheit.

Die kleine holländische Invalidin legte ich in einer Ecke des Wohnzimmers ab, dann begann ich mit ungewohnter Geschicklichkeit, möglichen Hindernissen auszuweichen.

Ich war glücklich.

Vor dem Schlafzimmer blieb ich stehen, preßte das Ohr an die Tür und lauschte.

Dann zog ich mir die Schuhe aus, drückte vorsichtig die Klinke herunter und trat auf Zehenspitzen ein.

Ich brauchte einige Zeit, um mich zu vergewissern, daß es Pablo war, der dort allein in der Mitte des Bettes schlief.

Ich atmete einmal tief durch und lächelte.

Das entsprach zwar nicht meiner schönsten geheimen Hoffnung – niemand ist zu Hause, ich lege mich ins Bett und warte –, aber auch nicht der schlimmsten, nämlich zwei Personen unter den Laken vorzufinden.

Ich zog mich so leise wie möglich aus, suchte nach dem Hemd, das er sich gerade erst ausgezogen haben mußte, fand es über einen Stuhl geworfen, sah es an, befühlte es, beroch es, erkannte es wieder, zog es mir über und legte mich auf den Boden neben ihn, alles nach dem bestmöglichen Plan, den zu entwerfen ich in der Lage gewesen war, während jene beiden blödsinnigen Kalifornier auf der Leinwand sich endlos scheiden ließen und wieder versöhnten.

Die verlorene Tochter kehrt heim, wirft sich wie eine Hündin auf den Boden, bekennt sich öffentlich zu ihren Fehlern und fleht den Vater, diesen barmherzigen und gütigen Menschen, um Verzeihung an.

Es war kein genialer Plan, aber in Anbetracht der Eile und der widrigen Umstände auch nicht der schlechteste.

»Ich liebe dich«, flüsterte ich.

Das ist es, dachte ich, alles ist ganz einfach gewesen.

Der harte Boden kam mir unendlich bequem vor.

Ich schloß die Augen. Ich war sehr müde. Alles ist gutgegangen, wiederholte ich mir, jetzt werde ich schlafen können, stundenlang schlafen, und wenn wir aufwachen, wird er mich finden und verstehen, alles ist ganz einfach gewesen …

Dann hörte ich, wie ein Feuerzeug aufflammte, und anschließend seine kalte Stimme.

»Steh auf, Lulú, mach mir nichts vor.«

Erst wagte ich nicht, mich zu rühren. Ich blieb still liegen, verharrte zusammengerollt und zitternd auf dem Boden und redete mir ein, ich hätte nichts gehört, weil niemand etwas gesagt hatte. Aber er sagte es nochmals mit deutlicher Stimme.

»Dafür ist es reichlich spät, Lulú. Diesmal machst du mir nichts vor.«

Mit einem Ruck stand ich auf, zerrte mit beiden Händen an den Kragenenden des Hemdes und riß sie mit aller Kraft auseinander.

Ich zerrte mir das Kleid über den Kopf, zwängte meine Arme so gut es ging in die Ärmel und zog es an mir herunter. Dann flüchtete ich auf den Flur, streifte mir die Schuhe über und rannte los.

»Wohin willst du?«

Ich lief ins Wohnzimmer, schnappte meine Tasche und griff auch nach der orangefarbenen Tüte, aber da merkte ich, daß er mir gefolgt war. Bestimmt hatte er sie schon gesehen. Mir blieb keine Zeit mehr, sie zu verstecken.

Die alte kleine Holländerin würde mir nicht Gesellschaft leisten können an dem Ort, zu dem ich nun ging. Darum legte ich sie wieder auf den Tisch.

»Wohin willst du?«

Ich rannte los und knallte die Tür hinter mir zu, wie immer erfolglos.

Die Tür schlug ein paarmal heftig gegen den Rahmen, fiel aber nicht ins Schloß.

Encarna kannte ich seit vielen Jahren. Mit Pablo bin ich manchmal zu dem alten Stadthaus in der Roma-Straße gegangen, wo sie als junges Mädchen anständig angefangen hatte, und zwar mit einer Pension für die jungen Gehilfen der Stierkämpfer, für hagere, schmale Pikadores und kleinwüchsige und rundliche Banderilleros, die sich in dem Bewußtsein, sie könnte möglicherweise die letzte Frau in ihrem Leben sein, auf sie stürzten. Noch immer erinnerte sie sich mit Wehmut daran. Aber sie pflegte auch immer wieder zu sagen, daß sie, egal, ob sie nun vom Stier getroffen wurden oder selbst zustießen, eine Bande von Mistkerlen waren, die sich, oftmals ohne ihr die Miete zu zahlen, einfach aus dem Staub machten. Mit der Zeit wurde es zu einem Verlustgeschäft für sie. Ihrer Version nach war es reine Notwendigkeit, die sie dazu trieb, Zimmer für andere Arten von Gestoße zu vermieten.

Die Roma-Straße war ein ausgezeichneter Ort für eine Stierkampfpension, weniger allerdings für ein Stundenhotel. Vor allem nicht mehr, seitdem dieses Viertel, Salamanca, angefangen hatte, sich mit Yuppies zu füllen, den neuen Neureichen, die noch ungebildeter waren als ihre Vorgänger, unfähig, den Charme der alten Traditionen zu schätzen, wie beispielsweise Encarnas Hotel. So mußte sie es am Ende unter Preis an einen Regisseur verkaufen, der sie geschickt hinters Licht führte, indem er sie umgarnte und ihr frech den Hintern tätschelte. Von dem Erlös kaufte sie sich an einer Kreuzung bei der Espoz y Mina-Straße eine riesige Wohnung in einem alten herrschaftlichen Haus. Mit stolzer Stimme betonte sie: herrschaftlich. Sie holte ihre Nichte vom Dorf zu sich, die Friseuse war und einen Fernkurs für Inneneinrichtung absolviert hatte. Und sie stellte ein paar Mädchen ein, die weder sonderlich jung noch sonderlich hübsch waren, dafür aber rentabel. Wo wir nun einmal dabei sind, machen wir es auch ordentlich, pflegte sie zu sagen.

Wenn ich nicht zu mir nach Hause gehen konnte, griff ich auf Encarna zurück. Ich verstand mich ausgezeichnet mit ihr.

Ich nahm ein Taxi, weil ich keine Lust hatte, selbst zu fahren.

Ich drehte eine Runde um den Block. Ich ging langsam und versuchte, nicht zu denken, versuchte zu vergessen, daß ich abgewiesen worden war. Es herrschte ein buntes Treiben auf der Straße, in jener Freitagnacht waren viele Leute unterwegs.

Eine dürre, alte Hure mit blauen Flecken im Gesicht, deutlich nachgewachsenen grauen Strähnen im gefärbten Haar, Trägerhemd, einem für ihre traurigen Hängebrüste gnadenlosen Dekolleté in einem Blouson aus dünnem Plastik mit Formel-I-Abzeichen, klapperte vor Kälte und bettelte mich um eine Zigarette an.

Ich gab ihr eine und blickte ihr dabei ins Gesicht. Schnell machte ich kehrt.

Im Eingang traf ich die Nichte von Encarna, die sich gerade auf ein Glas mit ihrem Freund getroffen hatte. Er war ein ordentlicher Junge, der bei einem Optiker arbeitete und nicht den blassesten Schimmer hatte.

Die Hausbesitzerin legte vor dem laufenden Fernseher Patiencen. Als sie mich hereinkommen sah, deutete sie mit dem Kopf auf ein winzig kleines Zimmer am Ende des Flurs. Es war das Séparée; wir beide nannten es scherzhaft die Hochzeitssuite, das beste Zimmer im Hause.

Encarna verhielt sich seltsam, sie war nervös und wich mir aus. Ich erkundigte mich nach ihrer Arthrose, aber offensichtlich wollte sie nicht mit mir plaudern. Sie beantwortete meine überflüssigen, höflichen Fragen recht einsilbig und tat so, als interessiere sie der Film außerordentlich. Sie gab mir zu verstehen, daß ich spät dran war.

Was in dieser Nacht anlag, gefiel mir ganz und gar nicht, es hatte mir nie gefallen, erinnerte ich mich, es war mir von Anfang an verdächtig vorgekommen. Intuitiv ahnte ich etwas voraus, was mir nicht behagen würde. Aber nun konnte ich nicht mehr zurück. Nun gab es für mich keinen Ort mehr, an den ich zurückkehren konnte.

In dem hinteren Zimmer begrüßten mich drei meiner alten Bekannten stürmisch. Ich erwiderte ihre Begrüßung zurückhaltender.

»Wo ist Manolo?«

»Keine Ahnung ...« Jesús, ein kleiner, athletisch aussehender Junge, der mir nie sonderlich gefallen hatte, obwohl er dem Anschein nach großen Erfolg bei den Typen hatte, tat sehr erstaunt. »Soweit ich weiß, kommt er nicht ...«

»Remi hat mir gesagt, daß Manolo hier sein würde.« Seine Abwesenheit bestätigte nur meine dunkelsten Befürchtungen. »Wenn er nicht kommt, gehe ich ...«

»Komm schon, Marisa.« Derjenige, der sich jetzt in das Gespräch einschaltete, war einer meiner absoluten Favoriten. Er ähnelte Lester, diesem bezaubernden britischen Studenten aus guter Familie, der so vom Schicksal geschlagen war. Seinen wahren Namen kannte ich nicht, ich hatte ihn immer so genannt. »Was hat denn Manolo, was wir anderen nicht haben?«

»Ihm vertraue ich, euch nicht ...«

Manolo stand auf Frauen. Manolo stand auf mich. Ich bin nur wegen der Knete hier, sagte ich mir wiederholte Male, nur deshalb. Er war jung, wenn auch nicht übermäßig, hübsch, wenn auch nicht übermäßig, schlau, wenn auch nicht übermäßig. Aber er hatte etwas ganz Besonderes an sich, abgesehen davon, daß er einen Schwanz wie ein Hammer hatte. Wir hatten es ein paarmal zu Hause ohne Geld allein getrieben, und ich hatte eine besondere Zuneigung zu ihm gefaßt. Er mochte mich, und er beschützte mich, er gab mir Ratschläge, mit wem ich gehen und mit wem ich nicht gehen, was ich tun und was ich nicht tun sollte. Er würde mich nicht verraten, er nicht, das wußte ich genau. Aber den anderen konnte ich nicht trauen, ich traute ihnen nicht. Ich stand kurz davor, mich umzudrehen und zu verschwinden, aber der Gedanke, diese Nacht allein zu verbringen, war mir schier unerträglich.

In der Zwischenzeit hatten sie angefangen zu arbeiten.

Sie kannten mich sehr gut, und sie kannten ihr Geschäft.

Derjenige, der Lester so ähnelte, stellte sich hinter mich, schlang seine Arme um meinen Körper und begann, mich zu streicheln, mich mit den Handflächen zu massieren. Dabei sprach er laut zu mir, schob mir das Kleid hinten hoch und tat überrascht, als er meine nackte Haut entdeckte. Er drückte mich an sich, bohrte mir den Verschluß seiner Lederhose in den Hintern und stieß mich mit rhythmischen Bewegungen nach vorn. Manolo hatte mir mehrfach versichert, Lester sei durch und durch homosexuell, stehe nur auf Männer. Und in der Tat hatte er auch noch nie mit mir gevögelt, aber manchmal fiel es mir wirklich schwer, das zu glauben.

Sein Freund, der Juan Ramón hieß, machte ein ziemlich blödes Gesicht und schaute sich die Szene vergnügt an. Er hingegen vögelte alles, was ihm in den Weg kam.

Er kam auf uns zu, baute sich vor mir auf und umarmte mich. Seine Hände trafen sich mit denen seines Freundes, sein Mund begegnete dem, der sich über meiner Schulter befand, sein Geschlecht, eingehüllt in alte Jeans, die gleich zu platzen drohten, stieß gegen meines, seine Zärtlichkeiten umfingen uns beide.

Ich konnte nichts dagegen tun, daß meine Augen sich schlossen, mein Körper sich anspannte, meine Arme dagegen schlaff und träge herabhingen und mein Geschlecht anzuschwellen begann. Ich konnte nichts dagegen tun, und ich gab mir auch gar keine Mühe, es überhaupt zu versuchen. Mir war jetzt alles egal. Und sie waren wundervoll, das war das einzige, was unverändert geblieben war. Sie waren immer noch wundervoll, wenn sie mit mir spielten. Sie warfen sich meinen Körper gegenseitig zu wie einen großen Ball. Abwechselnd stießen sie mich vor und zurück. Sie wiegten mich zwischen sich, preßten mich an sich, machten mich heiß; eine simple, vordergründige Lust. Sie gefielen mir. Es gefiel mir, was sie miteinander machten und was sie mit mir machten. Sie küßten sich und sie küßten mich, sie faßten sich an und sie faßten mich an, sie saugten aneinander und sie saugten an mir. Ich genoß die Blicke, das Lächeln und die Worte, die sie untereinander austauschten, mehr als die Blicke, das Lächeln und die Worte, die an mich gerichtet waren. Aber das sagte ich nicht. Sie würden es nicht verstehen. Sie waren ziemlich dumm, die beiden, kleine Tierchen. Ihre Hände tauchten von Zeit zu Zeit unter mein Kleid, und die Berührung fühlte sich so ganz anders an als die anderer Männer. Es gab nichts Gewalttätiges, auch keine Begierde, mich zu erkunden, die behielten sie sich nur füreinander vor. Ihre sanften Finger blieben nicht auf mir ruhen, sie verteilten höchstens einmal nachlässige Klapse, armselige, geizige Zärtlichkeiten, aber schon das einfache Streifen ihrer Fingernägel elektrisierte meine Haut. Und ich streichelte ihre Köpfe, fuhr mit meinen Händen durch ihre Haare, ihr armen Kleinen, meine kleinen Kinderchen, was seid ihr nur für Glückspilze, welch unbegreiflicher Irrtum der Natur, der mich der Möglichkeit beraubt, mich mit euch unter gleichen Bedingungen zu messen, der mich zur einfachen Zuschauerin eurer unschuldigen Spiele verbannt. Mit mir wären es keine unschuldigen Spiele mehr. Aber da hilft nun nichts, meine armen Kleinen, was für ein Glück habt ihr doch gehabt, meine Geliebten.

Als sie mir das Kleid schon bis über die Brüste hochgeschoben hatten, zerrten beide gleichzeitig daran und zwangen mich, die Arme zu heben, damit sie es mir über den Kopf ziehen konnten. Dann verkündeten sie unter Gelächter, daß sie mich verkleiden würden.

Jesús, der mich noch nie angerührt hatte, sah uns von einer Ecke aus zu. Er war äußerst bizarr aufgemacht. Er sah aus wie ein Comic-Held, ein strahlender galaktischer Rächer, dunkel und gefährlich und zugleich dumm mit diesen gigantischen Schulterpolstern und der schwarzen Strumpfhose, die vorn und hinten offen war, eine von denen zum Knöpfen, Strumpfhosen zum Vögeln. Heute werden sie sogar in den allernormalsten Kurzwarengeschäften unter dem Vorwand verkauft, man bräuchte sie auf der Toilette nicht herunterzuziehen und bekäme also auch nicht so schnell Laufmaschen. Sein vollkommen enthaartes Geschlecht hing schlaff auf dem Lurexstoff, der sich wie eine zweite Haut um seine Schenkel spannte. Lächerlich, dachte ich, obwohl ich ihn in Wirklichkeit gern anschaute, er sah lächerlich aus, aber bald schon würde ich einen ähnlichen Eindruck machen.

Sie zogen mir schwarze, extrem hohe Stiefel an, die mir bis zur Hälfte der Schenkel reichten. Bis zum Knie waren sie eng, von da an weiter. Die Plateausohle war haarsträubend, und die Absätze waren die dünnsten und spitzesten, die ich jemals gesehen hatte.

»Auf denen kann ich nicht gehen«, gab ich zu bedenken. Sie lachten. »Ernsthaft, ihr kennt mich nicht, aber in denen breche ich mir alles, wirklich, in diesen Stiefeln werde ich mir alles brechen ...«

Die übrigen Accessoires waren zwar bequemer, aber ebenso haarsträubend. Ein mit silbernen Nieten verzierter Gürtel, an dem ebenfalls mit Nieten gespickte, einzeln zu verschließende Riemen hingen, wurde mehrfach um meine Hüften geschlungen, dazu kamen eine Art offener Büstenhalter, drei Lederstreifen, die meine Brüste in ein schwarzes Dreieck zwängten, ohne sie zu bedecken, und ein Hundehalsband aus Metallringen in meiner Größe.

Lester führte mich zu einem Spiegel. Ich betrachtete mich und gefiel mir, dieses Lederzeug stand mir gut. Ich fand mich hübsch und sagte es ihnen. Sie waren derselben Ansicht. Du siehst gut aus. Das hätten sie auch gesagt, wenn ich einen Kartoffelsack übergestülpt hätte. Aber es war angenehm zu hören. Dann faßten sie mich an den Armen und führten mich in den hinteren Raum, wo drei Gestalten, die auf einer Art Diwan mit billigen vergoldeten Holzverzierungen saßen, meine Ankunft jubelnd begrüßten.

Der in der Mitte war spindeldürr, kleinwüchsig und hatte eine Halbglatze. Der Fingernagel seines rechten kleinen Fingers war extrem lang, die anderen einfach nur schwarz. Er trug einen dieser albernen Schnurrbärte, eine extrem dünne Linie, die nicht einmal bis zu den Mundwinkeln reichte. Aus seiner Visage sprach unverkennbar das Laster. Er mußte der Immobilienspekulant aus Alicante sein.

Rechts von ihm ein Knabe. Eine Schönheit vom Lande, fünfzehn, höchstens sechzehn Jahre, mit rosigen Pausbakken. Er strich sich immer wieder zärtlich über die Kleidung. An einem Ärmel seines Sakkos, Kaschmirtuch, italienisches Design, riesige Schulterpolster, hing noch der Plastikstreifen des Etiketts.

Links von ihm ein junges Mädchen mit bleichen Wangen. Ihr linker Arm war von einem Rosenkranz aus kleinen blutigen Einstichen zerfurcht. Sie hatte nicht so viel Glück gehabt.

Dann war da noch ein massiger Hüne, der ganz nach einem Bodybuilder aussah. Ich kannte ihn nicht.

Und eine Frau von ungefähr fünfunddreißig Jahren, groß und kräftig, aber mit festem Fleisch. Und hübsch, trotz ihres vamphaften Make-ups: Ihre falschen Wimpern sahen aus wie gigantische Stiele, die Lippen waren granatfarben angemalt, und durch die Brustwarzen waren silberne Ringe gezogen.

Sie war es, die sich am meisten über mich freute.

Erst machte sie mir mit einem Finger ein Zeichen. Dann zog sie die Brauen hoch, verzog den Mund und schenkte mir ein grauenerregendes Lächeln.

Jemand hatte es mir viele Jahre zuvor einmal erzählt. Damals war es mir wie ein schlechter Scherz vorgekommen.

Nur die ersten zwanzig Schläge tun weh. Aber es ist die Wahrheit, die reine Wahrheit, nur die ersten zwanzig, dreißig Schläge tun weh, danach empfindet man nichts mehr.

Und trotzdem fühlte ich mich am Anfang gut, sehr gut. Um die Wahrheit zu sagen, vertraute ich darauf, daß es sich um reinen Fetischismus handelte: Leder, Eisen, Metallklammern und mehr nicht. Seinen ersten Äußerungen nach zu urteilen war der Immobilienspekulant aus Alicante ein ziemlich einfältiges Wesen, viel zu einfältig, um das, was hier geschah, noch weiter auszureizen. Darum blieb ich ruhig, als der unbekannte Hüne eine Kette an dem letzten Ring meines Halsbandes befestigte und eines der Kettenglieder an einem dicken Nagel befestigte, den er zuvor mit dem Hammer in die Wand geschlagen hatte.

Arme Encarna, dachte ich, die verschandeln dir dein Haus.

Ich war immer noch ruhig, und zugleich erregte mich die angespannte Atmosphäre, die sich im Zimmer ausbreitete, eine schwüle, zähe Begierde, die die Gesichter einiger der Anwesenden auf zwei große, gierige Augen reduzierte.

Der Bodybuilder übernahm die Rolle des Zeremonienmeisters.

Er packte Jesús am Arm, führte ihn in die Mitte des Zimmers und warf ihn zu Boden.

Juan Ramón schritt langsam auf Jesús zu und stellte ihm einen Fuß auf den Nacken, damit er nicht mehr aufstehen konnte. Ein reines Zugeständnis an die ikonographische Orthodoxie, dachte ich, denn das Opfer bekundete nicht das geringste Unbehagen.

Mit derselben angestrengten Bedächtigkeit, mit der eine Stripteasetänzerin ihre letzten Umdrehungen ausführt, streifte sich unterdessen jenes Ungeheuer einen langen Handschuh aus dickem Leder über, der mit kleinen spitzen Nieten verziert war und ihm bis zum Ellbogen reichte.

Dann lächelte er vor sich hin, schloß die Faust und betrachtete sie eine geraume Zeit, als müßte er sich konzentrieren, um die geballte Macht dieser mit metallischen Spitzen gespickten Kugel, die an eine schreckliche mittelalterliche Waffe erinnerte, richtig abzuschätzen. Dann wandte er sich zu dem am Boden liegenden Jesús, der den letzten Akt nicht mitbekommen hatte.

Ich ertappte mich dabei, wie ich lächelte und auf der Unterlippe kaute. Ich erschrak, veränderte unverzüglich meinen Gesichtsausdruck und versuchte, eine gelassene, neutrale Miene aufzusetzen, so als ginge mich all das nichts an. Aber diesen Ausdruck von Unerschütterlichkeit konnte ich nicht lange beibehalten.

Er tat es.

Niemals hätte ich es für möglich gehalten, daß ein so kleiner Körper solch eine Masse in sich aufnehmen könnte. Aber er tat es. Der Unterarm verschwand beinahe vollständig in dem kleinen Athleten, der nun aufschrie, sich krümmte und sich doch nicht rühren konnte, weil der Fuß ihm fast den Nacken zermalmte. Er tat es und nicht nur das, er begann, seinen Arm in dem engen Kanal auch noch zu bewegen. Lächelnd reagierte er auf die Schmerzensschreie, die er Jesús bei jeder neuen Bewegung entriß.

Er tat es. Aber er war nicht der einzige, der diese Darbietung zu genießen schien.

Lester näherte sich seinem Freund, Juan Ramón, preßte sich schmachtend gegen ihn und begann, ihn von hinten mit der rechten Hand zu streicheln, während er mit der linken geschickt das begehrte Geschlecht bloßlegte, seine Faust darum schloß und anfing, die feuchte Eichel mit der Kuppe des Daumens zu streicheln. Sehr schnell wurden seine Zärtlichkeiten erwidert. Ohne den Druck seines Fußes auch nur ein klein wenig zu vermindern, gelang es Juan Ramón, mit der linken Hand die Reihe von Ösen an der Lederhose meines Favoriten aufzumachen. Nachdem er dessen wundervoll festes Fleisch sanft gestreichelt hatte, steckte er ihm den Zeigefinger in den Hintern. Da hast du ihn, sagte er. Lester stöhnte auf und verzog sein Gesicht zu einer albernen Grimasse. Wie bezaubernd, dachte ich und stellte gleichzeitig fest, daß mein Geschlecht feucht wurde, mein Ich unwiderruflich zwischen meinen Schenkeln ausströmte. Dieser Vision hatte ich noch nie widerstehen können.

Der nagelneu eingekleidete Jüngling wirkte ebenfalls erregt. Er hatte sich nach vorn gebeugt, sein Mund stand halboffen. Er keuchte laut und ließ sich nicht ein einziges Detail entgehen. Auch sein Besitzer war nun geil geworden. Er küßte ihn, fummelte an ihm rum und zwang ihn, das gleiche mit ihm zu machen. Mit stockender Stimme redete er auf ihn ein. All das werde ich dir auch machen, haargenau so, wenn wir nach Alcoy zurückkommen; du machst mich verrückt; aber ich werde dich im Keller einsperren, und du wirst nie wieder das Tageslicht sehen, auch deine Mutter und deine Geschwister nicht; nur mich wirst du sehen, wenn ich herunterkomme und dich auspeitsche; ich werde auf deine Wunden pinkeln, ich werde dich nie wieder in den Arsch ficken, nie wieder, dafür werde ich andere, hübschere und jüngere als dich finden; und die werde ich nach Hause bringen; ich werde sie vor deinen Augen vögeln, du wirst nie wieder mit mir ficken, niemals wieder mit jemandem ficken, dafür nehme ich eine Eisenstange, mit der werde ich dich zerfetzen, die werde ich die ganze Nacht in dir steckenlassen; und ich werde dich dazu zwingen, daß du meinem Hund einen bläst; das wird das erste sein, was du jeden Morgen tust, wenn du aufwachst; du wirst schon sehen, da nützt dir kein Heulen und kein Bitten, du wirst mich auf Knien anflehen, dir zu essen zu geben, ich werde dich verhungern lassen, ich werde dich töten, ich werde dich mit einem noch viel schlimmeren Handschuh als diesem hier zerfetzen, alles, weil du mich so verrückt machst; all das werde ich mit dir machen, wenn wir nach Alcoy zurückkommen …

Die Frau mit den perforierten Brustwarzen war auf einen Sessel geklettert. Sie hatte ihre Beine über die Armlehnen gelegt, so daß die Füße in der Luft hingen. Sie masturbierte mit einem schwarzen, an der Spitze vergoldeten Metalltröster. Sie sah mich an, lächelte, sah dann die Junkie an und winkte sie zu sich heran. Die aber tat so, als verstehe sie nicht. Die Große sagte: Komm her. Schließlich erhob sich das junge Ding mit dem verletzten Arm und ging zu ihr. Die Stimme des Vamps lenkte für einen Augenblick alle Aufmerksamkeit auf sich. Sie zog sich ihr Spielzeug heraus und tippte es der linkischen und verschreckten Prostituierten an den Mund. Diese preßte ihre Lippen fest aufeinander, selbst dann noch, als das harte, feuchte Ende mit aller Macht gegen ihren Mund gestoßen wurde. Sie wird noch nicht allzu lange im Geschäft sein, dachte ich. Ich hatte Mitleid mit ihr, denn sie konnte die Situation nicht einschätzen. Dann packte sie der Vamp an den Haaren und riß sie hoch, indem sie mit geschlossener Faust brutal an dem Haarschopf zog. Das Mädchen jammerte, stieß einen entsetzten Schrei aus und machte den Mund auf. Der Tröster schob sich zwischen ihre Zähne. Und dann riß die Frau mit den perforierten Brustwarzen ihren Kopf heftig zu sich heran. Das Gesicht der Junkie konnte ich nun nicht mehr sehen, ich hörte nur die leisen Geräusche, die ihre Zunge an dem nackten Geschlecht der anderen Frau erzeugte. Die wiederum zog mit einer Hand ihre Schamlippen auseinander und mit der anderen führte sie das Mädchen, das ihr allem Anschein nach mit dem Instrument eine immer heftigere Lust verschaffte. Sie wand sich in ihrem Stuhl, stieß heisere Schreie aus und glich jetzt beinahe einem menschlichen Wesen.

Der Hüne wurde es allmählich müde, Jesús mit seinem behandschuhten Arm zu penetrieren. Blutdurchtränkt zog er ihn schließlich aus ihm heraus. Dann setzte er sich mit gekreuzten Beinen auf den Boden, direkt vor den Kopf seines Opfers, das, nun endlich von diesem Druck befreit, sich nicht rührte, sich nicht rühren konnte. Mühsam kroch er ein Stück zur Seite, er keuchte vor Erschöpfung. Aber dieselbe Hand, die ihn gerade noch penetriert hatte und nun wieder entblößt war, legte sich auf seinen Kopf und strich ihm übers Haar. Als antworte er auf ein vorher vereinbartes Zeichen, gelang es dem kleinen Mißhandelten, sich halbwegs aufzurichten. Er schlang seine Arme um den Hals seines Folterers, sah ihn mit feuchten, zärtlichen Augen an und küßte ihn ausführlich auf den Mund, um dann still die Lippen an den mächtigen Schwanz seines Schergen zu führen. Gewissenhaft fing er an, ihn mit der Zungenspitze zu lecken. Dann nahm er ihn ganz in seinen Mund, ohne auch nur den geringsten Widerwillen zu bekunden. Er sah glücklich aus. Ich begriff, daß er glücklich war, trotz des dünnen roten Rinnsals, das ihm langsam die Schenkel hinunterfloß.

Dann begannen sich die Dinge zu komplizieren. Alles entwickelte sich sehr schnell. Der Typ aus Alicante verlangte nach Juan Ramón und flüsterte ihm etwas ins Ohr. Als der nickte, küßte der Immobilienspekulant ihn auf den Mund und umarmte ihn mit unerwarteter Leidenschaft. Zwei neue Paare formierten sich.

Der Jüngling protestierte erst, sah seinen Beschützer mit weinerlichem Blick an und streckte mit pathetischer Geste eine Hand nach ihm aus. Aber das nützte ihm nicht viel. Juan Ramón schleppte ihn in eine Ecke, warf ihn bäuchlings auf einen Tisch und versetzte ihm ein paar Schläge. Wenn du nicht artig bist, wirst du mich noch kennenlernen, mein König. Das schien das kleine Lämmchen ruhigzustellen. Es lag regungslos da. Ich mußte mich anstrengen, um genau zu erkennen, was dann geschah. Sie waren ziemlich weit weg. Lesters Freund zog sich eine Art Plastikpräser über den Schwanz, mit Stacheln, die seinen an sich schon beachtlichen Umfang noch größer wirken ließen. Ohne vorherige Ankündigung spreizte er mit seinen Händen den Hintern des Jünglings auseinander und drang mit einem Stoß in ihn ein.

Der nackte Geschäftsmann hockte auf allen vieren auf dem Diwan, um die Folterung seines Favoriten genau verfolgen zu können. Meiner, Lester, kam von hinten an ihn heran. Sein aufgerichtetes Geschlecht hielt er locker in der Hand. Mit gelangweilter Miene führte er es langsam, ohne irgendeine Schwierigkeit, in das riesige Loch ein, das er sich in dem alten, erschlafften Körper öffnete. Mit der anderen Hand packte er das winzige Glied seines Nutznießers – ein wenig attraktives Ding – und wichste es mit mechanischen Bewegungen und widerwilliger Miene.

Der Typ aus Alicante, der nicht sehen konnte, daß Lester mich angrinste und angeekelte Grimassen zog, während er ihn so gemächlich wie nur möglich fickte, schien den Mangel an Feurigkeit nicht im geringsten zu bemerken. Er starrte angestrengt auf die Szene, die sich vor seinen Augen abspielte. Sein Kleiner schrie und schlug um sich. Die schmerzhafte Wirkung der bestialischen Angriffe mit dieser schrecklichen Waffe war leicht zu erahnen angesichts des erbärmlichen Kalibers, das das arme Kind gewöhnlich in sich aufzunehmen hatte. Ab einem bestimmten Moment aber hörte das Opfer auf zu schreien und gab andere, neue Töne von sich, als sei der Schmerz auf einmal in Empfindungen ganz anderer Natur übergegangen. Es war offensichtlich, daß es ihm gefiel. Es erging ihm jetzt außerordentlich gut. Er stützte sich mit beiden Händen auf dem Glastisch ab, reckte sich leicht hoch und begann sich zu bewegen. Und wir alle konnten seinen steifen Schwanz durch das Glas sehen.

Da erschrak der Besitzer. Nun reicht es.

Ich grinste in mich hinein. Deine Befehle werden dir gar nichts nützen, dachte ich. Du wolltest wohl ganz schlau sein. Jetzt wirst du ihm nicht mehr genügen, er hat entdeckt, daß es noch Besseres gibt als dich, du Idiot.

Die Ereignisse gaben mir recht.

Lesters Maß an Gleichgültigkeit änderte sich schlagartig, als sein Freund, der noch nicht einmal sein Geschlecht entblößt hatte, sich ihm zuwandte, ihn mit einem Lächeln um die Lippen leicht zur Seite drehte und sich eine Stelle suchte, wo er seine Knie abstützen konnte. Dann drang er in ihn ein und liebkoste seine Brust. Der Typ aus Alicante mußte den einschneidenden Situationswechsel mitbekommen haben, denn nach dem glücklichen Gesichtsausdruck zu urteilen, war der Schwanz meines Favoriten zu Stein geworden und füllte nun wahrscheinlich den geräumigen Kanal voll und ganz aus. Das aber war wohl nicht mehr so entscheidend, denn sein Süßer, den er sich aus Alcoy mitgebracht hatte, weigerte sich, seinen Befehlen zu gehorchen und sich vor ihn hinzustellen. Vielmehr rutschte der Kleine auf Knien, mit offenem Mund, durch das Zimmer, um dann den Liebhaber des Liebhabers seines Liebhabers, dieses großherzige Wesen, das ihm ein für alle Male die Augen geöffnet hatte, demütig mit dem Mund zu befriedigen. Er leckte ihm die Eier und öffnete mit den Händen den Hintern, um seine Zunge in das Loch einzutauchen. Ohne sich umzudrehen, bekundete Juan Ramón sein Wohlgefallen mit einem Grunzen.

Mir erging es bestens, ausgezeichnet, aber dann stellte ich auf einmal fest, daß wir zu neunt waren und daß acht, alle außer mir, bereits in Aktion getreten waren.

Ich erschrak. Ich wurde mir zum ersten Mal meiner passiven Rolle bewußt und erahnte, daß ich möglicherweise als Hauptgericht für die Abendgesellschaft vorgesehen war.

Sie kam auf mich zu, faßte mich an den Handgelenken und preßte meine Hände um ihre perforierten Brüste. Dasselbe machte sie mit mir. Zunächst streichelte sie mich sanft, ihre Fingernägel fühlten sich äußerst angenehm an. Aber dann glitten ihre Hände schnell zu meinem Geschlecht hinunter, zogen an meinen Schamlippen, in die sie mich mit ihren spitzen Fingernägeln wiederholte Male kniff. Sie tat mir furchtbar weh, so daß ich, auch wenn ich ahnte, daß es alles nur noch schlimmer machen würde, eines meiner Beine gegen ihren Körper stieß und sie damit zu Boden warf. Dabei schrie ich so laut ich konnte, schrie gellend nach Encarna, ich glaubte immer noch, mit heiler Haut von hier flüchten zu können. Nie wieder, schwor ich mir, nie wieder. Aber es kam niemand, niemand. Die anderen Teilnehmer dieses Festes sahen kurz neugierig zu mir herüber, ohne auch nur die geringste Absicht zu zeigen, mir zu Hilfe zu kommen. Außer der Junkie, die mich mit Tränen in den Augen ansah. Sie versuchte es, aber man hielt sie sofort zurück. Uns beide wird die Dosis diese Nacht sehr teuer zu stehen kommen, dachte ich. Doch da erhob sich der Vamp vom Boden, sah mich lächelnd an und kniete sich vor mich hin. Sie brach die Absätze meiner Stiefel ab. Ich mußte mich mit beiden Händen an der Kette festklammern, um zu verhindern, daß der plötzliche Druck, der durch die jähe Verminderung meiner Größe ausgelöst wurde, mir den Hals brach. Es gelang mir, ein gewisses Gleichgewicht zu halten, indem ich mich auf die Zehenspitzen stellte und absolut stillhielt. Sie brach in Lachen aus und rammte mir die Faust in den Magen. Ich durfte mich nicht bewegen. Sie krallte ihre Fingernägel in mein Dekolleté und ritzte meine Haut von oben nach unten auf. Sie fügte mir lange, dicke Schrammen zu. Später dann nahm sie subtilere Instrumente zu Hilfe, wie zum Beispiel die kleinen silbernen Pinzetten, die sie an meinen Brustwarzen festklemmte. Beide Pinzetten waren durch eine Kette verbunden, an der sie mich brutal zu sich heranzog. Unweigerlich mußte sich mein Körper hinter meinen Brüsten herneigen. Ich hatte das Gefühl, daß sie immer länger wurden und jeden Moment abreißen würden. So vergnügte sie sich eine Weile mit mir, indem sie mich nur durch kleine Drehungen ihres Handgelenks hin- und herzog. Ich schwankte auf meinen haltlosen Füßen, meine Hände waren von den Metallringen der Kette aufgescheuert, meine Arme wurden immer kraftloser und die Muskeln immer schlaffer. Aber auch das langweilte sie. Sie gewährte mir ein paar Minuten Pause, bevor sie mit etwas weitermachte, das ich anfangs nicht genau erkennen konnte. Später, als sie sich damit auf die Handfläche schlug, sah ich, daß es sich um ein ziemlich gewöhnliches Objekt handelte, einen metallenen Schuhanzieher mit einem Griff aus Bambus. Mehr sah ich nicht. Sie drehte mich zur Wand um und leitete eine neue Phase ein. Und da war es, als mir jener schlechte alte Spruch einfiel, denn nur die ersten dreißig Schläge taten mir weh. Den ersten Hieb versetzte sie mir gegen die Waden, dann arbeitete sie sich nach und nach an meinen Schenkeln hinauf und konzentrierte sich auf das Stück oberhalb des Stiefelschafts. Entgegen meiner Erwartung verweilte sie kurze Zeit bei meinem Hintern, dann aber prasselte ein Stückchen höher, auf meine Nieren, eine entsetzliche Lawine von Schlägen hernieder. Der Schmerz wurde so unerträglich, daß ich später die Schläge auf meinem Rücken kaum noch spürte. Aber das war noch nicht genug. Sie drehte mich wieder zu sich um und wiederholte die Schläge in umgekehrter Richtung, diesmal ging es von oben nach unten. Zuerst peitschte sie wie wild meine Brüste. Ich merkte, daß es ihr außerordentlich gut gefiel. In dem Augenblick kam der Hüne zu uns und schlang einen Arm um meine Rippen. Er richtete mich auf, um ihr auf meinen Brüsten eine größere Angriffsfläche zu bieten. Sie klemmte die Pinzette von meiner linken Brustwarze ab und hieb dafür ihre Zähne hinein. Ich hatte geglaubt, mein Fleisch sei schon taub und unempfindlich, aber ich hatte mich geirrt. Ihre Bisse bewiesen mir nur, daß das Stadium der Bewußtlosigkeit, auf das ich sehnsüchtig hoffte, noch weit entfernt war. Die Schläge wurden heftiger. Schließlich hielt er mich an den Kniekehlen fest und befreite mich dadurch für kurze Zeit von dem schmerzhaften Zwang, die Kette mit meinen Händen festhalten zu müssen. Sie widmete sich nun den Innenseiten meiner Schenkel und näherte sich langsam meinem Geschlecht. Ich wartete darauf, und ich hoffte, endlich in Ohnmacht zu fallen. Aber ich spürte den Schlag des Schuhanziehers auf dem zuckenden, zitternden Fleisch nur allzu schmerzhaft. Ich konnte mich dem Schmerz nicht entziehen, ich mußte ihn voll und ganz aushalten, endlose Minuten, die mir wie Jahrhunderte vorkamen. Dabei tröstete ich mich mit dem Gedanken, daß dies nicht mehr sehr viel länger dauern konnte. Denn wenn mich die Schläge nicht töteten, würde ich spätestens in dem Moment, in dem er mich losließ und mich erneut meinem Schicksal überließ, keine Kraft mehr haben, die Kette auch nur eine halbe Stunde länger zu halten. Ich würde mir den Hals an diesem strammen Hundehalsband brechen.

Was für eine Vergeudung, dachte ich, so viel Glut, so viel Pathos an den Tod einer empfindungslosen Frau zu verschwenden. Eine Frau, die so unfähig ist, ihr tragisches Ende zu genießen.

Achtung!«

Sie kam gerade mit einem rotglühenden Haken, den sie an einer Herdplatte erhitzt hatte, auf mich zu und stockte nun jäh.

Wieder sagte ich mir, sozusagen um mich selbst zu vergewissern, es sei eine Täuschung, es könne nicht wahr sein, daß ich so viel Glück hätte. Aber Encarnas Stimme erklang nun ein zweites Mal hinter der Tür, und gleichzeitig hörte man, wie jemand aufgeregt mit den Fingerknöcheln gegen das Holz hämmerte.

»Achtung!«

Unten auf der Straße heulte eine Sirene auf.

Sie legte den Haken zurück auf die bereits ausgeschaltete Herdplatte, schnappte sich ihren Mantel, der auf einem Stuhl lag, warf ihn sich in größter Eile über und verschwand durch eine kleine, in einem Kleiderschrank verborgene Tür. Von dieser Tür wußte ich auch.

Encarna schrie zum dritten und letzten Mal.

»Achtung!«

Der Immobilienspekulant aus Alicante, der augenscheinlich nicht begriff, was vor sich ging, blieb auf dem Diwan sitzen. Das Kind lag endlich wieder in seinen Armen. Alle anderen rannten hastig hinter der Harpyie her.

Ich weinte. Ich konnte es noch immer nicht glauben. Eine Razzia, eine gesegnete Razzia. Die gesegnete Polizei hatte mir das Leben gerettet. Mein Leben lang hatte ich die Schultern eingezogen und war auf Zehenspitzen gegangen, wenn ich an einem Uniformierten vorbeigehen mußte, selbst wenn es nur ein Verkehrspolizist war. Und jetzt hatten diese Engel die gesegnete Idee gehabt, eine Razzia durchzuführen, genau in dieser Straße, genau in dieser Nacht, genau zu dieser Stunde. Und ich war mit heiler Haut davongekommen. Gesegnet seien sie, sagte ich mir immer wieder, gesegnet sei die Madrider Polizei, auf immer und ewig gesegnet.

Wir waren allein zurückgeblieben, die drei, die zu Anfang auf dem Diwan gesessen hatten, und ich. Sie blickten mich erwartungsvoll an. Das Mädchen weinte und kroch in sich zusammen. Jemand hatte ihr die Kleider zerrissen. Sie wirkte wie gelähmt, sie mußte doch endlich begreifen, aber sie schien nicht einmal in der Lage, sich auch nur zu rühren.

»Eine Razzia«, flüsterte ich.

Der Typ aus Alicante erhob sich, faßte seinen Freund an der Hand, und die beiden schlüpften in Windeseile durch die Tür, die auf den Flur hinausging. Sie machte Anstalten, hinter ihnen herzulaufen, aber ich hielt sie zurück.

»Nein, geh nicht da raus.«

Ich war so erschöpft, daß ich kaum meine Lippen bewegen konnte. Sie kam auf mich zu und hakte die Kette von dem Nagel ab. Zunächst konnte ich nicht einmal so etwas wie Erleichterung empfinden, ich war vollkommen steif. Es kostete mich unendliche Mühe, meine brennenden Hände von den Metallgliedern der Kette zu lösen. Dann ließ ich mich langsam an der Wand hinuntergleiten, bis ich auf dem Boden saß.

»Hör zu, das dritte Holzpaneel an diesem Schrank ist eine Tür. Drück sie kräftig ein, dahinter ist eine schmale Treppe. Geh dort hinauf, du kommst auf das Dach. Versteck dich da und warte, bis die Bullen die Tür aufmachen. Dann kletter die Feuerleiter hinunter, die führt zu einer kleinen Gasse, die in diese Straße mündet. Lauf ...«

»Komm mit mir!« Sie hatte meine Hand umklammert und sah mich mit einem Ausdruck unendlicher Dankbarkeit an.

»Nein, ich bleibe hier, ich bin sauber, mir können sie nichts anhaben.« Ich war so müde. »Aber du mußt jetzt sofort abhauen, los.«

Sie verschwand zu meiner Linken, und ich blieb allein zurück. Den Bitten und Schreien nach zu urteilen, die von Zeit zu Zeit von irgendwoher an meine Ohren drangen, wurde irgend jemandem eine ordentliche Tracht Prügel verabreicht.

Dann kam eine Gestalt durch die halb offenstehende Tür.

Mit geballter Faust und blutbefleckten Fingerknöcheln betrat Gus als erster das Zimmer.

Pablo folgte ihm, seine Hände waren wie immer unbefleckt.

Er hatte mich nie geschlagen.

In meinem ganzen Leben hatte er mich nie geschlagen, und ich hatte ihn auch nie weinen sehen.

Er schob zwei Finger unter das Halsband, hob mich hoch, lehnte mich gegen die Wand und schlug mir mit der rechten Hand ins Gesicht, erst mit der Handfläche, dann mit dem Handrücken. Zwei dicke Tränen liefen ihm über die Wangen.

»Hau ab.«

Gus, von all dem Heroin schon impotent und zum Eunuchen geworden, stand keuchend und pustend neben mir.

Er rührte sich nicht.

Pablo sah ihm ins Gesicht.

»Ich sagte, hau ab.«

Gus warf ihm einen verächtlichen Blick zu, machte eine halbe Kehrtwendung und zog schlecht gelaunt ab.

Nun waren wir allein.

Und da schlug er mich wieder, immer mit der rechten Hand, erst mit der Handfläche, dann mit dem Handrücken. Mein Kopf flog von einer Seite zur anderen. Ich ließ ihn gewähren, ich dankte ihm für die Schläge, die mich in Stücke zerfetzten, die das Unheil verscheuchten, die das Gesicht jener alten, fremden Frau, das mir vor kaum ein paar Stunden aus dem Spiegel entgegengeblickt hatte, verunstalteten und meine Haut regenerierten. Meine Haut, die mit jeder Ohrfeige wieder weich und glatt nachwuchs. Die habe ich verdient, dachte ich, die habe ich mir eigenhändig verdient.

Mit immer noch feuchten Augen schob er mich ein Stück von sich weg, um mich anzusehen. Seine Augen wanderten über meinen Körper. Er umarmte mich, drückte mich heftig an sich, seine Finger fuhren behutsam die Furchen an meinem Rücken entlang, seine Zunge leckte das Blut ab, das von meinen Lippen tropfte, das Blut, das seine eigenen Schläge zum Sprudeln gebracht hatten.

»Kannst du gehen?«

Ich schüttelte mühsam den Kopf.

Er hakte mich unter, führte mich zu einem Tisch, setzte mich darauf, zog mir die Stiefel aus und nahm meinen rechten Fuß in seine Hände. Er massierte die Fußsohle, knetete sie zwischen den Fingern.

»Du hast schreckliche Füße, viel zu groß ...«

Ich nickte mühsam.

Er nahm meine Hände und drehte die Handflächen nach außen. Das Fleisch war rot, es glänzte, leuchtende Spuren von Blut zwischen den schwärzlichen Striemen kaputter, abgestorbener Haut.

»Deine Hände dagegen haben mir immer gefallen.« Seine Augen funkelten vor Wut und Mitleid. »Was für ein Pech ...«

»Verzeih mir.«

Sein Blick war immer noch auf meine abgeschürften Handflächen gerichtet.

»Verzeih mir ...«

Endlich sah er auf und blickte mich an. Er zog seinen Mantel aus, legte ihn mir vorsichtig über und faßte mich um die Taille, als ich mich vom Tisch erhob.

»Gehen wir.«

Er ging vor mir durch den Flur auf die Wohnungstür zu. Ich versuchte, hinter ihm herzugehen, aber ich fühlte mich viel zu schwach, um seinem Tempo zu folgen.

Encarna lugte kurz aus der Zimmertür und schüttelte ihren Kopf mit einer Geste, die halb Bestürzung, halb Mißbilligung ausdrückte, um sich gleich darauf wieder zurückzuziehen.

»Halt mich.«

Er war fast schon an der Haustür angelangt und sah mich an.

»Halt mich, bitte, ich kann nicht weiter ...«

Er wandte sich um, nahm einen meiner Arme und legte ihn um seinen Hals, faßte mich fest um die Taille, und so schafften wir es bis zur Tür. Wir begannen, die Treppe hinunterzugehen, ganz langsam, er stützte mich bei jeder Stufe. Nach und nach gewann ich die Kontrolle über meine Beine wieder. Und ebenso wurde ich mir meines Scheiterns und seines Leids bewußter, sein Leid, das für ihn gleichbedeutend mit seinem eigenen Scheitern war. Ich kam mir unendlich dumm vor. Die Angst vor einer Zurückweisung schwebte bedrohlich über meinen Überbleibseln, und diese Drohung war tausendmal schmerzhafter als die Schläge jener Frau. Ich empfand Angst, Ekel und Erschöpfung, vor allem Angst. Schweigend gingen wir hinunter. Ich wagte nicht, ihn anzusehen, seine Worte dröhnten grausam in meinen Ohren, es gab keine Atempause, noch nicht.

»Eines Nachts rief mich Ely an. Er war besorgt, er wollte mit mir über dich sprechen. Da habe ich ihn zum Essen eingeladen.« Seine Augen waren starr geradeaus auf die rissigen Wände des Treppenhauses gerichtet, als erschienen auf dem schmutzigen, abgeblätterten Putz geheime und wertvolle, lebenswichtige Botschaften, die nur er entschlüsseln konnte. »Wir beide wissen, daß Lulú nicht gerade eine Dame ist, sagte er, aber sie treibt sich mit Leuten herum, die mir gar nicht gefallen. Ich habe Angst um sie. Da beschloß ich, noch einmal in dein Leben einzugreifen, trotz alledem und obwohl es mir nicht mehr zusteht. Ich tat es. Ich sprach mit Gus, der hatte dich auch mit wenig empfehlenswerten Typen rumlaufen sehen. Er brauchte Knete, er braucht immer Knete. Also gab ich ihm was und setzte ihn auf dich an. Nach und nach erfuhr ich dann alles ... Bleib stehen, wir ruhen uns kurz aus.«

Ich schüttelte den Kopf, ich wollte nicht stehenbleiben, ich wollte weiter, weiter bis zum Ende, es ein für alle Mal hinter mich bringen, und setzte meinen geschwollenen nackten Fuß auf die nächste Treppenstufe.

»Gut, wie du willst. Ich erfuhr also alles und erschrak ebenfalls. Darum bin ich hier. Wir hatten Encarna unterrichtet. Sie gab mir Bescheid. Aber sie wollte weder den Tag noch die Uhrzeit sagen. Aber heute nacht, als du so hastig aus der Wohnung gerannt bist, war mir klar, daß du bestimmt hierher gehen würdest. Ich setzte mich mit Gus in Verbindung. Wir hatten alles mehr oder weniger vorbereitet. Zuerst dachte ich, es dir niemals zu erzählen, aber jetzt glaube ich, daß es besser so ist. Gus hatte die Knarre und das Auto besorgt, und auch die Typen, die darin saßen. Es war nicht weiter schwer für ihn, noch zwei oder drei andere aufzutreiben, die dann auf der Straße ›Polizei‹ gebrüllt haben. Ich brauchte nur die Sirene zu kaufen. Die habe ich billig erstanden. Dieser Zigeuner, du weißt schon, der in Vara del Rey Schuhe verkauft, hat sie mir besorgt. Die Polizei ist auch im Preis inbegriffen, obwohl nicht auszuschließen ist, daß sie am Ende diese vier Würstchen festnehmen. Denen muß ich dann die Kaution und einen anständigen Rechtsanwalt bezahlen. Ich werde sie nicht hängenlassen ...«

Jetzt spürte ich, daß er mich ansah, mich mit festem, unerschütterlichem Blick ansah, aber ich konnte meine Augen nicht vom Boden lösen. Ich schwankte zwischen Wut und Dankbarkeit, zwischen Verzweiflung und Frieden, zwischen Stolz, der auf wundersame Weise zurückgekehrt war, und der letzten, endgültigen Unterwerfung. Ich liebte ihn, aber das wußte er ja, wußte es von Anfang an, ich hatte ihn immer geliebt.

»Sieh mich an, Lulú. Ich werde schon einen Weg finden, wie du dich revanchieren kannst, keine Sorge.«

Alles weitere erinnere ich als eine diffuse Verschmelzung von unzusammenhängenden Details als einen schrecklichen

Alptraum. Ich lief barfuß auf der Straße. Die Sonnenblumenkernverkäuferin an der Ecke sah uns mit gelangweilter Miene an. Mich überkam eine heftige Übelkeit, er hielt mich fest und legte mir seine Hand auf die Stirn. Ich erbrach mich über einem Blumenbeet. Der Mantel ging auf, so daß mein geschundenes Fleisch sichtbar wurde. Die Augen eines Alten, der sich ein Bett aus Zeitungspapier auf einer Bank bereitete, blitzten kurz in der Dunkelheit auf. Die Übelkeit quälte mich weiter. Er sprach nicht. Ich lag hingestreckt auf dem Rücksitz und versuchte noch einmal nach so vielen Jahren herauszufinden, wohin er mich brachte, wohin wir fuhren. Ich kämpfte verzweifelt gegen den selbstzerstörerischen Verdacht an, der rasend schnell in meinem verwirrten Kopf wuchs, zu einer furchtbaren Gewißheit wurde, zu einer schmutzigen Wahrheit, zu einer dieser unumstößlichen Tatsachen, die man nicht wahrhaben will. Ich kämpfte dagegen an. Ich versuchte eine andere, beruhigendere Erklärung für die schwindelerregenden Ereignisse dieser Nacht zu finden. Ich strengte mich an, einen Sinn zu suchen für den wahren Ursprung meiner Wunden, für Remis Beharrlichkeit, Manolos Abwesenheit, Encarnas Untätigkeit, für die Pünktlichkeit der falschen Razzia und das Blut, das Gus' Faust rotgefärbt hatte, und seine Tränen, die Tränen, die ich in seinen Augen gesehen hatte, die Tränen, die seine Stimme verzerrt hatten, eine so andere Stimme als die, die mich in derselben Nacht aus dem Haus geworfen hatte. Ich kämpfte gegen diese Gewißheit an, die sich als Verdacht tarnte, und fand doch keine andere Erklärung. Es gab keine andere Erklärung. Er war dort gewesen und hatte im Hintergrund die Fäden in der Hand gehabt. Das war sehr hart, unerträglich hart für die schwachen Kräfte eines kleinen Mädchens. Ich bin ein kleines Mädchen, schloß ich aus all dem, und morgen werde ich an alles denken, morgen, heute nacht nicht, morgen wird alles sehr viel klarer sein …

Mercedes erwartete uns. Sie saß auf dem Sofa und drehte nervös die Henkel einer alten Reisetasche, die ihr meine

Mutter zum Abschluß ihres Studiums geschenkt hatte, in den Händen.

Die Ärmste, dachte ich, immer nehmen wir sie in denselben unangenehmen Situationen in Anspruch.

Als sie uns eintreten sah, forschte sie mit offensichtlicher Beunruhigung in meinem Gesicht. Sie blickte Pablo an und dann wieder mich.

»Ich hatte noch Schlimmeres erwartet«, sagte sie.

Da nahm er mir den Mantel ab.

Die Hände meiner Schwägerin begannen zu zittern, ihre Augen füllten sich mit Tränen. Ich hatte nie begriffen, wie eine so zarte, zerbrechliche, ängstliche Frau einen so blutigen Beruf ergreifen konnte.

»Mein Gott!« Sie blickte uns wieder abwechselnd an. »Aber …, was ist denn das?«

»Nichts.« Pablo ging auf sie zu und legte ihr eine Hand auf die Schulter, als wolle er sie beruhigen. »Die ersten Anzeichen von Masern.«

Ich erwachte mit allen Symptomen eines gewaltigen Katers.

Dann fiel mir ein, daß Mercedes mir eine Spritze gegeben hatte, damit ich schlafen konnte.

Ich war zu Hause, zu Hause bei Pablo, und es war Tag, Sonnenlicht fiel durch die nicht fest geschlossenen Fensterläden ins Zimmer.

Er war nicht bei mir.

Die Wunden schmerzten.

Im Zimmer roch es nach Jodlösung.

Unter größten Schwierigkeiten richtete ich mich auf.

Erst da wurde ich des unendlich bedeutenden Zeichens gewahr, des vertrauten Drucks in der Taille. Instinktiv klopfte ich mir auf den Ausschnitt und lächelte.

Er war nicht bei mir, aber hier, unter meiner Hand rankten sich um zwei Schmetterlinge sieben kleine Blumen, die mit winzig kleinen weißen runden Perlen bestickt waren.

Ich strich mit den Fingern darüber, immer wieder, ich streichelte sie, und ich zählte sie, um festzustellen, ob auch keine fehlte. Sie waren noch da, alle Perlen, falsche Perlen. Sie waren heil und schimmerten. Unermeßlich wertvoller Kunststoff auf meiner weißen Bluse, der auf die Größe eines älteren Mädchens zugeschnittenen Neugeborenenbluse aus hauchzartem Batist.

Ich legte mich wieder hin und schloß die Augen.

Es würde noch dauern, bis Pablo zurückkam. Er war in den entscheidenden Momenten nicht gern dabei.

Es würde keinen entscheidenden Moment geben.

Ich wälzte mich auf den Laken, bis ich mich auf seiner Seite eingerichtet hatte. Ich konzentrierte mich darauf, seinem

Geruch nachzuspüren. Es war nicht leicht, an jenem Morgen war mein Geruchssinn nicht besonders fein entwickelt. Aber schließlich erhaschte ich eine Spur seines unverwechselbaren Duftes auf dem Kopfkissen. Mit den Fingern packte ich ein Stückchen Stoff und preßte meine Nase dagegen. Ich lag still da, zusammengerollt, und lächelte. Ich klammerte mich an dem Geruch fest und ließ die Zeit verstreichen.

Sein Kommen kündigte sich mit dem unverwechselbaren Duft frischer porras an.

Er warf sich neben mich, tippte mir an die Nasenspitze und wartete.

Ich stellte mich schlafend, aber meine Lippen formten sich nach und nach zu einem unschuldigen Lächeln.

Er näherte seinen Kopf dem meinen und flüsterte mir zu.

»Mach die Augen auf, Lulú, ich weiß, daß du nicht schläfst ...«